Eberhard Traum

Dogwood

Es ist mir eine
Ehre, bei Monika
lesen zu dürfen!

Herzlichst,
Eberhard Traum
4.3.12
GETTENBACH

Originalausgabe – Erstdruck

Eberhard Traum

Dogwood

Dem Lebensborn entkommen

Roman

Schardt Verlag Oldenburg

Bibliographische Information der Deutschen Bibliothek:

Die Deutsche Bibliothek verzeichnet diese Publikation in *Der Deutschen Nationalbibliografie*; detaillierte bibliographische Daten sind im Internet über *www.d-nb.de* abrufbar.

Zu erwähnen ist, dass Orte und Namen auf Wunsch geändert wurden. Etwaige Namensgleichheiten wären rein zufällig.

Titelbilder: Eberhard Traum
Umschlaggestaltung, Marlies Mittwollen, Mangoblau GbR, Oldenburg

1. Auflage 2011

Schardt Verlag
Uhlhornsweg 99 A
26129 Oldenburg
Tel.: 0441-21 77 92 87
Fax: 0441-21 77 92 86
E-Mail: kontakt@schardtverlag.de

www.schardtverlag.de

Herstellung: AALEXX Buchproduktion GmbH, Großburgwedel

ISBN 978-3-89841-537-8

Geh nicht mutwillig mit jemand vor Gericht,
wenn er dir kein Leid getan hat.
Salomo 3, 30

Es ist nicht einfach, sich an Menschen zu wenden, die anonym leben, und ihnen ein Thema zu widmen, weil sie Teil der Ereignisse sind.

Meist sind es Kinder, die sehr spät in ihrem Leben erfuhren, wer sie eigentlich sind und wo sie herkamen. Sie wurden mit Tatsachen konfrontiert, die sie nur schwer begreifen und ertragen konnten.

Die innere Unruhe und der Durst nach Wahrheiten brachten viele um den Schlaf.

Ich widme dieses Buch den vielen Unbekannten und vom Schicksal so arg gebeutelten Mädchen und Jungen, wo immer sie auf der Welt ein Zuhause gefunden haben.

Eberhard Traum

„Lebensborn“ – eine fast lyrische Bezeichnung für etwas, das vielen Menschen Leid bescherte.

In Verbindung mit dem Begriff „Volksnotehe“ ist es eine Beleidigung für Menschen mit moralischen Ansprüchen. Es hat dem Volk Not eingebracht und die Erklärung gleich mitgeliefert – Errare humanum est (Irren ist menschlich).

Einige sind so darin gefangen, dass sie sich nur schwer daraus befreien können. Manche verstärken ihr Leid ungewollt, andere bauen es erst auf. Sie kämpfen mit der Hinterlassenschaft einer Wahnvorstellung, die wie eine Klette an ihnen haftet.

Prolegomena

Gerade begann die etwas unfreundlichere Jahreszeit. Es war Anfang November 1983. Unser Zuhause in Tralee war gemütlich eingerichtet, und wir waren rundum glücklich. Wesentlichen Anteil daran hatte der uns inzwischen auf Trab haltende Sohn.

Die persönlichen Dinge, die ich mitgenommen hatte, als ich Demorest verließ, waren in unserer Wohnung gleichmäßig verteilt. Die gesamte Dogwood-Sammlung meiner Mutter war allgegenwärtig. Ihr kleines Büchlein mit dem Kleeblatt hatte einen ganz besonderen Platz.

Dass uns ein familiärer Schicksalsschlag ereilen würde, der mehr als nur Trauer hervorrufen sollte, war kaum vorstellbar.

Die letzten Monate in Tralee verliefen ohne nennenswerte Ereignisse. Unser Sohn gedieh prächtig, und Sorgen hatten wir eigentlich keine. Unsere kleine Apartmentanlage ernährte die Familie, und wir hatten mit unseren Gästen viel Spaß. Ich hatte das Glück, nebenbei auch noch meine journalistische Tätigkeit ausüben zu können. Die Kommunikationsmittel Fax und Telefon waren da ganz hilfreich.

Es war der 28. November, als Ria von draußen ins Haus stürmte, als das Telefon klingelte. Wir waren gerade von einem Kurzurlaub zurückgekehrt.

„Harry, Liebling, Telefon. Es ist Isa!“

„Das ist doch deine Freundin, was soll ich da am Telefon?“

„Sie sagte, sie möchte dich sprechen, und es wäre wichtig. Ich spreche später mit ihr, wenn ihr beiden euer Gespräch beendet habt.“

„Isa, was verschafft mir die Ehre? Was ist so wichtig, dass ich vor Ria an den Apparat darf? Du möchtest doch nicht etwa, dass ich am Telefon über unser kleines Geheimnis rede.“

Ria stutzte und machte ein kratzbürstiges Gesicht. Scherze dieser Art liebte sie überhaupt nicht. Mit leichtem Druck stellte sie sich auf den großen Zeh meines linken Fußes. Ich wandte mich etwas von ihr ab und lauschte den Worten von Isa. Meine Miene verdüsterte sich aber zunehmend, und Ria tänzelte vor mir herum und machte fragende Gesten.

Sie merkte, dass da etwas nicht stimmen konnte. Überrascht und auch traurig, legte ich den Hörer einfach auf. Ich hatte vergessen, dass ja meine Frau noch mit ihrer Freundin reden wollte.

„Harry, was ist los? Warum legst du denn auf?“

Ich ging zur Couch und setzte mich wie in Zeitlupe hin. Ich muss wohl einige Sekunden schweigend meine Frau angeblickt haben, was ihr sicher wie eine Ewigkeit vorkam.

Angst (April 1981)

Das Telefon riss mich aus all meinen Gedanken und brachte große Unruhe in mich, obwohl ich wusste, dass es passieren würde. Meine Mutter lag seit einigen Wochen schwerkrank in der Klinik.

Ich hob mit Kribbeln in der Magengegend den Hörer ab. „Wageneck!"

„Dr. Macken – Herr Wageneck, ich muss Ihnen leider mitteilen, dass es Ihrer Mutter sehr schlecht geht. Sie verlangt nach Ihnen. Bitte kommen Sie so rasch wie möglich. Ich glaube, es bleibt nicht mehr allzu viel Zeit. Sie ist sehr schwach."

Weitere Mitteilungen gingen bei mir unter, ich war wie gelähmt. Andererseits musste ich mit so etwas rechnen, vorbereitet war ich darauf schon länger, aber jetzt, da es so weit war, kam es mir doch wie ein plötzlicher Schlag vor. Meine Beine begannen zu zittern. Ich ließ alles stehen und liegen, fuhr wie in Trance in die Klinik. Auf der Fahrt gingen mir tausend Dinge durch den Kopf, ein Gedröhne wie die Flucht einer Wildpferdherde über staubtrockene Weiden.

Die Kindheit, positive wie negative Erlebnisse, das anfängliche Staunen darüber, mit zwei verschiedenen Sprachen aufzuwachsen, und die Tatsache, aus einem anderen Erdteil zu stammen, waren für mich Realität. Durch meinen Kopf zuckten Blitze. Alle in Richtung meiner geliebten Mutter, deren Tage gezählt waren.

Als ich in die Tiefgarage der Klinik einfuhr, hätte ich nicht mit Bestimmtheit sagen können, wie ich dorthin gekommen war und wie lange ich dazu gebraucht hatte. Mein Gemütszustand wechselte ständig.

Die Schwester an der Rezeption sprach mich auf meine Eile an, und ob ich wüsste, wo ich hinzugehen hätte. Eile? Wieso Eile? Das konnte ich nicht nachvollziehen. Ich hatte das Gefühl, Blei in den Beinen zu haben. Schwerfällig setzte ich einen Fuß vor den anderen, bis zur Krankenstation. Der Stationsarzt stand plötzlich dicht vor mir und nickte wortlos in Richtung des Zimmers, in dem meine Mutter lag. Seine traurige und mitleidige Miene machte mir Angst.

Er ging voraus und wies mir den Weg, so wie ein Platzanweiser im Kino oder dem Theater. Als ich das Zimmer betrat, hob Mutter gar nicht den Kopf, sah mich auch nicht an. Sie lag nur da und starrte gegen die Decke. Genauso wie sie das immer zu tun pflegte, wenn ich als kleiner Junge etwas angestellt hatte. Als ob sie nicht mehr mit mir reden wollte, und das hasste ich immer so an ihr.

Wie war es möglich, dass mir die Erinnerungen in diesem Augenblick einen so bösen Streich spielten? Ungeheuerlich!

Unversehens, ich suchte gerade nach Worten, sprach meine Mutter mich, kaum vernehmbar, leise an. Ich musste genau und konzentriert zuhören; suchte ihre Hand. Die war federleicht und etwas kalt, lag fast leblos in meiner. Zufällig erblickte ich, zwischen zwei Fingern eingeklemmt, einen kleinen Zettel. Zerknüllt und abgegriffen; sie musste ihn schon sehr lange in den Händen gehalten haben.

Vorsichtig nahm ich ihn an mich und steckte ihn in meine Hemdentasche. Ich wusste nicht einmal, ob er für mich bestimmt war, und hatte auch nicht das Bedürfnis, ihn mir gleich anzusehen.

Mich überraschte ganz besonders, dass Mutter mich in ihrer Muttersprache anredete – in Deutsch! Ich nahm mir einen Stuhl und setzte mich an ihr Bett.

Ihre Haare, noch grauer als vor ihrer Einlieferung in die Klinik, waren glatt und straff nach hinten gekämmt. Die einzigen Farbkleckse in ihrem aschfahlen Gesicht waren die Altersflecke, die wie schwache und leicht verwaschene Sommersprossen wirkten.

„Mein Sohn, ich möchte dir noch etwas sagen, bevor ich sterbe.“

„Wer redet denn vom Sterben? Du bist nur etwas matt.“ Ich wusste genau, was ich da für einen unhaltbaren Unsinn redete.

„Du sollst wissen, wer wirklich dein Vater ist, dein leiblicher Vater.“

Meine Sprachlosigkeit, nachdem ich ihren Satz richtig realisierte, konnte durch nichts überboten werden. Es hatte mich derart getroffen, dass es mich mit einem gewaltigen Schlag gegen die Lehne meines Stuhls schleuderte.

„Wer mein leiblicher Vater ist?“

Typisch Mutter, sie ließ mir nicht einmal die Zeit, auf eine solche Mitteilung angemessen zu reagieren. Mein Vater starb schon vor einigen Jahren. War das nicht mein Vater? Was erwartete sie bloß von mir? Wo sollte ich die Zeit hernehmen, die Frage mit ihr zu klären, jetzt, da sie selbst vom Sterben redete?

Es war gerade so wie: „Morgen werden wir neue Schuhe kaufen!“

Ich wusste zwar, dass meine Mutter sterben würde, und bereitete mich auch auf diesen traurigen Moment vor, hatte aber mit den neuen Tatsachen so meine Probleme. Es machte mich schwindelig. Es drehte sich alles im Kreis. Und in dieser Situation setzte sie noch eins obendrauf.

Es verrannen Sekunden des Schweigens, aber es fühlte sich an wie Stunden. Unbeweglich lag ihr Kopf tief im weichen Kissen, dessen obere Ecken sich nach vorn wölbten. Sie sahen aus wie dicke, weiße Hörner.

„Harald, geh an meinen Wäscheschrank und nimm den kleinen Karton, in ihm findest du alles. Lies es genau durch ... und urteile dann darüber. Verzeih mir die späte Beichte, aber ich ... ich wollte unbedingt noch alles erledigen, damit ich mit ... mit meinem Gewissen im Reinen bin ... und beruhigt gehen kann.“

Sie brauchte für diese Mitteilung eine ganze Weile, denn es gingen ihr nur langsam die Worte über die Lippen.

„Mutter, was soll das? Du musst nirgends hingehen. Und alles andere hat Zeit.“

„Tu, was ich dir gesagt habe, aber bitte diskutiere jetzt nicht darüber oder stelle Fragen. Dazu haben wir noch Zeit, wie du selbst sagtest.“

Für diese Mitteilung brauchte sie nur wenige Sekunden. Was war bloß los, wie schaffte sie das? Dass ich erst alles lesen und mit ihr jetzt nicht diskutieren sollte, das verstand ich, aber dass meine Mutter mit einem Geheimnis, einer persönlichen Beichte, so lange wartete, bis es zu einer persönlichen Aussprache vielleicht zu spät war, das verstand ich überhaupt nicht.

Ich war so verdutzt, dass ich gar keine Fragen hätte stellen können. Erwartete sie etwa schon morgen meinen erneuten Besuch, um mit mir Einzelheiten zu besprechen? Das war wie die wichtigsten Dinge einkaufen zu wollen, wenn der Ladenbesitzer bereits die Tür abgeschlossen hat. Mutter schloss die Augen und schlief ein.

Ich ließ ihre Hand auf den Bettrand sinken, stellte den Stuhl wieder in eine Ecke des Zimmers und ging, mit einem besorgten aber auch beleidigten Blick auf sie, aus dem Raum. Im Vorbeigehen legte ich der Stationsschwester wortlos meine Hand auf die Schulter, als Dank für alles, was war, und für das, was noch kommen würde.

Ein Karton – ging es mir dauernd durch den Kopf. In einem kleinen Karton würde ich alles finden. Lag darin meine Vergangenheit? Die Tatsache, die Wahrheit?

Ich saß in der Tiefgarage in meinem Auto und dachte daran, dass es so sein müsste, wenn man in der Hölle sitzt und eine unangenehme Nachricht erhält. Der Kopf dröhnt, dass man glaubt, die Augen treten heraus. Der Magen schmerzt, die Glieder sind schwer und dann dieses unbeschreibliche Brennen im ganzen Körper.

Langsam entfaltete ich den kleinen Zettel, den ich Mutter zwischen den Fingern herausgezogen hatte. Er war zerknüllt und weich wie ein dünnes Tuch. Lesen konnte ich aber gar nichts, denn aus den Augen heraus sah ich alles wie verschwommen. Wie der Blick durch ein Fenster, das vom starken Regen bespritzt wurde. Ich musste erst wischen und las dann: *Geh nicht mutwillig mit jemand vor Gericht, wenn er dir kein Leid getan hat. – Salomo 3, 30.*

Mutters Lieblingssprüche, das wusste ich, waren die des Königs Salomo. Sehr alt, aber immer noch auf heutige Lebenssituationen anwendbar. Auf dem Heimweg gingen mir alle nur möglichen Deutungen dieses Spruches durch den Kopf. Tief in meinem Innern sah es aus wie auf einer Müllhalde, alles durcheinander.

Es musste eine gewisse Ordnung in die Sache kommen.

Jetzt fehlte nur, dass mein Papa nicht mein Vater war, sondern auch die Mutter ... ach was, Quatsch.

Augenblicklich zwang ich mich zur Vernunft. Ich trat aufs Gaspedal und wollte schnell aus dem Gewirr meiner Gedanken fliehen. Das war wie mit Vollgas durch dicken Nebel fahren!

Erinnerungen

Ziemlich niedergeschlagen saß ich nun vor unserem großen Panoramafenster im Sessel und überlegte, wie ich das mit dem Wäscheschrank meiner Mutter anstellen sollte. Dass ich mich dem Karton widmen müsste, war mir völlig klar. Aber ich überlegte trotzdem, obwohl sie erwartete, dass ich ihn gleich und sofort öffne.

Sie hat in unserem Haus, das Mutter und ich bewohnen, seit dem Tod von Vater ein kleines Zimmer bezogen, in das ich eigentlich nie so recht einen Fuß setzte. Es war für mich tabu. Der Rest des Hauses war für mich und meine Familie vorgesehen, die es nach Mutters Vorstellungen bald geben sollte. Großmutter zu werden war ihr großer Wunsch.

„So ein Mist", rutschte es mir bei dem Gedanken raus. Plötzlich flog mein Kolkrabe Snowdrift auf die Sessellehne und sagte „Kacka". Ich musste sogar lachen.

An einem stürmischen Wintertag vor etwa vier Jahren hatte ich ihn hinter unserem Haus gefunden. Er war verletzt und lag, fast zugeschneit, auf der Wiese. Das sah aus wie eine Schneewehe, daher sein Name Snowdrift.

Er hatte sich alsbald erholt und blieb einfach bei uns.

Immer, wenn etwas nicht gut lief, sagte Vater auf Deutsch „so ein Mist", wie auch ich vorhin.

Und ich mochte das deutsche Wort Scheiße ebenso wenig wie das englische shit. Also brachte ich Snowdrift das Wort „Kacka" bei. Wenn der nun „so ein Mist" hörte, sagte er klar und deutlich „Kacka".

Der Rabe wurde ein Familienmitglied und passte besser auf als ein Hund. Fremden, die zu uns ins Haus kamen und ihn nicht beachteten, pickte er heftig ans Bein oder zerrte an den Hosen. Es war zwar nicht schmerzhaft, aber erschrocken waren alle, denn wer vermutet schon einen Raben in einem Flur, gleich hinter der Tür, hinter der Couch oder einem Sessel.

Zudem war sein schwarzes Gefieder bei schummrigem Licht nicht zu erkennen. Ich gab Snowdrift eine Erdnuss, und er verzog sich auf seinen Balken in der Zimmerecke, um sie zu knacken.

Nun war ich gefordert und musste in Mutters Zimmer an den Wäscheschrank. Es kam ein Gefühl in mir auf, etwas Unrechtes zu tun, wenn ich in dieses Zimmer ginge. Ich schob es noch ein wenig hinaus, da ich auch etwas Angst vor diesem Karton und dessen Inhalt bekam. Ich redete mir ein, dass es noch Zeit hätte, da die vergangenen Jahre auch ohne den Kartoninhalt bewältigt wurden. Meine Neugier reduzierte sich auf ein Minimum. Konzentriert ging ich an meine Arbeit, um mich abzulenken.

Ich bin Sportjournalist und beendete eine angefangene Reportage, aber für die nächste fehlte mir einfach der Einstieg in den Text, ich war völlig platt. Nach einigen Versuchen rief ich endlich in der Redaktion an und meldete mich für die nächsten drei Tage ab, wegen des ernsten Zustandes meiner Mutter.

Mehrmals ging ich an diesem Tag noch an ihrem Zimmer vorbei und machte instinktiv einen kleinen Bogen vor der Tür. Plötzlich entdeckte ich am Fußboden, an einer Ecke der Türzarge, dass sich die Fußleiste löste. Ich war mir ganz sicher, dass ich da monatelang vorbeigegangen war und es nicht bemerkt hatte.

Diese Tür und alles darum herum rückte nach und nach immer mehr in den Mittelpunkt meiner Aufmerksamkeit. Langsam, aber drängend. Sie war wie eine Barrikade, die etwas versperrte. Entweder es war der Eingang zur Hölle mit unsäglichen Qualen, oder es war der Zugang zur Glückseligkeit, verbunden mit dem Auslöschen aller Schmerzen und Traurigkeiten.

Ich musste augenblicklich raus aus dem Haus. Ich streifte Mutters Zettel glatt, legte ihn zwischen die Seiten eines Buches und fuhr in das Restaurant, das sie und Vater so liebten. Es hieß Trolley und hatte eine sehr antiquarische Einrichtung, die meine Eltern ein bisschen an Deutschland erinnerte, ihre Heimat.

Der Weg vom Haus bis zur Hauptstraße schlängelte sich durch den kleinen Wald unserer Wohnsiedlung, in der wir mit nur fünf Nachbarn wohnten. Bei zwei von ihnen musste ich vorbei, und der zweite hielt mich an.

„Harry, wie geht es deiner Mutter?“

„Nicht so gut, ich warte eigentlich auf eine schlimme Nachricht.“

Glenn verzog sein Gesicht zu einer besorgten Miene und sagte nichts. Manchmal dachte ich, dass er es auch nicht mehr lange macht, wenn er so durch das trockene Laub schlurfte.

Ein Freund fragte mich einmal, weshalb ich immer in dieses Trolley gehen würde. Das wäre doch so altmodisch und sähe so ärmlich aus. Ich hatte es ihm schon mehrfach erklärt, aber er verstand es einfach nicht.

Das Essen im Trolley war ganz ausgezeichnet, ein weiterer Grund für einen Besuch. Wie immer war es schwierig, einen Platz zu bekommen. Maureen, die gute Seele des Restaurants, winkte aber schnell, wenn sie Stammgäste erblickte. Einen Tisch hielt sie immer frei.

Ich bekam den Tisch am Fenster, der mich bei vielen Besuchen mit den Eltern als Gast gesehen hatte. Dieser Tisch mochte bestimmt schon an die hundert Jahre in den Beinen haben. Die Tischkanten waren teils rund gescheuert und an manchen Stellen von Messern eingekerbt. Aber bestimmt nicht aus Wut über schlechtes Essen. Manche Verliebte hatten sich, kaum sichtbar, in den Ecken des Tisches verewigt. Ob Vater und Mutter ebenfalls ...?

Die Tischplatte war etwas uneben, was aber nicht störte.

Die Einkerbungen in den Tischen wurden nicht ausgebessert, was auch ein bisschen das Flair dieses Restaurants ausmachte, abgesehen von den Tischen selbst, die in unterschiedlichen geometrischen Formen den Raum zierten. Die Tischbeine waren ein Blickfang für sich. Einige waren wunderschön gedrechselt, andere sahen nach wuchtiger Schnitzarbeit aus und der, an dem ich meist saß, hatte zierliche, fast zerbrechliche Beine. Die Beine des Tisches neben mir waren nach außen gewölbt. Vater sagte immer O-Bein-Tisch zu ihm.

Als ich so in Erinnerungen schwelgte, unterbrach mich Maureen bei meinem Rundumblick und brachte mein Essen.

„Möchtest du noch etwas Tee, Harry?"

Ich nickte nur kurz. Irgendwie war ich sehr unruhig, aß mit unbegründeter Hast mein Gericht und verließ das Restaurant in dem gleichen Zustand, in dem ich es betreten hatte. Ziemlich zittrig und von innerer Unruhe geplagt.

Maureen merkte es und vermied es, mich anzusprechen. Gesättigt und ein wenig erschöpft, nur vom Gefühl her, setzte ich mich zu Hause wieder in meinen Sessel vor dem großen Panoramafenster. Lange hielt ich es aber nicht aus und lief planlos umher.

Trauer

Es war bereits dunkel draußen, und erledigt hatte ich bis zu diesem Zeitpunkt so gut wie gar nichts. Ich wusste nicht, worauf ich eigentlich wartete und warum ich so unmotiviert im Haus auf und ab lief. Als das Telefon sich wieder mit diesem hässlichen Ton meldete, wusste ich es.

Wortlos hörte ich zu, wie der Arzt mir den Tod meiner Mutter mitteilte. „Danke für Ihren Anruf, Herr Doktor."

Ich legte auf, setzte mich in meinen Sessel und bekam feuchte Augen. Dagegen konnte ich mich in diesem Moment nicht wehren. Trauer stieg in mir hoch, und die letzten Worte meiner Mutter gingen mir immer wieder durch den Kopf.

Ich fragte laut: „Warum bist du gegangen, ohne mit mir geredet zu haben, als noch Zeit dafür war?"

Ihr Bild an der Wand konnte mir nicht darauf antworten. Meine Augen durchstreiften den Raum, ohne einen festen Punkt zu finden. Ich hätte sie auch schließen können, denn bewusst etwas erkennen konnte ich nicht.

Snowdrift kam plötzlich angeflogen und wollte sich am Hals kraulen lassen. Er neigte seinen Kopf nach vorn und drehte ihn so, dass sein linkes Auge mir zublinzeln konnte.

„Danke, Snowdrift."

Mir war zwar nicht nach kraulen, aber der Vogel konnte ja nichts für die Situation. Ahnte er etwas und wollte mich ablenken? Irgendwie eigenartig. Meine Gedanken schweiften in die Vergangenheit, die einzige Möglichkeit, überhaupt an etwas zu denken. Vor allem war es mit meiner Mutter in Verbindung zu bringen, die mir im Kopf rumspukte.

Ich muss erwähnen, dass meine Eltern mit mir 1950 in die USA ausgewandert waren. Deutschland, unsere Heimat, war durch den Krieg zerstört. Wir kamen damals erst einmal bei Verwandten von Tante Anneliese unter. Sie war nicht nur die beste Freundin meiner Mutter, sondern auch meine Patentante.

Die Verwandten wohnten in Helen/Georgia. Helen war damals noch ein Dorf, aber inzwischen ist es ein ungemein attraktiver Ort, mit deutscher Tradition und bayrischer Architektur. Die Stadt Füssen stand dafür Pate. Beim jährlichen Topereignis, dem Oktoberfest, sieht man mehr Lederhosen auf der Straße als Jeans. In den Kneipen und Biergärten sprechen sie fast nur Deutsch. Da überkommt einen nicht einmal Heimweh, denn man ist förmlich von lauter Heimat umzingelt.

Das war für mich alles wohlbekannte Vergangenheit, die mir vertraut war und viele schöne Erinnerungen beinhaltete. Aber alles, was noch davor war – da fehlte mir etwas. Meine Mutter legte mir, ohne große Vorbereitung, einen dicken Brocken vor! Plötzlich hielt ich dieses kleine Kissen in der Hand, mit einer aufgestickten Dogwoodblüte. Ich drückte es fest an mich.

Sollte ich, oder sollte ich nicht? Mit einem Blick auf die Tür von Mutters Zimmer überlegte ich angestrengt. Dieses Zimmer war jetzt nicht mehr das meiner Mutter. Ich konnte also ohne Gewissensbisse hineingehen und in ihren Sachen kramen, wie sie es forderte.

Hart an der Grenze zur Selbstüberwindung ging ich an den Schrank und fand im obersten Fach, hinter fein säuberlich gefalteten Bettlaken, den alten Schuhkarton mit der Aufschrift „Salamander“, geschnürt mit einem roten Geschenkband. Der Karton hatte ein beachtliches Gewicht.

Als ich den Deckel abhob, zitterten meine Hände etwas. Das rote Band legte ich zur Seite.

Der Karton war gefüllt bis oben hin, und das Erste, was mir in die Hände fiel, war die Todesanzeige meines Vaters, der vor sechs Jahren an den Folgen eines Herzinfarktes verstarb. Ich schlug die Doppelkarte auf und las, handschriftlich von meiner Mutter auf der Rückseite dazu geschrieben: „... drei Tage vor Arthurs Tod die Sache gebeichtet – Enttäuschung und Ablehnung gegen mich – ich hätte ihm alles viel früher sagen sollen. Ich bin am Boden zerstört – wie kann ich Harald die Sache erklären, dass Arthur zwar sein Papa, aber nicht sein leiblicher Vater ist?“

Was war denn das? Ich rechnete ja nach Mutters Ankündigung schon damit, dass Arthur nicht mein leiblicher Vater war, aber dass er selbst keine Ahnung hatte? Ich wusste gar nicht, in welche Richtung ich denken sollte. Enttäuschung, Wut?

Nichts dergleichen, es machte sich Gleichgültigkeit in mir breit. Mutter hatte alles in Deutsch geschrieben, auch meinen richtigen Vornamen – Harald.

Wie lange hatte ich diesen Namen nicht mehr gehört. Jetzt wurde es mir erst richtig bewusst, dass sie am Krankenbett ebenfalls Harald zu mir gesagt hatte. Die letzten Worte meiner Mutter waren alle in ihrer Muttersprache. Hatte sie in ihrem ganzen Kummer die gewohnte englische Sprache vergessen? Der letzte Satz ihrer Notizen war: „... Ich muss es bald tun!“

Die Folge dieser Neuigkeit war ein Kloß in meinem Hals, den ich nicht verhindern konnte. Meine vorhergehende Gleichgültigkeit änderte sich rasch, denn ich war randvoll mit Fragen, die mir sogar Schluckbeschwerden verursachten.

Was sollte ich denn jetzt machen? So musste sich jemand im Gericht fühlen, der sein Urteil hört. Keine Chance auf eine Umkehrung der Tatsachen. Akzeptieren – runterschlucken! Aber der Kloß im Hals drohte, mich zu ersticken.

Abschied

Es war jetzt sechs Jahre her, dass Vater die Nachricht erhielt, bevor er starb. Wie hatte Mutter all die Jahre nur damit leben können? Sehr nachdenklich machte ich den Karton erst einmal zu und beschloss, die ganze Angelegenheit ruhen zu lassen, bis ich meine Mutter beerdigt haben würde. Es waren jetzt so viele andere Dinge zu bewältigen.

Die größte Anstrengung war, mich zur Ruhe zu bringen. Viele Todesanzeigen hatte ich nicht zu verschicken. Die wichtigste war die nach Deutschland, an meine Patentante in Frankfurt am Main. Ich war in den folgenden Tagen vollauf mit der Organisation der Beerdigung meiner Mutter beschäftigt, die für Mittwoch im ganz kleinen Kreis vorgesehen war.

In unserem Wohnort in Demorest war sowieso nicht viel los, deshalb gab es auch nur wenige Verbindungen. Und für die meisten Bekannten und Freunde war es ein sehr weiter Weg zu uns.

Mutter hatte eine Feuerbestattung gewünscht. In ein paar Tagen würde die Urne an der bereits vorgesehenen Stelle versenkt werden. Gegen Mittag war die Trauerfeier überstanden. Der Reverend hatte eine bewegende Rede gehalten, und alle waren ergriffen.

Zur Trauerfeier kamen allerdings nur weitläufige Bekannte und drei Freundinnen von Mutter, die mit ihr einen Patchwork-Club gegründet hatten. Sie stellten die gefragten Decken her und verkauften diese zu wohltätigen Zwecken. Verwandte gab es keine mehr, auch von Vaters Seite nicht. Ab diesem Tage war ich alleine.

Ich war alt genug, dies zu verkraften, aber in dem Moment war es schon eine ziemlich schmerzhafte Einsamkeit.

Und die entstand dadurch, dass meine letzte persönliche Bindung zertrennt worden war. Nun bereute ich es, noch keine eigene Familie gegründet zu haben. Jetzt fehlte mir ein Fels in der Brandung.

Als alle Trauergäste gegangen waren, setzte ich mich an die Stelle, an der die Urne versenkt werden sollte. Das noch symbolische Grab meiner Mutter war mein Ansprechpartner in dem Moment.

„Mutter, auch wenn es nun als völlig unsinnig erscheinen mag, muss ich dir einen Vorwurf machen. Du hast Vater und mich all die Jahre belogen, weil du es nicht fertig gebracht hast, die Wahrheit zu sagen. Hätte es denn etwas in unserem Leben verändert? Wohl kaum. Alle Möglichkeiten, die du hattest, konntest du nicht nutzen. Dabei warst du doch voller Güte und Liebe für Vater und mich. Dass du Vater vor seinem Tode noch zusätzlich einen Stoß versetzt hast, kann ich überhaupt nicht verstehen.

Warst du innerlich so zerrissen, dass du es im ungünstigsten Augenblick gewagt hast zu beichten? Wie auch jetzt bei mir? Ich kann nun überhaupt nicht mehr mit dir darüber reden. Das ist schrecklicher, als die Wahrheit zu kennen. Wie soll ich dir denn jetzt sagen, dass ich dich liebe? Zu wissen, dass es dafür zu spät ist, macht mich krank. Dass ich dich liebe, weißt du aber. Dass ich es auch nach der Wahrheit noch tue, weißt du nicht. Das ist die Tragik. Du bist einfach, ohne es von mir zu hören, mit dieser Ungewissheit gegangen. Das schmerzt mich, weil es mir für dich leid tut.“

Die Tränen, die sich nach und nach bildeten, verschleierten meinen Blick auf das Loch, in dem man die Urne meiner Mutter versenken würde. Die letzte Ruhestätte, kleiner als das Loch für einen Baum, der gepflanzt wird.

Überraschungen

Ich war wieder an meine Arbeit in der Redaktion zurückgekehrt und innerlich auch wieder ruhiger geworden. Nun konnte ich daran gehen, den Karton von Mutter weiter zu durchforsten.

Spannung erfüllte mich, was mich wohl alles erwarten würde. Ich richtete es so ein, dass ich an diesem Abend ohne andere Verpflichtungen die Sache in Angriff nehmen konnte.

Ich setzte mich an den Schreibtisch, genehmigte mir ein Glas Wein und öffnete ein zweites Mal zittrig den Deckel des Kartons. Das rote Geschenkband, das um diesen Karton gebunden war, lag im Karton. Ich nahm das Band, streifte es zwischen Zeige- und Mittelfinger glatt, um es dann auf zwei Fingern aufzuwickeln. Fein säuberlich zur Wiederverwendung aufbereitet. So machten wir das früher. Ich beobachtete das immer bei meiner Mutter. Ich war so konzentriert, dass das Klingeln des Telefons mich zusammenzucken ließ.

Aus dem Glas, das ich gerade zum Mund führte, schwappte mir etwas Wein auf den Schreibtisch. Er besprenkelte einige Unterlagen und hinterließ ein rotes Punktemuster.

„Wageneck – bei der Arbeit!"

„Hallo, mein Junge, hier ist Tante Anneliese. Ich wollte mich erkundigen, ob du Hilfe brauchst?"

„Oh, was für eine Überraschung – Tante Anneliese."

„Leider ist das ein trauriger Anlass für einen Anruf. Ich habe die Todesanzeige gestern erhalten, dich aber nicht gleich erreicht. Ich möchte dir mein aufrichtiges Mitgefühl ausdrücken. Ich bin so froh, dass sie nicht leiden musste und nun alles überstanden hat."

„Ich danke dir. Sie musste tatsächlich nicht leiden, sie ist vor Schwäche einfach eingeschlafen. Es kündigte sich bereits Tage vorher an. Ich wurde also nicht überrascht."

„Ich hatte bereits einen Brief an deine Mutter angefangen. Und nun hat sie mir die Feder aus der Hand genommen. Ich bin sehr traurig. Bekommst du alles in den Griff, mein Junge?"

„Ich denke schon. Allerdings hat mir Mutter zuletzt so rätselhafte Andeutungen gemacht, dass ich noch nicht weiß, wie ich damit umzugehen habe.“

„Was für Andeutungen? Wie meinst du das?“

Tante Anneliese fragte mich das mit einem Unterton, der mich stutzig und neugierig machte. Eigenartig war auch, dass Tante Anneliese so gefasst und vom Tod ihrer besten Freundin so wenig ergriffen war. Aber vielleicht deutete ich das am Telefon auch nur falsch. Ich könnte mir vorstellen, dass Menschen im Alter etwas mehr Distanz zum Leben bekommen. Sie finden sich mit solchen Situationen eher ab, weil sie nicht abzuwenden sind.

„Es dreht sich um eine Sache, die sich während der Kriegsjahre abgespielt haben muss. Genaues darüber weiß ich aber noch nicht. Es gibt da einen Karton mit Unterlagen, die ich noch durchsehen muss. Stell dir vor, der lag ganz hinten im Wäscheschrank. Und ich soll Mutter verzeihen – wegen der späten Beichte.“

„Na so etwas.“

„Weißt du etwas über ein Geheimnis?“ fragte ich nach.

„Ich weiß nicht – nein, ich glaube nicht. Ich kann es auch von hier aus nicht beurteilen. Sieh doch erst einmal den Karton durch. Solltest du Fragen haben, ruf mich einfach an. Egal um welche Uhrzeit. Wenn du mich brauchst, bin ich für dich da.“

„Mach ich. Soll ich für dich einen Blumenstrauß auf Mutters Grab legen?“

„Das wäre meine Bitte an dich gewesen. Tu das, mein Junge. Und teile mir mit, was du von mir bekommst. Störe ich dich vielleicht beim Essen?“

„Nein, das ist schon eine Weile her.“

„Es hörte sich aber so an.“

„Ich lutsche nur Wein von meiner Hand ab, den ich mir übergegossen habe, als das Telefon klingelte.“

Ich konnte ihr erklären, dass alles in Ordnung war und versprach, mich demnächst zu melden, denn die Zeit für Fragen würde kommen, da war ich mir sicher. Ich hatte Tante Anneliese schon ein paar Jahre nicht gesehen. Ihr letzter Besuch bei uns in Demorest war schon fünf Jahre her. Kurz nach Vaters Tod.

Mutter und Tante Anneliese hatten sich in Kriegszeiten über eine Telefonverbindung kennengelernt und angefreundet. Beide waren im Vermittlungsdienst der Post tätig. Tante Anneliese in Frankfurt am Main und meine Mutter im damaligen Ostpreußen, in Königsberg. Sie trafen sich das erste Mal, noch während des Krieges, in Bayern zu einem gemeinsamen fröhlichen Urlaub. Die Freundschaft überdauerte all die Jahre, und meine Mutter erzählte oft und gern von den Zeiten.

In dem Zusammenhang fiel mir ein, dass sie sich per Telefon immer „Mirli“ nannten. Ich hatte nie erfahren, was „Mirli“ eigentlich bedeutet. Vielleicht war es auch nur eine Erfindung der beiden.

Ich war also über vieles informiert, was die Verbindung der beiden betraf. Ich mochte Tante Anneliese sehr, hatte sie doch alle Hebel in Bewegung gesetzt, um für ihr Patenkind zu sorgen.

Sie war schon eine beeindruckende Persönlichkeit. Nach dem Krieg war sie der Garant für aufkommenden Wohlstand. Sie mobilisierte damals ihre Verwandtschaft in Helen, die unablässig Pakete schickte.

Wenn ich als Baby Fieber bekam, lag Tante Anneliese mit größeren Beschwerden im Bett, so hatte sie das immer mitgenommen. Sie sorgte damals für mich, als ob ich ihr eigenes Baby gewesen wäre. Die Sorge um mich hat sie bis heute nicht ablegen können.

Erinnerungen an die Zeit der Auswanderung basieren sowieso nur auf den Erzählungen meiner Patentante. Meine Eltern vermieden es, über die Zeit, die sie vor, während und nach dem Krieg in Deutschland erlebten, etwas zu erzählen. Und nun brauchte ich sogar noch Details aus der Zeit vor 1950.

Aus unerklärlichen Gründen dauerte unser Telefonat nur kurze Zeit. Ganz gegen die Gewohnheit, und ganz besonders, weil doch Mutter gerade gestorben war und es so viel zu erzählen gab. Wusste sie Dinge, von denen ich noch nichts ahnte? Sie musste etwas wissen. Ich konnte mir nicht vorstellen, dass sie und Mutter sich nicht über alles unterhalten hatten – als beste Freundinnen.

Nachdem ich den verspritzten Wein weggewischt hatte, begann ich mit der Durchsicht der Unterlagen aus dem Karton. Ich sortierte und bildete kleine Stapel. Fotos, Briefe, Notizen, kleine Andenken et cetera. Manche Zettel waren bereits stark vergilbt, und da sie mit Bleistift schwach beschrieben waren, auch schlecht zu lesen. Aber mit der starken Tischlampe ging es ganz gut.

Da ich eigentlich nach dem Beweis suchte, dass mein Vater ein ganz anderer war, hatte ich die Briefe von Vater und Bilder, die ich nur flüchtig überflog, erst einmal zur Seite gelegt. Mein Vater ein anderer, das konnte ich mir nicht einmal vorstellen – bis jetzt.

Die Hoffnung, darüber nichts zu finden, machte sich breit. Es war wie die Suche nach dem Unbekannten, mit etwas Angst, aber nicht zu stillender Neugier.

Ich musste mir auch eingestehen, dass ich nie im Leben etwas vermisst hatte. Schon gar nicht einen Vater. Ich hatte ja einen. Da es aber anscheinend nicht der leibliche gewesen war, stellte es die Vergangenheit und meine Eltern in ein anderes Licht.

Plötzlich fiel mir ein Brief in die Hände, der nicht die Handschrift meines Vaters trug. Ich faltete ihn auf und begann zu lesen. Der ganze Brief war eine einzige Hymne auf Mutter. Sie muss eine tolle Frau gewesen sein. In was für eine Geschichte gerate ich da hinein, schoss es mir plötzlich durch den Kopf.

Wieso kam ich so unversehens mit einem Teil der Weltgeschichte in Verbindung, von dem nur Schauerliches berichtet wurde. Eine Sache, die bei mir jetzt mehr und mehr Bauchschmerzen verursachte. Will ich das eigentlich alles wissen?

Es lagen noch drei weitere Briefe dabei von diesem Mann, immer mit „In Liebe Hasso“ unterschrieben. In einem hatte sich der Schreiber der Zeilen beim „Führer“ bedankt, dass er meine Mutter kennenlernen durfte. Am Briefrand hatte Mutter dazu gefügt, dass er damit recht hatte, sich beim „Führer“ zu bedanken.

Ein Nachname war nicht zu erkennen, und ein Briefumschlag, wo die Adresse hätte drauf sein können, war nicht dabei. Meine

Mutter hatte also eine Affäre mit diesem Mann. Das war jetzt ganz sicher und der Hinweis eindeutig. Unerklärlich nur, wie sie meinem Vater Arthur das alles so lange verheimlichen konnte. Sogar diesen Karton. Hatte sie nie Angst, dass alles durch einen reinen Zufall entdeckt werden könnte?

Reine Spekulation und eigentlich überflüssig. Andere Fragen waren viel wichtiger geworden.

Ein Telegramm lag als Nächstes vor mir. Darin hatte sich mein Vater gemeldet und mitgeteilt, dass er am 19. August 1944 nach Garmisch-Partenkirchen ins Lazarett käme. Das Telegramm war an Mutter gerichtet, die zu der Zeit in Steinhöring wohnte – Heim Hochland. „Bitte komm“ stand noch im Telegramm.

Langsam setzte sich der Gedanke in mir fest, dass ich, um nicht selbst durcheinander zu geraten, meinen Vater ‚Arthur‘, und meinen möglichen leiblichen Vater ‚Hasso‘ nennen sollte.

Ein verrücktes Gefühl, dass Arthur nicht mein Vater war, dafür Hasso mein Vater sein konnte. Die Geschichte an sich fesselte, nicht der mögliche leibliche Vater, den man mir vorenthalten hatte.

Ein Brief unter vielen war allerdings etwas seltsam. Mutter hatte ihn geschrieben, aber nicht abgeschickt. Der Brief steckte noch in einem Umschlag, war auch zugeklebt, aber wieder geöffnet worden. Die Briefmarke war noch unversehrt.

Mein lieber Hasso,

dieser dickbäuchige Kerl widerte mich entsetzlich an. Ich hatte vor dem Kerl einen solchen Ekel. Sei aber ganz beruhigt, es ist nichts passiert. Außerdem weiß ich inzwischen, dass seit unserem Wochenende in Sonthofen etwas unter meinem Herzen entsteht. Ich freue mich so. Ich liebe dich, und ich hoffe, dass wir uns bald wiedersehen können. Meine Schwangerschaft werde ich bald offiziell machen, dann habe ich sowieso Ruhe. Insofern nutze ich für mich die entsetzlichen Anordnungen, die wir beide so verurteilen.

Ich beeile mich, dass der Brief zu Anneliese kommt, damit sie ihn an dich weiterleiten kann. Ich hoffe, dass meiner Freundin nichts passiert ist, ich hörte schon seit fast drei Wochen nichts von ihr.

Kuss, in Liebe – Deine Heddi.

Ich konnte mich nicht erinnern, dass meine Mutter je Heddi genannt wurde. Arthur nannte sie manchmal „Vögelchen“, sogar in Amerika behielt er dies bei. Ihr Geburtsname war Vogel. Allerdings wechselte er später zu „Birdie“. Irgendwie hörte sich die englische Bezeichnung sogar liebevoller an.

Die Briefpassagen warfen ein ganz komisches Licht auf meine Mutter. Mit wie vielen Männern war sie eigentlich zusammengekommen? Mein Gedanke war eigentlich eine Frechheit, es waren doch wohl offiziell nur zwei.

Ansonsten gab es in dem Karton nur Bilder von drei Personen, die ich alle kannte, Mutter, Arthur und Tante Anneliese, wenige von mir. Und die waren alle schon in Helen entstanden.

Schwierigkeiten bereitete mir in einigen handschriftlichen Aufzeichnungen die alte deutsche Schrift. Es war Sütterlin. Ein bisschen konnte ich sie entziffern, da Mutter mir früher ein wenig davon beigebracht hatte. Damals, als kleiner Schuljunge, ließ mich natürlich meine Neugier nicht los, wenn ich die Einkaufszettel meiner Mutter sah und mir das immer wie eine Geheimschrift vorkam.

Mutter änderte später ihre Schrift etwas, aber der Einfluss des Sütterlin konnte dadurch nicht ganz unterdrückt werden. Ich ordnete die vielen Zettel und Briefe und machte mir Notizen, welche Fragen ich zu klären hatte. Ich musste unbedingt Tante Anneliese anrufen, ich musste mit ihr sprechen. Sie war das Verbindungsglied zu all den Fragen, auf die ich Antworten suchte.

Ziemlich hastig ging ich ans Telefon, als ob ich überhaupt keine Zeit hätte. Dann sagte ich mir aber, dass ich die Vergangenheit, für mich gerade 37 Jahre alt, auch in Ruhe aufarbeiten könnte.

Trotzdem wählte ich unruhig die Telefonnummer von Tante Anneliese in Frankfurt. Ich hatte dabei völlig vergessen, dass es einen Zeitunterschied von sechs Stunden gab und holte Tante Anneliese eine Stunde nach Mitternacht aus dem Bett.

Es dauerte etwas, um der verschlafenen Tante zu erklären, was ich wollte. Meine mehrfachen Anläufe, mich für den Anruf um diese Zeit zu entschuldigen, verliefen im Sande, da Tante Anneliese dazwischen immer wieder fragte, was es so Wichtiges gäbe.

Sie war halt auch nicht mehr die Jüngste, und ich bereute schon den hastigen Anruf, als es dann doch noch zu einem Gespräch kam. Die vielen Fragen, die mit dem Inhalt des Kartons zu tun hatten, konnten gar nicht alle beantwortet werden.

Tante Anneliese wiegelte auch sehr viel einfach ab, was ich auf die mitternächtliche Zeit schob, in der sich Tante Anneliese befand. Von einem Hasso hätte sie zwar gehört, aber auch nach längerer Überlegung könne sie sich nicht erinnern, ihn kennengelernt zu haben. Ich merkte, dass Tante Anneliese um diese Zeit nicht sehr konzentriert und aufnahmefähig war, und verabschiedete mich.

„Tante Anneliese, ich melde mich morgen oder übermorgen noch einmal. Vielleicht auch etwas später."

„Später – ja, das ist wohl besser! Passt auch besser zu dir." Dabei musste sie sogar etwas lachen.

„Wie meinst du das? Passt besser zu mir?"

„Nichts. Nein, nichts. Ich musste nur gerade daran denken, dass du dich auch schon bei deiner Geburt später gemeldet hast, 14 Tage über dem Termin!"

„Wie kommst du denn jetzt darauf?"

„Weißt du, wenn ich mit dir rede, habe ich manchmal ein Bild vor mir, das dich als Baby zeigt. So einfach ist das. Die Bilder haben sich eben eingeprägt. Das heißt aber nicht, dass ich nicht wüsste, dass du erwachsen bist, mein Junge."

„Sehr beruhigend!"

Tante Anneliese erklärte alles ziemlich schläfrig und gähnte bereits wieder.

„Bist du sicher, dass ich zu spät war?"

„Hör mal, ich war doch dabei, mein Junge. Der eigentliche Termin für dich war der 20. Oktober 1944 – gekommen bist du aber erst am 3. November!“

„Da hat Mutter ja so einiges mitgemacht“, sagte ich.

„So wie ich jetzt. Also Harry, später mehr. Gute Nacht. Behalte den Karton mit seinem Inhalt gut aufbewahrt. Er ist Geschichte!“

„Schlaf gut, und entschuldige bitte nochmals“, verabschiedete ich mich.

Tante Anneliese hatte bereits den Hörer aufgelegt. Ihre Bemerkung war so nebenbei und so unpassend, ohne jeden Grund, dass ich zwar überlegte, aber mir keinen Reim drauf machen konnte. Dieser für mich so alberne Hinweis auf meinen Geburtstermin brachte mich so durcheinander, dass ich meinen Ausweis herausholte und meinen Geburtstag kontrollierte.

Es änderte nichts, ich war am 3. November 1944 geboren, in Frankfurt am Main im Rotkreuz-Krankenhaus. Dass ich aber 14 Tage zu spät zur Welt gekommen war, war für mich völlig neu. Denn meine Mutter und auch Arthur hatten mal erwähnt, dass ich als „Frühchen“ geboren wurde. Etwa drei Wochen vor dem Termin. Dazu noch ziemlich kräftig. Und das auch noch während des Krieges, in den verpflegungsarmen Zeiten.

Aber Arthur wusste es auch nur von Mutter, denn er kam damals erst fünf Wochen nach der Geburt aus dem Lazarett nach Hause. Sollten Arthur und auch ich mit einer Falschinformation gelebt haben?

Diese nebenher gemachte Bemerkung von Tante Anneliese, eigentlich eine Belanglosigkeit, machte mich neugierig. War nun meine Geburt zu früh, wie mir das meine Eltern erzählten, oder kam ich zu spät, wie Tante Anneliese mir im Halbschlaf mitteilte? Und sie war ja sogar bei meiner Geburt dabei gewesen.

Da hatten Tante Anneliese und Mutter sich wohl, was die Weitergabe von Informationen anging, nicht richtig abgesprochen. Da gab es Ungereimtheiten, die ich nun herausfinden und klären wollte. Ich war fest entschlossen, und Tante Anneliese musste mir dabei helfen.

Meine Mutter und wenige Details entfachten in mir eine Neugier, die mich jetzt nicht mehr loslassen wollte. Das nächste, was ich sofort studierte, waren die Flugpläne. Ich plante meinen ersten Trip über den Teich – von Atlanta nach Frankfurt. Zur Wiege meiner Herkunft.

Worüber ich mich aber besonders freute, war die Tatsache, dass ich zum ersten Mal meine deutschen Sprachkenntnisse im Land meiner Väter, was überhaupt nicht in Frage stand, anbringen konnte. Für kurze Momente verdrängte dieser läppische Gedanke alle anderen Dinge.

Am Tag darauf setzte ich mich ans Telefon und teilte Tante Anneliese mit, dass ich in etwa 14 Tagen zu Besuch kommen würde. Vorher würde ich aber noch nach Atlanta zu Freunden fahren und hinterließ ihr für die Zeit eine Telefonnummer, falls sie mich dringend erreichen müsste.

Meine Mutter war jetzt schon über eine Woche beerdigt. Mit meinem Kartoninhalt war ich aber nicht viel weiter gekommen. Zusammengepackt hatte ich bereits meine wichtigsten Gepäckstücke. Das waren der Ordner mit den Unterlagen meiner Mutter und eine getrocknete Blüte des Dogwood, in einem Bilderrahmen gefasst.

Mein Geschenk für Tante Anneliese. Die Blüte des Dogwood war Mutters Lieblingsmotiv. Sie verehrte diesen Baum mit den schönen Blüten so sehr, dass sie überall im Hause präsent waren. Aufgestickt, gedruckt, gemalt, in Büchern gepresst, als Bild an der Wand und als Motiv auf vielen Gegenständen, sogar in den Teppich geknüpft und auf der Bettdecke in Patchwork-Art.

Vier Tage vor dem Abflug nach Europa fuhr ich also nach Atlanta, um einiges zu erledigen. Außerdem war ich zum Flughafen gefahren, um schon mein Flugticket nach Deutschland zu holen. Für meine Freunde in Roswell, bei denen ich übernachtete, nahm ich aus den Unterlagen einige interessante Blätter in Kopie mit. Ich wollte ihnen meine unglaublichen Neuigkeiten nicht vorenthalten.

Eine andere Umgebung war sehr angenehm, tat mir gut, und die Gespräche mit den Freunden brachten eine willkommene Abwechslung.

***

Ganz langsam fuhr am gleichen Abend, als Harry in Atlanta bei seinen Freunden weilte, ein Wagen neben dem Zugang der Wohnanlage in einen Seitenweg im Wald. Eine Person stieg aus und machte sich zu Fuß auf den Weg. Nach einigen Minuten erreichte die Person Harrys Haus, ging gemächlichen Schrittes an den Postkasten und schaute auf den Namen, ging dann weiter in Richtung Rückseite des Gebäudes.

Die ganze Zeit spielte die Person nervös mit dem Wagenschlüssel und hatte Glück, dass sie bemerkte, wie er auf den Boden fiel, zwischen das hohe Laub. Sofort steckte sie ihn in die Tasche und setzte ihren Weg fort, der etwas bergab zu Harrys Haus führte.

Da sich Harrys Haus, wie auch die anderen Häuser, weit draußen vor der Stadt Demorest in einem Waldstück befand und der nächste Nachbar nicht in Sichtweite wohnte, konnte die Person unbeobachtet unter der großen Veranda ein Souterrainfenster öffnen.

Als es von drinnen ein Geräusch gab, war die Person erschrocken und hielt für einen Moment inne, denn es hieß, dass niemand im Haus sein würde.

Sie stieg ganz vorsichtig durch das Fenster ins Souterrain ein und stellte erleichtert fest, dass der vernehmbare Laut von einem Papagei kommen musste. Ein kurzer und krächzender Laut, der aus dem Haus nach draußen drang, blieb kurz darauf das einzige vernehmbare Geräusch. Anschließend Stille. Mit einem Taschentuch wischte sich die Person Blut vom Mund ab.

Lichter gingen in einigen Räumen an und wieder aus. Eine unruhig geführte Taschenlampe durchleuchtete die anderen Räume.

Nach etwa zwanzig Minuten war der Spuk vorbei, und die Person verließ, ein kleines Päckchen unter den Arm geklemmt, wieder das Haus, schlich sich durch den Wald auf Umwegen an den anderen Häusern vorbei und gelangte wieder an den Wagen im Seitenweg.

Die Suche nach dem Wagenschlüssel erwies sich als nicht sehr einfach. Angst befiel die Person, und eine hastige Suche in allen Taschen der Kleidung begann. In der inneren Jackentasche wurde sie dann fündig, aber der Schlüsselanhänger fehlte. Ausgerechnet ein kleiner Flaschenöffner.

„Mist, dass diese Dinger immer abfallen.“ Sie schloss die Tür auf, setzte sich in den Wagen und fuhr eilig davon.

Schock

Gegen Abend kehrte ich am nächsten Tag nach Demorest zurück und wunderte mich, dass ein Fenster offen stand. Ein Fenster zum Flur im Souterrain. Meinen Wagen parkte ich immer vor diesem Fenster, und ich war mir sicher, dass es, bevor ich wegfuhr, geschlossen war.

Aber vielleicht hatte ich vergessen es zu schließen. Meine Gedanken waren in der letzten Zeit ziemlich durcheinander, da wollte ich es nicht ausschließen. Und Einbrüche in unserer Gegend – nein! Dass ich im Haus Licht hatte brennen lassen, ärgerte mich allerdings, denn das musste nun wirklich nicht sein. Ich schloss die Tür auf und rief nach Snowdrift.

Dass er nicht zur Begrüßung auf der obersten Treppenstufe saß, die ins Obergeschoss führte, wie sonst immer, machte mich stutzig. Und durch das offene Fenster davonfliegen – nicht Snowdrift.

Vorsichtig ging ich ins Wohnzimmer. Auf seinem Balken saß er auch nicht. Da erblickte ich auf dem Teppichbelag einen kleinen roten Fleck. Getrocknetes Blut. Auf der Treppe ins Dachgeschoss waren noch weitere Blutflecken. Mir lief ein kalter Schauer über den Rücken. „Diese verdammten Waschbären“, entfuhr es mir. Ich wollte mir gar nicht ausmalen, was ich entdecken könnte.

Als ich mit langsamen und vorsichtigen Schritten zu Mutters Zimmer ging, erblickte ich Snowdrift. Er lag auf dem Fußboden in einer Blutlache, den Kopf im Genick durchgebissen. Er hing fast abgetrennt am Körper. Sein glänzendes Gefieder war mit Blut getränkt und sah aus wie von Ketchup verschmiert.

Ich musste würgen, als ich ihn so sah, und bei dem Gedanken, wie jemand sein Leben beendete, erfasste mich eine ungeheure Wut. Wie konnte es Snowdrift so arg erwischen, und wer konnte das getan haben?

Der Einbrecher hatte nicht nur ihn getötet, sondern im Zimmer ein Chaos hinterlassen. Alles war durchwühlt. Der Schrank meiner Mutter war komplett leer geräumt. Überall lagen die Sachen im Zimmer verstreut herum.

Der Karton meiner Mutter war völlig auseinandergenommen, vieles nicht mehr da, nur belangloses Zeug, soweit ich feststellen konnte. Wichtige Unterlagen waren weg, bis auf unbedeutende Fotos und Zettel.

Kleine Notizen und Kopien, die ich in der Tasche hatte, um sie meinen Freunden in Atlanta zu zeigen, waren die einzigen verbliebenen Nachweise von den Dingen, die Mutter mir hinterließ. Ich war bestürzt und konnte mir keinen Reim auf den Einbruch machen.

Aber der Tod von Snowdrift traf mich fast noch härter. Ich begrub ihn gleich danach an der Stelle im Garten, wo ich ihn einst zugeschneit entdeckt hatte. Die Waschbären hatte ich zu Unrecht verdächtigt.

Dieser Einbruch behinderte mich ganz entscheidend in meiner Nachforschung, wie sie von Mutter gewünscht worden war. Mir fehlten einige der wichtigsten Anhaltspunkte aus dem Karton. Bevor ich zu Bett ging, sah ich noch einmal meine verbliebenen Notizen durch, die ich mit nach Frankfurt nehmen wollte.

Als ich am Morgen in meinen Wagen steigen wollte, sah ich etwas leuchtend Blaues auf dem Boden liegen. Es war ein kleiner Flaschenöffner für Kronverschlüsse. Ein weißes Herz mit einem Sternenkranz innen war darauf gemalt. Ich hob ihn auf und befestigte ihn am Schlüsselbund, denn dafür war er vorgesehen.

Atlanta – Frankfurt

Eigentlich stellte ich mir vor, einen geruhsamen Flug bis Frankfurt am Main zu erleben und zu genießen. Ich nahm mir vor, die meiste Zeit zu schlafen. Hellwach wollte ich bei Tante Anneliese auf dem Teppich stehen. Was ich dabei nicht bedachte war, dass es immer im Leben irgendwo einen Nachbarn gibt, dem etwas nicht gefällt. Meine Nachbarin am Fensterplatz schien das erste Mal zu fliegen, aber trotz ihrer offensichtlichen Nervosität fand sie es toll, jede Wolkenformation zu kommentieren. Vielleicht war es ihre Art, sich abzulenken und ihre Flugangst zu verdrängen.

„Sehen Sie mal die Wolkendecke, so von der Sonne bestrahlt. Sonst blicken wir sie immer nur von unten an, meist grau und beängstigend. Dabei ist sie so schön von der Oberseite. Da muss man sich erst in ein Flugzeug setzen, um das festzustellen!"

Zu dieser außerordentlich gelungenen Beobachtung musste ich gratulieren und ihr Recht geben. Die Wolken sahen aus wie ein Sahnehaufen auf einem Kuchen.

„Die Abstraktheit ist es, was diese Formation so faszinierend aussehen lässt", antwortete ich ihr.

Sie hörte mir staunend zu und betrachtete mich dabei von der Seite wie ein kleines Mädchen, dem man ein spannendes Märchen erzählt.

„Fräulein ..."

„Marianne", ließ sie mich rasch wissen.

„Fräulein Marianne, ich höre aus Ihrem Englisch, obwohl ganz ausgezeichnet, dass Sie nicht Amerikanerin sind."

„Stimmt, ich bin nicht Amerikanerin. Ich habe zum ersten Mal drei Wochen Urlaub bei Bekannten in Marietta, nördlich von Atlanta, verbracht. Bei solchen Besuchen verbessert man sein Schulenglisch ganz enorm. Und auch fürs Geschäftsleben ist hier und da ein bisschen Training nicht unbedingt schädlich. Ich komme aus Deutschland."

„Na, dann sprechen wir doch deutsch!"

„Oh, das können Sie?“

„Na ja, sagen wir, ich versuche es.“

„Woher können Sie so gut Deutsch? Ich höre an Ihrer Aussprache, obwohl ganz ausgezeichnet, dass Sie nicht Deutscher sind. Wie heißen Sie eigentlich?“

„Harry. Harry Wageneck.“

„Der Nachname deutet auf eine deutsche Herkunft“, sagte Marianne und blickte dabei aus dem Fenster zu den Sahnehaufen.

„Ich bin 1950 mit den Eltern in die USA eingewandert. Deutsch war meine Kinderstubensprache. Und nun besuche ich eine Tante in Frankfurt am Main. Das erste Mal übrigens. Und da ist es ganz gut, mit der Sprache schon mal etwas mehr vertraut zu werden und jede Übungsmöglichkeit zu nutzen.“

„Hm“, sagte Fräulein Marianne, „und das mit dem Fräulein ist ja fast eine Unterstellung. Das lassen Sie mal lieber, Marianne reicht.“

Dabei lächelte sie. Ich bat meine Sitznachbarin, mich nur zu wecken, wenn etwas ganz Außergewöhnliches passieren sollte. Eine Landung im Atlantik und ein Ausstieg über die Rutsche. Marianne verzog das Gesicht und verstummte vor Schreck. Ich war mir ganz sicher, dass da nichts passieren würde. Um mich nicht zu erschrecken, bat ich noch darum, dezent meine Hand zu drücken, dann würde ich schon reagieren. Marianne schloss ihre Augen und lehnte sich in ihrem Sessel zurück.

Sie hielt fortan meine Hand auf dem Handrücken fest. Es kam wohl ihrer Flugunerfahrenheit außerordentlich gelegen, eine Körperberührung zu haben. Dass es mir unangenehm war, konnte ich nicht behaupten. Ihre zarte Berührung senkte sogar meinen Pulsschlag. Ganz ungewöhnlich, bei ihrer attraktiven Erscheinung.

Unsere erste Unterhaltung kam ziemlich abrupt zustande und eröffnete die Möglichkeit eines vorsichtigen Kennenlernens. Diese Zufallsbegegnung verursachte eigenartige Bewegungen in der Magengegend und einen trockenen Hals. Ich musste sie mehrfach ansehen, so zur Kontrolle, ob mit ihr alles in Ordnung war.

Ganz leise und vorsichtig, um Marianne nicht zu wecken, bestellte ich einen Sekt. Es war das einzige Getränk, von dem ich wusste, es treibt mich nicht umgehend auf die Toilette. Ich wollte auch nicht unter der Hand von Marianne verschwinden müssen. Meinem trockenen Hals tat der Sekt gut. Es dauerte gar nicht so lange, bis der erste sachte Druck von Mariannes Hand meine Aufmerksamkeit forderte.

„Sehen Sie mal, die Wolke da vorn sieht aus wie ein knollennasiger Aborigine."

Unglaublich, sollten sich bis Frankfurt weitere Bevölkerungsgruppen in den Wolken abzeichnen. Bei der Frau musste ich mich wohl darauf einrichten, meinen Schlaf zu vergessen.

„Sie haben recht, mit einem vom Wind zerzausten Haarschopf – sehr schön."

Wenn ich Marianne so ansah, hatte auch sie etwas von diesem Aussehen mit ihrer blonden Löwenmähne. Als wenn sie meine Gedanken hätte lesen können, fuhr sie mit ihren Händen durch die Haarpracht, um sie etwas über den Schultern zu bändigen. Bei ihrer gewaltigen Haarmasse war das aber eher eine Verlegenheitsmaßnahme. Danach konnte ich noch eine längere Zeit ganz ruhig mit mir selbst verbringen. Marianne schlief ein.

Frankfurt Flughafen

Die Stewardess lief langsam den Gang entlang und schaute mal hier und mal da, ob alles in Ordnung war. Ich hob den Arm und bestellte leise noch einen Sekt, um meine Nachbarin nicht zu wecken.

Ich bekam noch eine Tüte Erdnüsse, und es gab einen längeren Film zu sehen. Da ich den aber schon kannte, schloss ich die Augen, um etwas zu schlafen.

„Da, sehen Sie – mein Gott."

Es hob mich fast aus dem Sitz, und der Druck an der Hand war wie von Angst geführt. Ich riss meinen Kopf herum. Es musste etwas ganz Außerordentliches geschehen sein. Ich war auf das Schlimmste gefasst.

„Sie haben übrigens auch geschlafen. Sehen Sie sich das an, der Wolkengeist hat einen Popel in der Nase!“

„Einen was?“

„Einen Popel, da – jetzt fällt er raus.“

Die Fantasie dieser Frau war schon beeindruckend. Um das zu erkennen, musste ich mich, dicht an ihrem Oberkörper vorbei, vorbeugen.

„Vielen Dank, dass Sie mich haben schlafen lassen – oder war so wenig in den Wolken los?“ fragte ich etwas ironisch. Marianne antwortete nicht und klebte mit der Nase schon wieder am kleinen Fenster neben sich. Der Popel war ein anderes Flugzeug, das nach dem Start durch die Wolken zog und nun geradewegs aus der vermeintlichen Nase dieses Wolkengeistes flog.

Kurz darauf waren wir selbst als Popel durch die Wolken gefallen und hatten Frankfurt unter uns. Meine Hand wurde wieder frei, und ich begann mein Handgepäck zu sortieren.

„Sagen Sie, seit unserem Start in Atlanta überlege ich, woher ich Sie kenne“, sagte Marianne.

„Na, vom Wartebereich in Atlanta – vor dem Flug. Da fielen Sie mir jedenfalls sehr angenehm auf.“

„Vielen Dank für das Kompliment. Nein, das mit Ihnen ist wohl etwas komplizierter.“

Es war mir noch nie passiert, dass ich von einer Frau so offensichtlich um Aufmerksamkeit gebeten wurde. Unangenehm war das zwar nicht, aber ungewohnt. Dass sie mich aber verwechselte, machte die Sache nicht uninteressant.

Meiner Nachbarin Marianne wünschte ich eine schöne Heimreise und war in Gedanken schon ganz woanders.

Am Ausgang der Maschine drückte Marianne mir noch etwas in die Hand. Es war der überflüssige Abschnitt ihres Flugtickets – mit ihrer Telefonnummer 0451 616966. Wenn die Zahlen einer Telefonnummer eine Aussagekraft über den Besitzer haben sollten, dann traf es bei Marianne ins Schwarze. Ich steckte den Zettel ein.

Lächelnd tänzelte sie davon, drehte sich noch einmal um und betrachtete mich von oben bis unten. Mit einem Kopfschütteln ging sie davon. Ich machte mich auf den Weg zur Gepäckausgabe.

Der ganze Flug hatte fast neun Stunden gedauert, und ich war etwas müde geworden. Dann dauerte es leider noch einmal fast eine Stunde, bis ich schließlich am Ausgang meinen Gepäckwagen durchgezwängt hatte und nach Tante Anneliese suchte, die mich in Empfang nehmen wollte.

Ich hatte sie am Telefon gebeten, als Erkennungsmerkmal ein kleines Schild mit meinem Namen hoch zu halten, denn ich war mir nicht sicher, ob ich sie gleich in der Menschenmenge ausmachen würde. Andersherum wäre es wohl ähnlich gewesen.

Sie stand gleich vorn an der Absperrung und strahlte über das ganze Gesicht.

Sie hätte sich das Schild sparen können, denn sie hatte sich in den vergangenen fünf Jahren überhaupt nicht verändert. Die Bilder, die ich kannte, hätten auch gestern entstanden sein können. Und die 73 Jahre sah man ihr nicht im Entferntesten an.

„Gut siehst du aus, mein Junge!"

„Das kann ich ohne zu flunkern zurückgeben, Tante Anneliese!"

„Charmeur, woher kennst du das Wort flunkern überhaupt?"

„Von dir vielleicht?"

Plötzlich zwängte sich Marianne mit einem fragenden Blick an uns vorbei, betrachtete meine Tante und verzog etwas schelmisch den Mund. Meine Tante bekam das natürlich mit, ergriff plötzlich meinen Arm und zog mich in eine andere Richtung.

Ich wollte noch etwas sagen, aber im Tross der nachdrängenden Reisenden war meine Flugbegleiterin gleich verschwunden. Dann sagte Tante Anneliese so nebenbei, ganz süffisant: „Von ihr vielleicht?"

„Tante Anneliese, ich wollte eigentlich noch etwas zu meiner neuen Bekanntschaft sagen. Warum hast du mich denn so ruckartig von ihr weggezogen?"

„Entschuldige, das ist mir gar nicht bewusst geworden. Ich wollte dich nur in Richtung Taxi ausrichten. Das steht nämlich dort gegenüber!“

Vergangenheit

Mein Gepäck war rasch im Taxi verstaut, und Tante Anneliese hakte sich bei mir ein. Sie war groß gewachsen, sehr gepflegt und eine attraktive Person. Unglaublich, dass sie nie einen Mann gefunden hatte.

Ihre Erscheinung und ihr Auftreten erinnerten mich an eine Chefsekretärin, die über alles informiert, verschwiegen und geduldig, stets Herr der Lage war. Ihr Auftreten und vornehmes Verhalten verlangten Respekt und eine gewisse Distanz.

Der Weg vom Flughafen in die Stadt ist wohl überall auf der Welt gleich, vorbei an riesigen Hallen, vielen Firmen und einer Menge Reklametafeln. Alles schon gesehen, alles wenig spektakulär, also Zeit für eine Ruhephase.

In meinem Kopf verschwanden die letzten Reste meines Traums über Marianne und die Ureinwohner Australiens. Tante Anneliese verbrachte die Zeit damit, dem türkischen Taxifahrer den kürzesten Weg zu erklären. Mit stoischer Ruhe, aber einem säuerlichen Gesicht, nahm er es wortlos hin. Mit seinem voluminösen Schnauzbart sah er trotzdem aus, als ob er grinsen würde.

Ich war erstaunt, wie viele Wolkenkratzer es in Frankfurt gibt. Die Architektur ließ sich ohne Probleme mit der von Chicago oder Seattle vergleichen. Aber auch das war wenig spektakulär, weil ausreichend bekannt.

Obwohl es mir auf der Seele brannte, vermied ich es, gleich im Taxi das Thema zu beginnen, für das ich eigentlich nach Deutschland gekommen war. Zu Hause sorgte Tante Anneliese erst einmal dafür, dass ich ausschlafen konnte.

Der Zeitunterschied schaffte mich doch mehr, als ich es mir eingestehen wollte. Ich erwachte erst wieder, als es draußen bereits dämmerte.

Tante Anneliese hatte den Tisch für ein kleines Abendessen gedeckt, und auf dem Couchtisch im Wohnzimmer lagen alte Fotoalben. Sie hatte bereits ihre Vorbereitungen getroffen. Das Thema lag offen auf dem Tisch.

„So, mein Junge, dein Besuch hat ja einen ganz bestimmten Grund. Und du hast an mich bestimmt einige Fragen."

„Stimmt, lass mich nur noch etwas aus dem Koffer auspacken."

Als ich den Deckel öffnete, klirrte und knirschte es so eigenartig. Das Glas im Bildrahmen mit der gepressten Dogwoodblüte für Tante Anneliese war zerplatzt, und alle Scherben verteilten sich im Koffer. Es war von meiner Mutter vor vielen Jahren gerahmt worden, und ich dachte, dass es für Tante Anneliese ein schönes Geschenk wäre. Ich nahm das Bild, und dabei fielen zwei Zettel zwischen Bild und Rückwand heraus, die dazwischen versteckt waren. Einer war ein Brief, der andere ein Zettel mit einem Dienststempel der Wehrmacht versehen.

Ich war so in Gedanken, dass ich Tante Anneliese gar nicht bemerkte. Sie stand plötzlich in der Tür, und ich erschrak.

„Was ist los Harry, kannst du die Sachen nicht finden? Oder hast du sie vergessen?"

Ich hatte das Gefühl, einen hochroten Kopf zu haben, und meine heißen Ohren mussten ebenfalls leuchten. Hastig und zittrig steckte ich die Zettel zwischen meine Wäsche im Koffer.

„Nein. Ich habe nur entdeckt, dass mein Geschenk für dich sehr gelitten hat. Es ist kaputt gegangen. Aber ich werde eine neue Glasscheibe besorgen und das Bild wieder in den Rahmen einpassen!"

„Das sollte nicht das Problem sein, mein Junge."

Sie nahm das Bild, betrachtete es lange und sagte: „Das ist ja eine der wunderschönen Blüten, von denen deine Mutter immer so schwärmte. Sie erhält einen besonderen Platz in meinem Esszimmer. Danke, damit hast du mir eine große Freude gemacht."

Das Gespräch mit Tante Anneliese dauerte bis weit nach Mitternacht. Nun war ich hellwach, und sie überkam die große Müdigkeit.

„Ich dachte eigentlich, dass du viel mehr Material hättest, das deine Fragen von vor einigen Wochen belegen würde. Sagtest du nicht, dass es einen vollen Karton mit Unterlagen gibt?“ fragte Tante Anneliese.

„Leider fehlen mir einige Dinge, die für mich sehr wichtig wären, aber bei einem Einbruch sind sie gestohlen worden.“

„Ein Einbruch? Wer macht denn so etwas? Und dann auch noch Unterlagen, die nur für dich von Wert sind!“

„Ich habe keine Ahnung, aber so ist das eben.“

„Dann will ich mal hoffen, dass ich noch ein paar Sachen habe, die dir helfen können.“

„Das hoffe ich auch.“

Tante Anneliese antwortete auf alle meine Fragen, und es blieb nichts im Dunkeln, glaubte ich. Die zwei Zettel, die hinter dem Bild klemmten, erwähnte ich nicht.

Unser Gespräch wollten wir am nächsten Morgen weiterführen, und so beschäftigte ich mich in der Nacht noch etwas mit den vorhandenen Sachen, bis ich ebenfalls einschlief. Ich kramte die zwei Zettel aus dem Koffer, um sie genauer zu lesen.

Daraus ging hervor, dass im August 1944 ein Oberleutnant Hasso von Lindtheim im Kampf gefallen sei. Drei Monate vor meiner Geburt.

Hasso von Lindtheim – nun hatte ich auch den ganzen Namen. Es war wohl ein großes Glück, dass die Zettel aus dem Rahmen fielen. Wenn das Glas nicht zerplatzt wäre ... mit diesen Neuigkeiten war auch ich eingeschlafen.

Das Frühstück stand schon bereit, und der duftende Kaffee hob mich aus den Federn.

„So, jetzt kann es weitergehen. Ich habe wunderbar geschlafen und bin auf alles gefasst“, sagte ich voller Tatendrang.

Es dauerte zwar eine Weile, aber die Zurückhaltung von Tante Anneliese wich der Erkenntnis, dass ich erstens alt genug für die Wahrheit wäre, zweitens die Mutter und der Vater bereits gestorben waren, und drittens, dass meine Mutter ja vor ihrem Tode den Anstoß dazu gegeben hatte, nach meiner Herkunft zu fragen.

Arthur Wagenknecht, dies war der richtige Name, änderte seinen Nachnamen bei der Einbürgerung in die USA in Wageneck. Und er lebte bis zu seinem Tode in dem Glauben, mein Vater zu sein.

„Wie konnte Mutter so lange mit dieser Lüge leben?“ war meine erste Frage.

„Ich befürchtete schon lange diese Frage, hoffte natürlich auch, deine Mutter würde sich irgendwann endlich durchringen können und die Wahrheit sagen.“

Tante Anneliese erklärte das mit den damaligen Umständen, die fast zu neunzig Prozent des Verhaltens entschuldigen würden. Ich sah es zwar anders, aber die Tatsachen waren nun nicht mehr zu ändern. Das Verständnis für meine Mutter aufzubringen war trotz allem nicht sehr leicht. Dazu waren noch sehr viel mehr Informationen notwendig.

„Wie konnte es bloß zu dieser Situation kommen, wie ist sie entstanden?“ wollte ich wissen.

Tante Anneliese antwortete etwas zögerlich, dabei schaute sie immer wieder auf ihre Hände, die nervös mit dem Rand des gehäkelten Tischläufers spielten.

„Deine Mutter war eine hübsche, lebenslustige Frau und hatte nie Probleme mit Männern. Sie lernte kurz nacheinander Arthur und Hasso kennen und war nicht sicher, für wen sie sich entscheiden sollte. Ich glaube, sie liebte beide.“

„Und da ist sie, fast logisch, mit beiden intim geworden?“

„Während der Kriegswirren war jeder Tag der letzte. Und wie oft sehnte man sich nach der Wärme eines Partners? Meinst du, mir wäre es anders ergangen? Als Arthur einmal bei mir in Frankfurt zu Besuch war, hatte ich mit mir kämpfen müssen, damit ich mich nicht mit dem Liebhaber deiner Mutter einließ. So war das.“

„Hast du?“

„Nein! Was denkst du? Ich hatte nicht so viel Glück mit Männern, und daran gewöhnt man sich. Man ist dann nicht mehr so darauf aus.“

„Aber auf der anderen Seite auch nicht wählerisch“, sagte ich mit einem Seitenblick auf sie.

„Arthur war Kommandant auf einem Minensuchboot und in Königsberg stationiert. Dort lernte er deine Mutter bei einem Marineball kennen. Das war im November 1941.“

„Und wie war das mit Hasso, wann und wo lernte sie ihn kennen?“

„Das war eigentlich die Aufgabe deiner Mutter, dir das zu erklären. Denn da bestehen sicher einige Lücken, die ich nicht füllen kann.“ Damit hatte Tante Anneliese nun wirklich recht. „Ich machte mit deiner Mutter Urlaub in Bayern.“

„Mitten im Krieg?“ fragte ich dazwischen.

„In einigen Gegenden Deutschlands gab es keinen Krieg, nur im Radio.“

„Wo war das denn?“ wollte ich wissen.

„In Grafing, südöstlich von Steinhöring, weit weg vom Bombenhagel und Granatfeuer. Ich glaube, es war im Juni 1942. Ich musste an einem Wochenende nach Sonthofen, eine Tante von mir war gestorben. An diesem Wochenende lernten sich die beiden wohl kennen. Sie schwärmte von ihm in den höchsten Tönen. Ich hatte ihn aber nicht getroffen. Als ich zurück war, hatte er Bayern schon verlassen.“

„Hatte Mutter sich danach von Arthur getrennt?“

„Nein, das sicher nicht. Dieser Hasso war in einer Sondereinheit der SS und nur für kurze Zeit in Steinhöring. Hasso war ein gebildeter, stattlicher Mann. Ich glaube, dass er jede Frau hätte haben können, wenn er nur gewollt hätte. Er war immer gut gelaunt und zog mit seinem Lachen alle in seinen Bann.“

„Dich auch? Ich denke, du kanntest ihn damals nicht?“

„Was glaubst du, was deine Mutter alles erzählte. Sie schwebte auf Wolke sieben. Und was sie alles in ihren Briefen schilderte. Ein Bild von Hasso legte sie auch einmal mit in den Brief!"

„Was für eine Dienststelle oder Sondereinheit war das in Steinhöring?"

„Na ja, und da beginnt das Problem."

„Was für ein Problem?" wollte ich wissen.

Nun erfuhr ich, dass es eines dieser Heime war, wovon es mehrere gab: Lebensborn-Heime. Verteilt über Deutschland, sogar in den besetzten Gebieten gab es sie. In ihnen lebten anfangs schwangere Frauen, die keinen Mann mehr hatten. Der Staat wollte sich nach der Geburt um die Kinder kümmern, die alle zu Pflegeeltern vermittelt wurden. Aber es wurden später auch Männer und Frauen zusammengebracht, alle ausgesucht und arisch rein, um den Nachwuchs für die Nachkriegszeit zu sichern.

Der Staat wollte in den Heimen die arische Rasse ... sagen wir mal, erhalten. Der Wahn eines Regimes wurde in die Tat umgesetzt. Der Menschenverlust des Krieges sollte ausgeglichen werden. Der Staat übernahm die Patenschaften und die Absicherung der Nachkommen.

Ich war etwas sprachlos, und Tante Anneliese fuhr fort: „Deine Mutter war Mitglied im BDM, dem Bund Deutscher Mädel, und hielt es nicht mehr aus in Königsberg. Hasso erreichte es irgendwie, dass sie im Herbst 1943 nach Steinhöring versetzt wurde. Offiziell in den Telefondienst im Lebensborn-Heim Hochland, so waren sie näher zusammen."

„Und inoffiziell? Sie war doch Telefonistin?"

„Ihre Arbeit als Telefonistin war nicht mehr gefragt. Sie wurde als Bedienstete mit besonderen Aufgaben und Privilegien versehen. Die Aufgaben der Frauen in dem Heim waren halt andere. Sie mussten es dulden, dass sich SS-Soldaten um sie kümmerten."

„Hatte er sie dafür nach Steinhöring geholt?"

„Nein, sicher nicht. In ihrer Naivität glaubten deine Mutter und Hasso, dass sie es nur für sich selbst ermöglichten, nahe beieinander zu sein. Dem war aber nicht so. Als deine Mutter nämlich in dem Heim in Steinhöring erlebte, was dort Sache ist, war sie schockiert. Und Hasso hatte nun Angst, dass er deine Mutter verlieren könnte."

„Verdanke ich meine Existenz etwa staatlichen Überlegungen?"

„Es gab vielleicht solche Dinge, aber ..."

„Dinge? Was meinst du mit Dinge?"

„... solche Kinder – sicherlich. Deine Mutter revoltierte und brachte einige Frauen, und auch einige Männer, zum Nachdenken."

„Wie konnten sie denn da wieder rauskommen?"

Ich erfuhr nun, dass Mutter und Hasso sich, nach offizieller Angabe, schädigend gegenüber dem Volk im Allgemeinen und dem treu sorgenden Staat im Besonderen verhalten hatten. Für jemanden von der SS war so ein Verhalten unmöglich. Die Karriere stand auf dem Spiel. So gesehen hatten meine Mutter und Hasso von Lindtheim sehr viel Mut bewiesen.

Hasso wurde schon zwei Wochen später an die Ostfront versetzt, nachdem sich meine Mutter und er offiziell gegen die Praxis dieser Heime ausgesprochen hatten. Für die damaligen Verantwortlichen war es nicht willkommen, wenn jemand öffentlich gegen den Staat Stellung bezog. Es war sogar gefährlich. Dass da nicht mehr passierte, war reines Glück.

Tante Anneliese konnte es arrangieren, dass Mutter mit Hasso noch ein letztes Wochenende verbringen konnte, ohne dass es jemand bemerkte. Sie trafen sich bei Freunden von Tante Anneliese in Sonthofen. Ihr letztes Wochenende, das sie zusammen verbrachten, war am 15. Januar 1944. Hasso wurde danach mit unbekanntem Ziel versetzt, strafversetzt.

„Die Verzweiflung deiner Mutter kannst du dir nicht vorstellen. Ihre große Liebe ins Kriegsgebiet abkommandiert. Sie war oft sehr depressiv. Da meldete sich Arthur plötzlich zu Besuch an. Das war um den 20. Februar 1944. Er musste nach München zu einer Kommandeursbesprechung."

„Was hatte sie denn Arthur über die Verbindung zu Hasso gesagt?“

„Natürlich nichts, was auch besser war, denn es wäre deswegen zwischen deiner Mutter und ihm zu Reibereien gekommen.“

„Weshalb denn das? Durfte sie keinen anderen Mann kennen?“

„Es war wegen der unterschiedlichen Waffengattungen. Arthur empfand als Seemann wenig Sympathie für einen SS-Mann, wie Hasso einer war. Bei der Seefahrt war der Begriff christlich trotz des Kriegszustands tief verwurzelt. Bei der Seefahrt brachte man auch dem Gegner Respekt entgegen und empfand auch für ihn Verantwortung. Das war wohl bei der SS anders.

Durch den Besuch von Arthur geriet deine Mutter wieder in eine bessere Gefühlslage. Zu dem Zeitpunkt sehr gut, weil er sich auch so rührend um sie bemühte. Und so haben sie ... na ja, man wusste eben nie, ob ein Mann mal wiederkommt.“

Mitte März 1944 hatte der Arzt bei Mutter eine Schwangerschaft festgestellt. Ihr wurde zu dem schönen Erfolg gratuliert, und sie wurde belobigt für die Leistung im Sinne des Staates sowie der Erfüllung ihrer Verpflichtung gegenüber „Führer“ und Volk.

Der Geburtstermin wurde für den 20. Oktober 1944 berechnet. Jetzt musste sie nur noch das Baby bekommen. Sie war sich ganz sicher, dass nur Hasso der Vater sein konnte. Für die Statistik musste sie dann den Namen des Vaters angeben. Den Rest machte danach der Staat, gemäß Verordnung. Sie war eben in einem Lebensborn-Heim, und damit waren die Weichen für das Kind gestellt.

„Deine Mutter war ziemlich verzweifelt, weil sie ihr Kind abgeben sollte wie alle anderen Frauen auch, die allerdings dafür vorgesehen und manche sogar damit einverstanden waren. Hätte sie Hasso geheiratet und sich nicht öffentlich gegen die Praktik der Heime gestellt, es wäre wohl alles anders ausgegangen.“

So war jedenfalls die Meinung von Tante Anneliese.

„Jetzt gerate ich etwas durcheinander. Erklärtest du mir nicht, dass ich zu spät geboren wurde, und du sogar dabei warst? Am 3. November 1944?“

„Ja, das war so! Aber das mit zu spät und so, das musst du falsch verstanden haben. An so eine Aussage kann ich mich nicht erinnern.“

Ich beließ es dabei und erzählte ihr nicht, dass Mutter und auch Arthur mir erzählten, ich wäre ein properes Frühchen gewesen – drei Wochen zu früh. Ich machte mir darüber eine Notiz. Den Rest, und alles was danach folgte, kannte ich.

Ich hatte viele Dinge gehört, die mit Mutter und den Männern zu tun hatten. Aber was war mit den Eltern von Mutter, wollte ich wissen.

„Oma und Opa – da sprichst du eine ganz traurige Sache an. Hat deine Mutter mit dir nie über ihre Eltern gesprochen?“

„Nein. Es gab nicht einmal Bilder von ihnen. Ich habe nur erzählt bekommen, dass die Großeltern im Krieg verstarben. Und da es gar keine Bilder gab – irgendwie ist das Thema immer unter den Tisch gefallen. Es war so weit weg.“

„Und Fragen hast du weiter keine gestellt?“

„Nein, wozu?“

Nun erfuhr ich wenigstens etwas von meinen Großeltern, da Tante Anneliese 1944 eine Menge mit Mutter erlebt hatte. Es war ja kurz vor dem Ende des Dritten Reiches, was noch keiner ahnte.

Mein Großvater war als Cellist mit dem Orchester von Königsberg auf Reisen. Sie gastierten in Darmstadt. Als im Juli 1944 alle Veranstaltungen von der Regierung abgesagt wurden, kam er nach Frankfurt und konnte bei einem Geschäftskollegen unterkommen.

In Königsberg hatte er einen Generalvertrieb für die Firma „Vesta“, eine Frankfurter Gasindustrie-Waren-Gesellschaft.

Nach Königsberg wollte und konnte er nicht mehr zurück, denn die Meldungen von dort waren mehr als schlecht. Mein Opa versuchte mit meiner Mutter, seine Frau von Königsberg nach Frankfurt zu holen. Als das alles nicht richtig klappte, fuhr meine Mutter allein dorthin, um sie zu holen. Das war so um den 2./3. August. Schwanger wie sie war. Eine riskante Sache. Dass sie in dem Zustand überhaupt aus dem Heim wegkam, verdankte sie einem netten Stationsarzt im Lebensborn-Heim, der aus der Gegend um

Rauschen stammte. Er gab ihr ein kleines Päckchen mit, das sie versprach, dort abzugeben.

Da meine Oma etwas kränklich war, sollte sie sich erholen, um wenigstens an Weihnachten in Frankfurt bei Tante Anneliese sein zu können. Sofort mitfahren, das hätte sie nicht geschafft.

Meine Mutter fuhr also drei Wochen später alleine wieder zurück nach Steinhöring. Dort bekam sie die Nachricht ausgehändigt, sie war im sechsten Monat schwanger, dass Hasso bei einem Fronteinsatz in Kiew gefallen sei. Damit war dann das Thema Hasso endgültig erledigt. Für meine Mutter eine ausgesprochen schmerzhafte Nachricht.

Sie fuhr sofort nach Frankfurt zu ihrer Freundin Anneliese, und war noch vor der Geburt des Kindes in Sicherheit.

Ich war inzwischen geboren, und die Hoffnung, dass mich meine Oma kennenlernte, war groß. Denn mein Opa hatte die Geburt miterlebt und schrieb darüber nach Königsberg. Aber die Post ging wohl verloren. Tante Anneliese erzählte mir dann etwas, was ich bis dahin nicht wusste und mich traurig stimmte.

Es gingen keine Züge mehr aus Königsberg. Am 24. Januar 1945 wurde der Eisenbahnverkehr eingestellt, und die Leute, die von dort irgendwie wegkamen, berichteten von unvorstellbaren Dingen. Die Angst um meine Oma war unbeschreiblich. Ein bisschen krank sei sie zwar noch, aber sie habe einen Platz auf der Wilhelm Gustloff bekommen, schrieb sie in einem Telegramm. Wie das ging, konnte sich keiner erklären, aber die Freude über diese Nachricht war groß.

Am 30. Januar 1945 schlug die Freude in Trauer um. Das Schiff wurde versenkt. Alle tot, hieß es. Mein Opa und meine Mutter hielten sich an dem Strohhalm fest, dass sie gar nicht auf das Schiff gekommen war. Aber eine Flucht über den Landweg war inzwischen auch nicht mehr möglich. Nachrichten kamen nur spärlich durch.

Acht Tage später kam ein Mann vom Roten Kreuz in Frankfurt und erklärte, dass meine Mutter ins Krankenhaus kommen solle, ihre Mutter sei dort eingeliefert worden. Sprachlosigkeit und stille Freude erfasste alle.

„Wie kam sie denn nach Frankfurt?“ wollte ich wissen.

„Man hatte sie bei dem Chaos, auf die Gustloff zu kommen, immer wieder abgedrängt. Da sie durch ihre Krankheit sehr geschwächt war, gab sie auf und blieb zurück. Dann bekam sie den Tipp, dass ein Frachter in Gotenhafen noch Platz im unteren Frachtraum hätte und einen Tag später auslaufen wolle. Sie war mit hunderten von Leuten eingepfercht in der großen Frachtwanne aus Stahl. Kalt, feucht und dunkel. Aber der Frachter erreichte tatsächlich Travemünde. Mit dem Roten Kreuz kam deine Oma schwerkrank nach Frankfurt. Drei Tage später ist sie an Lungenentzündung gestorben. Dich hatte sie leider nie gesehen. Dein Opa ist danach seelisch abgestürzt. Im Sommer soll er in Frankfurt in eine Auseinandersetzung mit Schwarzhändlern geraten sein. Man sagte, er wäre bei einem Unfall ums Leben gekommen. Geprüft hat es niemand.“

Dann fuhr Tante Anneliese fort, von Mutter zu erzählen. Aber das Thema Hasso machte ihr zu schaffen. Für sie musste es heute noch, selbst nach so vielen Jahren, belastend sein, denn wenn es um Hasso ging, steigerte sich ihre Nervosität so stark, dass sie anfing hastiger zu reden, um schnell mit diesem Thema fertig zu werden.

Im Unterton glaubte ich herauszuhören, dass es wenig Sinn machen würde, nach so langer Zeit nach meiner Herkunft zu forschen. Vielleicht hatte Tante Anneliese sogar recht damit, denn ich hatte nun wirklich nicht das Gefühl, unbewältigte Probleme zu haben, die mein Leben zu zerstören drohten. Es war alles nur reine Neugier, das Geheimnis des Kartons meiner Mutter zu enträtseln. Jedenfalls so weit wie möglich.

Nur zufrieden zu sein mit der Tatsache, einen weiteren Vater zu haben, den leiblichen Vater, war dann doch zu wenig. Es war eine Herausforderung, eine Bestätigung zu bekommen. Vor allem die unterschiedlichen Angaben über meinen Geburtstermin machten mich neugierig.

„Wie hat Mutter denn das alles verarbeitet?“

„Die Nachricht über Hasso konnte sie nur schwer verkraften.“

„Wie kam sie denn nun mit Arthur zusammen?“

„Ende August 1944 kam ein Brief von Arthur. Er sollte nach Garmisch-Partenkirchen ins Lazarett gebracht werden. Ich fuhr mit ihr dorthin. Sie konnte in ihrem Zustand nicht alleine fahren.“

„Was hat Arthur denn gesagt?“

„Er war überrascht über die Schwangerschaft und freute sich auf seinen Sohn, voll davon überzeugt, dass es ein Sohn werden würde. Er hätte darauf jeden Eid geschworen.“

Das zu erfahren machte mich stolz und förderte die Sympathie für Arthur.

„Ihr habt ihn also im Unklaren gelassen?“

„Er war so glücklich in diesem Augenblick. Und mit seiner schweren Verletzung ...“

„Das ist natürlich ein Grund. Auch noch die ganzen Jahre danach!“

„Sei nicht so ironisch. Die Nachricht half ihm, seine schwere Verletzung zu ertragen. Wir mussten ihm damals die Wahrheit erst einmal verschweigen und entschieden, es ihm später zu sagen, dass er nicht der leibliche Vater ist.“ Dabei tätschelte Tante Anneliese mit einem Lächeln meine Hände.

„Ich danke außerordentlich, dass auch ich nichts erfahren durfte“, kam es etwas provozierend über meine Lippen. Tante Anneliese sah mich nur von der Seite ernst an und sagte dazu nichts.

„Arthur lag noch bis Ende November 1944 im Lazarett. Du wurdest am 3. November 1944 geboren, etwa 14 Tage über dem festgelegten Termin. Arthur erzählten wir allerdings, dass du mehrere Wochen zu früh warst – wegen der Aufregungen. Er konnte sich selbst errechnen, wann der Termin sein musste, nachdem er mit deiner Mutter im Februar zusammen war. Also war der Schwindel sogar notwendig, um glaubhaft zu sein.“

„Und nachdem er mich ja erst Ende November das erste Mal sehen konnte, wurde ich zum kräftigsten Frühchen, das man im Krankenhaus jemals gesehen hatte.“

Nun kannte ich die Wahrheit über die unterschiedlichen Aussagen endlich und konnte diesbezüglich einen Haken an meine Fragezeichen machen.

„Exakt. Es passte alles zusammen, zumal Hasso offiziell für tot erklärt worden war. Wem sollte nach der ganzen Aufregung noch die Wahrheit nutzen?“

„Aber als Arthur im Sterben lag, hat Mutter ihm alles gesagt. Warum gerade da?“

„Ich weiß es nicht.“

„Das war die unpassendste Gelegenheit. Hätte sie es doch dabei belassen und sich mit der Wahrheit wenigstens an mich gewandt.“

„Ich könnte mir vorstellen, dass sie die Last von ihren Schultern nehmen wollte und insgeheim hoffte, Arthur würde ihr verzeihen.“

„Das war wohl mehr ein Wunschdenken“, sagte ich.

„Sicherlich. Sie litt wohl ihr ganzes Leben unter dieser Lüge.“

Tante Anneliese kramte in alten Bildern und sagte nichts mehr dazu. Wir wussten beide in dem Moment nicht weiter und blickten stumm einige Fotos aus der Zeit in Steinhöring an. Plötzlich hielt ich ein Bild in der Hand, auf dem Mutter und Hasso vor einem riesigen Tor mit zwei Türmen standen. Auf der Rückseite stand: Ein lieber Gruß aus dem Urlaub! Dass es Hasso auf dem Foto war, konnte ich nur erahnen.

Der Schirm seiner Kopfbedeckung verdeckte die Augen. Der Schatten, den der Schirm warf, verdunkelte alles bis zur Nasenspitze.

„Tante Anneliese, wo wurde das aufgenommen?“

„Vor dem Holstentor in Lübeck. Deine Mutter schickte mir das Bild als Erinnerung an einen Urlaub an der Ostsee. Ich glaube, es war im Sommer 1943, im August.“

„Darf ich es behalten?“

„Natürlich – wenn es dir gefällt.“

Es gab nun drei Dinge, die mich neugierig machten: das Bild, der Zettel mit dem kompletten Namen von Hasso und der Ortsname Steinhöring, wo alles seinen Ursprung hatte.

„Harald, sag mal – wenn du unbedingt nach der Familie deines leiblichen Vaters suchen willst, wäre es nicht besser, behördliche Stellen zu bemühen?"

„Also, die Suche nach dem leiblichen Vater, das wird wohl eine Suche nach dem Grab, wenn es denn eins geben sollte", antwortete ich.

„Ich meine ja auch nur. Die Kriegsgräberfürsorge kann da sicher helfen. Über diese Stelle ließe sich am ehesten etwas finden."

„Könnte sein. Vielleicht habe ich auch Angst davor, etwas ganz Konkretes zu finden. Vielleicht genügt es mir auch, nur zu sehen, wo Vater mal gelebt hat. Vielleicht möchte ich ja gar nicht viel mehr. Ich weiß es nicht."

Ich glaubte, dass ich nach einer Weile gut damit leben könnte, mit den Erinnerungen an schöne Zeiten mit Mutter und Arthur als Vater, der er eigentlich immer war. Ich könnte mir vorstellen, dass die Liebe, die ich empfing, den jetzigen Wunsch nach anderen Tatsachen überdeckt. Wenn ich selbst etwas finden sollte, okay. Wenn nicht, auch nicht zu ändern. Mutters Spruch von Salomo 3, 30 wollte ich beherzigen.

Tante Anneliese meinte: „Ich würde dir gern die Arbeit abnehmen, etwas in Erfahrung zu bringen. Denn wenn die Post zwischen den USA und Deutschland hin und her geht, ist das doch sehr zeitaufwendig. Ich bin doch näher am Geschehen. Was denkst du?"

„Ich denke, dass ich nur die Orte besuche, wo Mutter gewesen ist, das wird reichen. Außerdem fehlen mir doch die Sachen, die mir gestohlen wurden, um eine gute Recherche in den wenigen Tagen, die mir zur Verfügung stehen, durchzuführen."

„Das ist natürlich sehr schade, aber letztlich eine gute Entscheidung, mein Junge."

Drei Tage blieb ich noch bei Tante Anneliese und erfuhr nichts wesentlich Neues. Die zwei Zettel, die ich gefunden hatte, verschwieg ich ihr. Weshalb, weiß ich nicht, einfach aus dem Gefühl heraus.

Ich schaute mir die Mainmetropole etwas an und ging zu den Plätzen, an denen ich wahrscheinlich mit meiner Mutter und

Arthur auch schon gewesen war. Eiserner Steg, die Paulskirche, der Bahnhof, die Hauptwache und vieles mehr. Mit ein paar Bildern bepackt, machte ich mich auf den Weg nach Steinhöring in Bayern. Aus anderen Gründen wirkte das Wort Bayern, speziell München, auf mich wie ein Magnet. Ich hatte schon 1972 zu den Olympischen Spielen dorthin reisen wollen, es hatte aber nicht geklappt. Und nun konnte ich das, auch den Besuch der Sportstätten, ausgiebig nachholen.

Als ich mich von Tante Anneliese verabschiedete, gab sie mir ein kleines, mit einem starken, geflochtenen Bindfaden gebundenes Büchlein mit. Der Titel war „Mein Königsberg", von meiner Mutter eigenhändig geschrieben und mit Fotos von dort ausgestattet. Darin ein Gedicht über die Stadt Königsberg.

Über dieses Geschenk freute ich mich sehr. Als ich es entgegennahm, fiel ein Zettel heraus. Ich hob ihn auf und konnte noch gerade die Notiz Flug 2119 – B2 erkennen, als Tante Anneliese ihn mir förmlich entriss.

„Das ist nur eine Telefonnummer. Ich dachte schon, ich hätte sie verloren. Wo man aber auch überall seine Sachen hinlegt. Lass mich noch einmal durchblättern, dass nicht noch mehr Zettel drin versteckt liegen, die ich vielleicht brauche. Das Alter – ich werde vergesslich!"

Sie wirkte dabei so nervös, dass ich mir ernsthaft Gedanken machte. Und eine Telefonnummer war es sicher nicht, denn Flug 2119 – B2 konnte nur etwas mit einem Flugzeug zu tun haben.

Ich notierte mir das auf einem Zettel. Vielleicht brauchte ich es ja mal, wer weiß.

Steinhöring

Mein Ziel Steinhöring konnte ich nur erreichen, wenn ich in München umstieg. Von meiner neuen Bekanntschaft verabschiedete ich mich bei der Gelegenheit. Friedhelm Göhre steckte seiner Sekretärin einen Zettel zu, und sie las mir den Text vor.

„Wenn Sie irgendwelche Hilfe benötigen, rufen Sie uns einfach an!“

Göhre bekräftigte lächelnd und still die Mitteilung an mich.

„Machen Sie’s gut und viel Erfolg“, sagte seine Sekretärin, schnappte Göhre am Arm und verschwand mit ihm im Gewimmel auf dem Bahnsteig. Was für eine Frau, schoss es mir durch den Kopf. Sie wog bestimmt hundert Kilo, hatte aber die Leichtigkeit einer Feder. Ihre ungeheure Ausstrahlung verhinderte Gedanken, die in Boshaftigkeiten oder Beleidigungen hätten abrutschen können. Es war eine Zugbekanntschaft, die ich so schnell nicht vergessen würde, da war ich sicher.

Göhre war ein Anwalt, der mit seiner Sekretärin, ohne die er wohl nie zurechtkommen würde, in Stuttgart zustieg, und die in München ihr Ziel erreichten. Ich musste umsteigen und saß nun in einem Zug des Regionalverkehrs, der an jedem Bahnhof hielt und mir in langsamer Fahrt die Schönheit der Landschaft offenbarte.

Friedlich und schön anzusehen, es erinnerte mich an die Gegend um Demorest, meine Heimatstadt in Georgia im Habersham County.

Ich musste über die beiden den Kopf schütteln, bekam aber bei dem Gedanken an sie auch ein warmes Gefühl im Körper, das sich gewöhnlich ausbreitet, wenn man etwas Angenehmes erlebt.

Mein Zug verließ den Bahnhof von München, und ich hatte Zeit, auf den restlichen Kilometern bis Steinhöring darüber nachzudenken, wie so etwas funktionieren kann. Aber da muss ich etwas weiter ausholen, denn das war eine ganz einmalige und für mich wichtige Begegnung, wie sich noch herausstellen sollte.

***

In Stuttgart stiegen die beiden zu und richteten sich mir gegenüber auf ihren Plätzen ein.

Das Abteil, das ich bis dahin für mich allein hatte und wo ich mich lang ausstrecken konnte, musste ich nun teilen. Die Bequemlichkeit war somit vorbei. Gegrüßt hatte nur sie, er nickte bloß. Ich dachte, Vater und Tochter im Stress, und schaute aus dem Fenster auf die imponierend schöne Landschaft.

In der Folgezeit hörte ich nur sie reden, er notierte immer nur etwas und gab ihr die Notizen. Dass er ihr alles aufschrieb, sie das las und ihm dann ganz normal antwortete, erstaunte mich, denn ich konnte damit nichts anfangen. Um nicht den Eindruck eines Neugierigen zu erwecken, blickte ich weiter angestrengt aus dem Fenster, drehte aber immer mal die Augen in Richtung der beiden.

„Sie sehen aus, als ob Sie sich sehr wundern", sprach die junge Frau mich an.

Was sollte ich dazu sagen? Ich verhielt mich so wie ihr Begleiter. Still. So viel Stress war ja unerträglich. Über Zettel mit der Tochter korrespondieren, da wollte ich nicht unbedingt mit hineingezogen werden.

„Ich bin Anita, und das ist mein Chef, Rechtsanwalt Göhre."

„Harry Wageneck", sagte ich ziemlich kurz angebunden.

„Sind Sie amerikanischer Soldat? Es klingt so."

„Nein, aber Amerikaner bin ich schon. Ich bin auf einer Urlaubsfahrt."

„Sie sprechen sehr gut Deutsch, aber ihre Muttersprache kommt schon durch. Apropos sprechen – mein Chef hatte eine Kehlkopfoperation und kann sich nur mit diesem Gerät verständigen, das er sich an den Hals halten muss. Aber da er das so sehr hasst, nehme ich ihm das Reden ab."

Das änderte meine Meinung über die beiden enorm und meinen Gesichtsausdruck natürlich auch. Ich blickte viel freundlicher, und sowohl Anita als auch ihr Chef registrierten es mit Wohlwollen. Anita hatte eine ziemliche Leibesfülle und füllte daher auch jeden Zentimeter ihres Sitzes aus. Ihre adrette Kleidung verbarg eine Menge Kilos. Fragen, die einem bei ihrem Anblick einfielen, wurden einfach überspielt. Sie war eine warmherzige Person und hatte, obwohl sehr kräftig, eine attraktive Stimme.

Nach einer halben Stunde hatte ich mich bereits ein bisschen in sie verliebt. Das ist sicher viel nach so kurzer Zeit. Ihr Lachen konnte Zorn vertreiben. Sie verstand es, in den Gedanken ihres

Gegenübers das Bild eines anderen Menschen zu erzeugen. Man sah nicht mehr die dicke Frau in ihr, sondern eine grazile und überaus angenehme Erscheinung.

„Anita ist wie ein kleines Gewitta", musste sie mir vom Zettel ablesen. Dabei lächelte Göhre und streichelte Anita über die Wange. Sie verzieh ihm und genoss die Zuneigung. Ein schönes Verhältnis zwischen Häuptling und Untertan. Göhre wusste, dass er ohne sie seinen Job hätte vergessen können. Allenfalls als überqualifizierter Sachbearbeiter hätte er sich vielleicht noch verwirklichen können.

„Wir haben uns bei einem Stenokurs kennengelernt, nun schreibt er alles auf, und ich übersetze es dann einfach. Angefangen hatte es bei unserem Kursabschlussessen. Ich half ihm dabei, sich schnell mitzuteilen, und las seine Notizen den anderen vor. Dass Stenografie so eine Aufgabe erfüllen kann, daran hatte sicher keiner bei der Entwicklung der Schrift gedacht. Es machte uns richtig Spaß, und wir hatten beide einen Grund, ständig die Kurzschrift zu üben. Inzwischen entwickeln wir für uns noch schnellere Kürzel."

„Ist das in einem Büro nicht lästig, mit Zetteln zu korrespondieren?" wollte ich wissen.

„Da wohl eher, aber vor Gericht geht es ganz gut. Flüstern entfällt. Er schreibt seine Fragen und Antworten auf, die ich dann sofort laut verkünde. Das geht ohne großen Zeitverlust. Das Gericht musste sich erst daran gewöhnen, aber jetzt haben sie ihre Skepsis überwunden und uns akzeptiert. Ich rede wieder nur, aber das macht die Gewohnheit – entschuldigen Sie. Wo wollen Sie denn Urlaub machen?"

Göhre reichte ihr einen Zettel, und sie las, allerdings etwas zerknirscht: „Anita redet immer ein bisschen viel, und neugierig ist sie auch noch!" Sie musste über sich selbst etwas vorlesen. Sie erfüllte diese Aufgabe wie jemand, der eine ungeliebte Arznei schlucken muss.

Die Fahrt nahm einen ungeahnten und außerordentlich angenehmen Verlauf.

„Ist hier noch jemand zugestiegen?"

Die höfliche, aber durchaus berechtigte Frage der Kontrolleurin brachte eine kurze Pause in unsere Unterhaltung. Hinter ihr drängelte eine Frau mit ihrem Servicewagen durch die Abteile und verteilte Getränke. Göhre und ich bekamen einen Tee, Anita bestellte sich einen Kaffee.

„Wir wurden unterbrochen. Wie war das nun mit dem Urlaub?"

„Na ja, Urlaub ist es nur in zweiter Linie."

Ich erklärte den Grund meines Urlaubs, und die Konversation lief ab wie vorher beschrieben. Ich hörte nur Anita, aber geredet haben eigentlich beide. Pausen traten tatsächlich nicht ein. Eine grandiose Leistung der jungen Frau. In ihrer Handtasche verbarg sie eine Unmenge von kleinen Notizblöcken. Die gebrauchten Notizen erhielten eine Nummer und verschwanden in einer extra Schachtel.

Die Verwunderung der beiden, dass ich auf der Suche nach den möglichen Resten einer Familie war, aus der mein leiblicher Vater stammte, den ich nie kennenlernte, war schon an sich eine spannende Angelegenheit. Dass ich aber in einem Lebensborn-Heim geboren werden sollte, machte zumindest Göhre betroffen. Anita konnte mit der ganzen Situation nicht so viel anfangen.

Ich gab Göhre das Gedicht meiner Mutter zu lesen, das sie über Königsberg verfasst hatte.

Er war sichtlich ergriffen und notierte etwas für Anita. Ihm würde ganz besonders der erste Vers gefallen, denn seine Großmutter sei aus der Nähe von Königsberg. Sie komme aus Cranz, das nördlich von Königsberg am Übergang zur Kurischen Nehrung liege. Der Vers lautete:

„Klumphausen, wie's nun vor aller Augen liegt,
war einst ein schönes Städtchen.
Da, wo der Pregel krumm sich biegt,
gab's auch recht schöne Mädchen."

Das ganze Gedicht beschreibt die Gedanken am Tag nach den Luftangriffen durch die Engländer. Göhre zwinkerte mir mit einem Auge zu, und Anita bezog es auf sich, als sie das bemerkte. Sie lächelte wie nach einem wunderschönen Kompliment.

Manchmal wiegte Göhre seinen Kopf hin und her, wenn ich ihm vom Inhalt des Kartons meiner Mutter erzählte, den sie mir hinterlassen hatte, als sie verstarb. Erschüttert war er über den Einbruch und den Verlust einiger Unterlagen. Anita machte mit ihrer kräftigen Stimme deutlich, was Göhre ihr auf den Zettel schrieb.

„Sie müssen ins Archiv von Zeitungsverlagen gehen, denn dort besteht die beste Möglichkeit, etwas über die Zeit zu erfahren. Da ist München sicher eine gute Adresse."

Für mich als Journalist wohl kein großes Hindernis, in Archiven zu stöbern. Wir tauschten unsere Visitenkarten aus, und ich ahnte noch nicht, dass ich diese Karte einmal dringend benötigen würde.

„Komm, du Tyrann, wir sind da!"

Lächelnd fügte sich Göhre der Anordnung von Anita, und wir verließen den Zug. München war leider Endstation unserer gemeinsamen und unterhaltsamen Fahrt.

***

Zehn Minuten dauerte es noch bis Steinhöring. Ich schaute mir entspannt die Gegend an, in der ich fast geboren wurde. Tante Anneliese hatte durch ihr beherztes Eingreifen meine Geburt dort verhindern können.

Ich mietete mich in einer Pension ein und musste erst einmal ausschlafen, denn die letzten Tage hatten es in sich. Für meine Unternehmungen in München und Steinhöring wählte ich einen komfortablen Jeep als fahrbaren Untersatz und holte ihn am Abend bei der Autovermietung ab.

Am nächsten Tag begann ich sofort nach dem Frühstück damit, meine eigene Geschichte aufzuarbeiten. Von Tante Anneliese hatte ich einige Telefonnummern, die ich fein säuberlich geordnet griffbereit neben mich auf den Beifahrersitz legte. Die wichtigste Nummer war eine, die Göhre mir gegeben hatte, die des „Münchner Merkur". Als Journalist würde es mir wohl möglich sein, in den Archiven etwas zu finden. Die Visitenkarte von Göhre bekam einen besonderen Platz.

Aber erst wollte ich mir diesen Ort Steinhöring ansahen, der für meine Mutter eine solche Bedeutung besaß. Ich machte mich zu Fuß auf den Rundgang. Sonnenstrahlen, die durch die hohen Bäume stachen, tauchten die Gebäude an diesem einst so menschenfeindlichen Ort in ein friedliches Licht. Ohne es besonders zu bewerten, fühlte ich doch ein komisches Kribbeln in der Magengegend, als ich vor dem noch einzigen Gebäude aus der Zeit stand.

Es waren „stinknormale" Gebäude mit schön angelegtem Garten darum herum. Aber ich stand einfach nur so da und stellte mir vor, dass hier die Mutter gegangen war. Ich selbst war auch schon dabei gewesen. Eine ziemlich beklemmende Vorstellung, angesichts der bisherigen Kenntnis der damaligen Zeit. Und diesen mageren Kenntnisstand wollte ich nun unbedingt erweitern. Jetzt ist die große Anlage ein Betreuungszentrum für behinderte Menschen, mit Werkstätten, kleinem Hofladen, Gärtnerei und Freizeiteinrichtungen mit einem gepflegten Teich. Mitten im Park steht das Steinmonument aus den Tagen des Lebensborn: Eine stillende Mutter.

Für die Nachmittagsstunden nahm ich mir den Besuch des „Münchner Merkur" vor. Meine innere Anspannung war gewaltig. Im Hotel packte ich noch ein paar Sachen zusammen.

Ich stieg in meinen Jeep, als plötzlich ein Mann an die Seitenscheibe klopfte und sagte: „Haben Sie das verloren?"

Es war der Gärtner, der die Parkplatzfläche vor dem Hotel kehrte. In seiner Hand hielt er den kleinen blauen Schlüsselanhänger, den ich vor meinem Haus gefunden und am Ring meiner Autoschlüssel befestigt hatte.

„Danke!"

Dann aber stellte ich fest, dass mein Anhänger noch am Schlüssel hing. Ich stieg aus dem Wagen und ging zu dem Mann, der ihn gefunden hatte.

„Sagen Sie, wo lag der kleine Flaschenöffner?"

„Neben der Beifahrertür."

Er folgte mir und zeigte mir die Stelle. Es machte mich nachdenklich. Ich stieg in den Wagen und fuhr los, aber nach ein paar Metern klopfte der Mann mit seinem Besenstiel aufs Autodach, und ich hielt an.

Unter dem Wagen befand sich eine große Öl-Lache.

Die Autovermietung holte den Wagen ab, und ich bekam einen anderen Wagen. Die Bremsschläuche waren durchtrennt worden, und die Schraube der Ölwanne war fast herausgedreht. Ratlos standen wir alle da, und die Herren der Autovermietung entschuldigten sich ständig. Dann fragte ich sie, von wo die kleinen Flaschenöffner stammen könnten.

„Das sind Werbegeschenke einer Partei, die sie vor den Wahlen verteilten. Kugelschreiber gab es auch noch."

„Dann behalten Sie den, ich habe bereits einen Öffner", sagte ich.

„Davon habe ich auch schon vier oder fünf Stück."

Ich konnte ihn nicht loswerden und legte ihn in die Ablage zwischen den Sitzen.

Auf dem Weg zum „Münchner Merkur" musste ich mich selbst ermahnen, den Fuß vom Gaspedal zu nehmen. Ich beeilte mich ohne Grund. Auf der Fahrt musste ich dauernd an die Attacke gegen mich denken. Denn der Einbruch in mein Haus und die Manipulation am Wagen waren sicher keine Zufälle. Und das Verbindungsglied waren ausgerechnet diese zwei kleinen Flaschenöffner. Wieso wollte man mich, denn das war eindeutig, von meinem Vorhaben abbringen?

Nach einigen Fragen und Besuchen einzelner Büros bekam ich einen Herrn zur Seite, der genügend Englisch sprach und mich ins Archiv begleitete. Er legte mir verschiedene Artikel vor, die über Steinhöring allgemein und die Heime des „Lebensborn e. V." im Besonderen Auskunft gaben. Ich war gezwungen, langsam zu lesen, und der Herr hatte für mich Verständnis. Während ich las, versuchte er, weitere Zeitungsausschnitte zu finden.

In einem Bericht war beschrieben, was die ganze Geschichte vieler Kinder und den Wahn einiger Leute der NS-Zeit erklärte.

Der weithin unbekannte, aber durch seine Stellung als Sekretär des Führers mächtige Martin Bormann wollte zur „Sicherheit der Zukunft des deutschen Volkes“ beitragen. Er berief sich auf Äußerungen Hitlers über die hohe Zahl der Gefallenen und den daraus resultierenden zukünftigen Geburtenrückgang. Es müssten demnach mehr Kinder geboren werden.

Bormann propagierte die „verstärkte Fortpflanzung“ der anständigen, charaktervollen, physisch und psychisch gesunden Männer, die Zeugung außerehelicher Kinder, die „Ehe zu dritt“ und den Abbau aller etwaigen hinderlichen Schranken. Bormann selbst konnte sich auf seine Frau berufen, die seine Ansichten einer „Volksnotehe“ teilte. In diesem Zusammenhang ist die Funktion des „Lebensborn e. V.“ nicht zu übersehen, der, bereits 1935 gegründet, den „erbbiologisch“ angeblich wertvollen Nachwuchs insbesondere von SS-Angehörigen auch außerhalb ehelicher Bindungen sichern sollte.

Mutter und Hasso hätten sie vielleicht in Ruhe gelassen, aber ihr öffentliches Engagement in Opposition zu dieser Idee hatte den Staat herausgefordert. Das hatte zur Folge, dass man sie mit gewaltsamen Mitteln trennte. Man hatte nur Interesse an mir – dem Produkt einer staatssichernden Idee.

Ein weiterer Artikel, der mir klarmachte, wie viel Glück ich eigentlich gehabt hatte, sträubte mir die Nackenhaare. Hinter dem Entbindungsheim befanden sich sechs große Baracken, die geschmackvoll eingerichtet waren. In ihnen lebten hundert Frauen, von denen die meisten Deutsche waren. Es gab aber auch polnische, russische, französische, norwegische, belgische, holländische und dänische Frauen. Alle waren, wie der Berichterstatter nicht ohne Wohlgefallen feststellte, „wohlgeformt und gut gekleidet oder besser gesagt, noch unbekleidet“. Im Lebensborn-Heim lebten zudem noch 280 Kinder bis zu vier Jahren. Sie alle waren bis zum Kriegsende aus sieben anderen Heimen nach Steinhöring gebracht worden.

Die Amerikaner setzten 1945 den Kinderarzt Dr. med. Kleinle ein, der die Leitung des Heimes übernahm. Er erlebte menschliche Tragödien. Die ausländischen Frauen hatten panische Angst, mit ihren „Lebensborn-Kindern“ in ihre Heimat zurückzukehren. Vor allem Französinnen ertrugen ihr Schicksal sehr tapfer, vermerkte Dr. Kleinle.

Die meisten der 280 Kinder, die nun alleine waren, wurden zur Adoption freigegeben und in alle Welt verstreut. In die USA, nach Südafrika, Großbritannien, Frankreich, Dänemark, in die Schweiz und natürlich auch nach Deutschland.

Lebhaft konnte ich mir vorstellen, wie es denen erging, die erfuhren, wo sie eigentlich herkamen, aber nie die deutsche Sprache erlernt hatten. Wie schwierig war es für sie, nach Hinweisen zu suchen. Da hatte ich es wesentlich leichter, mit einem gewaltigen Vorsprung durch die Sprache sowie der Gewissheit, die leibliche Mutter behalten zu haben.

Es gab also Menschen, die in einem ganz anderen Kulturkreis aufwuchsen und riesige Probleme damit bekamen, sich vorzustellen, dass sie eigentlich nur „verpflanzt“ wurden. Wie sollte sich in diesen Köpfen etwas entwickeln, diese Vergangenheit zu verstehen, in die sie eigentlich als Teil hineingeboren wurden. Mit der großen Sicherheit, einen deutschen Vater zu haben. Es ist vorstellbar, dass sie ein Leben lang unter diesem Stigma litten und große Schwierigkeiten hatten, damit an die Öffentlichkeit zu gehen.

Ich stellte mir vor, wie es wohl denjenigen erging, die nie erfahren haben, wer ihre Eltern waren. Da gab es andere, die völlig durcheinander gerieten. Die mussten Dinge erfahren, zu denen sie Fragen hatten, aber keine Chance mehr auf Antworten.

Ein solcher Fall wurde mir in einem Zeitungsartikel vor Augen geführt. Nachdem ich ihn ganz gelesen hatte, war ich ziemlich aufgewühlt. Mir wurde heiß und kalt zugleich.

Eine Frau bekam 1943 Zwillinge, einen Jungen und ein Mädchen. Der Vater der Kinder war ihr natürlich bekannt. Er wurde zu Protokoll gegeben. Aber in der Geburtsurkunde fehlte der Name. Da stand nur: Der Vater ist bekannt und hat die Vaterschaft anerkannt. Die Urkunde verwahrte der Lebensborn. Der Vater wurde zwar namentlich erfasst, aber durch einen Sperrvermerk geschützt. So konnte der Ruf der zeugungsaktiven Männer des Lebensborn gewahrt werden.

Die Geburt wurde auch nicht an das Heimatstandesamt der Mutter gemeldet. Aktenaustausch innerhalb der Behörden fand nicht statt. Da machte die SS ihre eigenen Bestimmungen. Es wusste also jeder, was da passierte, aber niemand unternahm etwas dagegen.

Wolfgang und Helene, die Zwillinge, durften von der Mutter ab und an besucht werden. Sie wurden später von der SS nach Steinhöring geschickt, als die Rote Armee im Osten einmarschierte. Beide Kinder lebten als Waisen getarnt. Als sie drei Jahre alt waren, wurden sie getrennt und verschwanden. Beide wurden adoptiert und bekamen neue Eltern. Helene war nun vor einigen Jahren in Steinhöring und konnte mit Hilfe eines Journalisten Grundlagenforschung betreiben.

Danach schilderte sie ihre Geschichte. Ab ihrem zwölften Lebensjahr ging sie ihrer Herkunft nach, denn aus der Erinnerung konnte sie sich an einen Bruder entsinnen und an eine Frau, die sie immer besucht hatte. Ihre Fragen wurden aber von den Adoptiveltern in den Bereich der Fantasie abgeschoben. Helene ließ nicht locker und hatte übers Jugendamt erfahren, dass sie adoptiert wurde, ihre richtigen Eltern aber nicht bekannt seien. Man wusste nur, dass sie beim Lebensborn war.

Ihr Adoptivvater hatte sich einmal versprochen und gesagt, dass sie wie ihre Mutter aussähe. Die Adoptivmutter fiel fast in Ohnmacht, als sie das hörte. Sie befahl ihrem Mann, sofort still zu sein. Helene merkte, dass ihr Vater nur die leibliche Mutter gemeint haben konnte. Auf Helenes Drängen gab er dann zu, ihre Mutter gekannt zu haben. War er vielleicht sogar ihr leiblicher Vater? Sie konnte ihn das nie mehr fragen. Er starb zuvor. Sie blieb mit ihren Fragen allein.

Nach der Lektüre war mir nicht mehr danach, weitere Berichte und Zeitungen zu studieren. Der Archivar hatte dafür Verständnis, dass ich das alles in Ruhe in den nächsten Tagen fortsetzen wollte.

Danach würde ich wohl die ganze Sache begriffen haben und wissen, dass noch so viele wesentlich schlechter dran waren als ich. Viele Betroffene suchten einfach vor Ort nach den Wurzeln, ohne Chance auf Erfolg.

Einige Zeugenaussagen konnten mit verschiedenen Berichten, die auch über das Kriegsende hinausgingen, noch zusammengetragen werden. Auf meine Bitte erhielt ich vom Archivar Ludwig einige Kopien. Inzwischen hatten er und ich uns ein wenig angefreundet. Er wurde neugierig und begann zu fragen.

„Harry, Ihr Interesse an dieser – na, sagen wir mal – verunglückten deutschen Vergangenheit, ist ja ganz enorm. Gibt es da etwas Bestimmtes aus der Zeit, das Sie so beschäftigt?"

„Sagen wir mal, diese verunglückte Vergangenheit zu beleuchten ist sehr interessant."

„Vorbei ist vorbei. Jedenfalls streiche ich die Zeit von 1939 bis 1945 einfach. Ich war da nicht dabei. Ich war krank oder in Urlaub", erklärte mir Ludwig.

„Geht das so einfach?"

„Das wohl nicht. Aber was hilft es mir, darüber groß zu philosophieren? Es reicht, dass ich erleben musste, wie man uns mitgespielt hat."

„Da kann ich wenig dazu sagen, da reichen meine Kenntnisse nicht aus."

„Sie sind ja auch Amerikaner und erst nach dem Krieg geboren. Seien Sie froh darüber."

Ich wollte Ludwig jetzt nicht aufklären und beließ es dabei. Vielleicht hätte es mich von meinem eigentlichen Vorhaben abgebracht, wenn ich ihm ein neues Feld für Fragen eröffnet hätte.

„Aber Ihr Vater könnte vielleicht etwas vom Krieg erzählen. Er hat doch überlebt?"

„Ja, hat er."

„Hat er mitgekämpft, in Deutschland?"

„Ja, auch das hat er."

Ludwigs Miene verzog sich etwas. Vielleicht hatte ihn ein amerikanischer Soldat beleidigt? Vielleicht hätte ich ihm sagen sollen, dass mein Vater deutscher Soldat war.

„Wissen Sie, was viele Deutsche gar nicht wissen?“ fragte Ludwig mich.

„Wie sollte ich? Gibt es da etwas Bestimmtes?“

„Nach Kriegsende standen viele Soldaten der US-Armee vor den Trümmern und waren sprachlos. Ich habe es im Ruhrpott selbst erlebt. Viele weinten, als sie sahen, was sie angerichtet hatten. Man berichtete von einem Soldaten, der ein Foto aus der Tasche kramte und versuchte, das Gebäude zu finden, das darauf zu sehen war. Sein Opa war dort geboren worden. Schließlich fand er nur einen Trümmerhaufen. Er stammelte in gebrochenem Deutsch: ‚Wie soll ich mein Opa das erkläre, wenn ich wieder in die Staate zurück bin?‘“

Ich amüsierte mich über die Wiedergabe in gebrochenem Deutsch und erklärte Ludwig: „Viele hatten wohl ihre Wurzeln in diesem Land und konnten sogar etwas Deutsch. Da kann man das verstehen.“

„Viele? Sehr viele“, sagte Ludwig, gedanklich versunken in der Vergangenheit. „Und viele haben mit Tränen in den Augen geholfen, alles wieder mit aufzubauen. Die nachfolgende deutsche Generation weiß davon nichts. Was sie aus eigener Anschauung erfahren hat, das hat sie bereits wieder vergessen. Und das tut weh! Ich möchte, dass Sie das wissen, Harry. Es gibt aber nicht nur solche unverbesserlichen Arschlöcher bei uns.“

Ich wusste das mit den Soldaten auch nicht. Es machte mich betroffen. Ludwig hatte sich so hineingesteigert, dass er ganz außer Atem war. Ich glaubte ihm seine Bestürzung.

„Hoffen wir, dass es für einen mündigen Bürger, egal, wo er herkommt, eine heilsame Lehre war. Dass vor allem viele langsam begreifen, wer dafür sorgte, dass wir mit Wohlstand ausgestattet frei leben können und die Demokratie bekommen haben“, sagte Ludwig.

Fürs Erste verabschiedete ich mich von ihm und bedankte mich für seine Hilfe. Das umfangreiche Informationsmaterial, das ich vom „Münchner Merkur“ erhalten hatte, reichte für mindestens eine Woche. Es war ein kleiner Karton voller Unterlagen. Kartons hatten es mir wohl angetan.

Da lebte ich mein bisheriges Leben in großer Zufriedenheit und wuchs behütet als geliebtes Kind heran. Und nun geriet ich in eine Situation, die in mir Zweifel und Unbehagen aufkommen ließ. Ich bewegte mich in einem Zwiespalt.

Mutter hatte mich mein Leben lang betrogen. Trotz allem wollten richtiger Hass oder Wut nicht in mir aufkommen. Aber es forderte mich heraus. Auch das teils aufgeregte Verhalten von Tante Anneliese war mit einer der Gründe der Herausforderung.

Den Grund für das Verhalten meiner Mutter, mir die Wahrheit zu unterschlagen, wollte ich jetzt unbedingt in Erfahrung bringen. Das Rad der Geschichte ist nicht zurückzudrehen, aber ich konnte vielleicht etwas über meinen leiblichen Vater herausbekommen. Unbewusst suchte ich nach einer Entschuldigung für meine Mutter, nach einer plausiblen Erklärung.

Ich meldete mich bei Tante Anneliese und erklärte ihr, dass ich bei einer Münchner Zeitung viele Informationen aus der Zeit meiner Geburt erhalten hatte und nun ein bisschen meine Mutter verstünde. Ich wolle die Zeit noch nutzen und mir München ansehen, aber von weiteren Nachforschungen würde ich Abstand nehmen. Tante Anneliese war erst erschrocken, als ich mich telefonisch meldete, dann aber spürbar erleichtert, und wünschte mir Glück bei meinem Vorhaben. Ich versprach, vor meinem Rückflug noch einmal bei ihr zu erscheinen.

„Wie kommst du denn herum? Bus und Bahn?“

„Ich habe mir ein Auto gemietet, da bin ich sehr unabhängig, aber zu dir komme ich wieder mit der Bahn.“

Dass ich aber auch den Ort noch kennenlernen wollte, wo Mutter und Vater ihren Urlaub verbrachten, verschwieg ich Tante Anneliese. Ich hatte also mein nächstes Ziel vor Augen. Lübeck – ein weiteres Puzzleteil des Gesamtbildes von Mutter und Vater.

Vielleicht hätte ich das mit Lübeck nicht gemacht, aber die Tatsache, dass Tante Anneliese mir irgendwie das ganze Unternehmen hatte ausreden wollen, machte mich neugierig.

Das Holstentor, vor dem sich Hasso auf dem Foto zeigte, wirkte wie ein Magnet. Ich setzte meine Informationsreise fort. Wohin würde mich das alles noch führen? Ein paar Tage hatte ich noch.

Als ich schon im Zug saß, fiel mir ein, dass ich vorher eigentlich noch bei Marianne hätte anrufen können. Vielleicht wohnte sie in der Nähe von München, und ich hätte einen Besuch bei ihr, dieser aufgeregten Flugbegleitung, machen können. Von Lübeck aus wollte ich es versuchen.

Es war spannend, und ich wunderte mich dabei über mich selbst, wie ich teilweise emotionslos an die Recherchen heranging. Als wenn ich das für eine ganz gewöhnliche Reportage täte, nicht mich betreffend. Eigenartig!

Notizen

Aufgrund der drei anstrengenden Tage schlief ich im Abteil des Zuges gleich ein. Beim Stopp in Fürth war ich hellwach und kramte das gebundene Büchlein hervor, das mir Tante Anneliese mitgegeben hatte. Gebunden in hellgrünem Karton. Auf der vorderen Umschlagseite zwei Wappen aufgemalt, darunter „Mein Königsberg“.

Außer dem Gedicht, das ich mit Rechtsanwalt Göhre und seinem kleinen „Gewitta“ bereits gelesen hatte, war natürlich noch mehr zu lesen und zu sehen. Nach all den Jahren waren die inneren Seiten vergilbt. Ich blätterte es einmal im Schnellgang von hinten her durch und hielt bei Seite 14 an.

Der Grund war ein großes, gemaltes vierblättriges Kleeblatt. Auf drei Blättern stand je ein Name: Steinhöring – Hasso – Hedwig, der Name meiner Mutter, und auf dem vierten Blatt nur Kind. Was hatte das mit Königsberg zu tun?

Aber dieses Kleeblatt erinnerte mich sofort an die Blüten des Dogwood. Nun glaubte ich auch zu wissen, weshalb sie den Dogwood so verehrte. Dogwood war Ersatz für das Kleeblatt, denn solche Kleeblätter gab es in den USA nicht. Jedenfalls nicht in unserer Gegend.

Neugierig las ich die handgeschriebenen Zeilen meiner Mutter:

„Heute bin ich am Pregel entlang gelaufen und musste überlegen, wie es weitergehen soll. Wie erkläre ich Arthur, dass ich Hasso liebe?

Wir schreiben den 18. April 1942. Man munkelt, dass weitere Städte bombardiert werden sollen. Ein schrecklicher Gedanke! Haben wir nicht schon genug gelitten? Der Führer strengt sich so an. Er tut doch alles, was nur möglich ist.

Wenn Arthur erfährt, dass ich einen SS-Mann liebe, dann bricht für ihn eine Welt zusammen. Arthur sagt doch immer, dass diese *Sausäcke*, deswegen die Abkürzung SS, gerade noch gefehlt haben. Vielleicht liegt er ja bei vielen richtig, aber bei Hasso?

Anneliese meint, ich solle es für mich behalten. Der Ausgang unserer Zukunft ist zu ungewiss. Wer weiß, was noch alles kommt. Ich hoffe nur, dass Hassos Familie in Lübeck nichts passiert ist, als die Bomben fielen. Am 10. März wurde schon Essen bombardiert. Gott sei Dank ist Hasso in Steinhöring in Sicherheit. Ich freue mich, ihn bald wiederzusehen. Ich werde bald nach Steinhöring umziehen! Ich habe ein bisschen Angst, denn das Jahr 1942 fing gar nicht gut an. Oder doch? Immerhin lernte ich Hasso kennen und besuchte ihn, als er einige Tage zu Hause verbrachte, auf der Rückreise nach Königsberg.

Und nun, ein paar Wochen später, diese Bomben der Engländer. Wie soll das bloß weitergehen? Hat der Führer denn gar kein Mittel gegen solche bestialischen Bombardierungen? Warum sind denn bloß alle gegen uns?

Gestern erhielt ich einen Brief von Arthur, worin er mir mitteilte, dass er zur norwegischen Küste abkommandiert wurde. Er ist mit sechs anderen Schiffen ausgelaufen. Arthur glaubt, dass man in der Ostsee nicht mehr sicher genug sei. Die Marine würde wohl über kurz oder lang komplett nach Norwegen ausgelagert. Da hatte ich keine Ahnung, für mich hieß das nur, dass Arthur weiter weg sein wird, als mir lieb sein kann.

Unterwegs hatten er und seine Mannschaft ein kleines Boot aufgegriffen, worin ‚fünf Sternchen' saßen. Eine ganze Familie. Er setzte sie vor Trelleborg an der schwedischen Küste aus, damit sie an Land gehen konnten. Was meinte er bloß mit ‚fünf Sternchen'?"
Dass dieses Buch von Mutter nicht bei uns in Demorest im Bücherregal zu finden war, sondern bei Tante Anneliese die Zeit überdauerte, konnte ich mir nun lebhaft vorstellen.

Mein Zug ruckte an, und ich erschrak in dem Moment. Meine Gedanken waren im Nirgendwo. Plötzlich entstand in mir Hass auf diesen blöden Krieg, der mich jetzt nach so langer Zeit einholte. Er hatte für mich nur in den Geschichtsbüchern stattgefunden, vielleicht von Seite 28 bis 46. Und nun war ich ein Detail aus der Zeit geworden. Mittendrin im Geschehen einer Vergangenheit, die Krieg und Tod bedeutete. Leider waren im Text keine weiteren Orte oder Daten angegeben. Ich wusste über die Familie von Hasso nur, dass sie in Lübeck lebte, wo die Bomben der Engländer fielen.

Ohne weiter im Buch zu blättern, legte ich es wieder ins Gepäck zurück und blickte stumm in die rasend schnell vorbeifliegende Landschaft. Mit Wucht klatschte der Regen gegen die Fenster, die sich in undurchsichtige Badfenster verwandelten. Eine Landschaft war nicht zu erkennen. Die Zeit verging wie im Flug zwischen kurzen Schlafphasen und dem Blick durch das Zugfenster in der Hoffnung, dass der Regen endlich aufhören würde. Der Zug befand sich bereits kurz vor Lübeck, und der Bahnhof, wo ich mir etwas die Beine vertrat, hieß Uelzen.

Ich nahm mir den letzten Teil des Büchleins meiner Mutter vor:

„... und dass ich diesen letzten Besuch in Königsberg bei den Freunden nicht noch bereue. Ich muss ganz schnell von hier wieder loskommen. Man munkelt, dass die Reichsbahn den Verkehr wohl bald einstellen wird. Was dann? Und das in meinem Zustand? Anneliese hält mich sowieso für verrückt."

Indirekt war ich also auch schon in diesem Königsberg. Auf den letzten Seiten des Büchleins stand einiges über die Stadt. Nie zuvor hatte ich etwas über die Heimatstadt meiner Mutter gehört, geschweige denn etwas darüber gelesen. Und nun hatte ich das Gefühl, selbst dort gewohnt und gelebt zu haben. Aber ich wusste nicht einmal genau, wo ich Königsberg geographisch einzuordnen hatte. Eine ungefähre Lage konnte ich mir vorstellen, aber ich wollte mir trotzdem einen Atlas besorgen.

Mit dem Hinweis auf ein Glas Wein im Blutgericht wusste ich ebenfalls nichts anzufangen. Der weitere Text meiner Mutter klärte darüber auf. Blutgericht hieß der Weinkeller im Schloss. Keller, Gericht, Blut ... Folter und Qualen. Hatte denn alles, was ich mit der Heimat meiner Mutter in Verbindung bringen konnte, mit Blut und Gewalt zu tun? Daran mochte ich einfach nicht glauben.

Ein paar Seiten weiter vorn, fast am Anfang, hatte meine Mutter etwas ganz anderes beschrieben. Es versöhnte mit den meist traurigen Versionen der anderen Aufzeichnungen.

„Ein Besuch bei Tante Therese zum Kaffee. Das Wetter war heute so toll, dass ich mit dem Fahrrad von Pobethen nach Rauschen fahren konnte. Allerdings war ich froh, manchmal durch ein Waldstück radeln zu können; bei der Hitze sehr angenehm.

Nachdem ich dreimal überlegt habe, ob ich über die Dünen den langen Weg durch den heißen Sand ans Wasser laufen soll, haben die Wellen und die Aussicht auf eine Erfrischung meine Überlegungen in einen Wunsch geändert. Gestern hätte es nicht so einen Wunsch gegeben, da ein kleines Unwetter niederging. Am Strand waren einige Baumstämme und Äste angeschwemmt worden. Somit war die Gelegenheit groß, etwas Tolles zu finden. Und ich hatte Glück.

Kaum erkennbar, unter Seetang und Muschelresten verborgen, erblickte ich einen kleinen Klumpen, der an einer Ecke etwas goldgelb glänzte. Der Rest war unansehnlich. Ein Bernstein in der Größe eines Tischtennisballs. Wunderschön und auch selten. Ich glaube, es ist sogar eine Spinne eingeschlossen. Ist der Brocken erst geputzt, werde ich es genau wissen. Onkel Heiner wird ihn mir wohl säubern können.

Als ich bei Tante Therese mein Fahrrad vom Weg durch den Garten schob, merkte ich, dass ich mir einen kleinen Sonnenbrand auf den Armen geholt hatte. Kaffee und Kuchen im Garten waren ganz toll. Die Nachbarn und ihre Tochter waren auch da. Wir hatten alle viel Spaß. Onkel Heiner wollte den Klumpen nach Palmnicken mitnehmen, denn erst wenn er geschliffen ist, wird er durchsichtig. Dort wäre auch eine Möglichkeit, einen kleinen Anhänger oder eine Brosche daraus zu machen.

Als ich wieder in Königsberg war, sagte Papa, dass ich den Klumpen auch hätte mitbringen können, denn am Ende unserer Straße wären doch die Bernsteinwerke. Das Tollste war aber, dass in meinem Bernsteinklumpen tatsächlich ein kleines Insekt eingeschlossen war."

Zu der Zeit musste Mutter selbst noch sehr jung gewesen sein. Angesichts der großen Zeitsprünge in ihren Berichten musste sie einfach Erinnerungen aneinandergereiht haben. Für ein Tagebuch besaß es nicht die erforderliche Kontinuität. Das Gedicht über Königsberg setzte den Schlusspunkt. Das Kapitel Heimat war abgeschlossen.

Ich musste meine Sachen schnell zusammenpacken, denn Lübeck war nur noch wenige Kilometer entfernt.

Zufälle

Strahlender Sonnenschein in Lübeck, aber Unterlagen im Gepäck, die für Schatten sorgen könnten. Das konnte ich zwar nicht wissen, aber ich hatte so ein Gefühl. Ich war immer darauf gefasst, dass wieder irgendetwas passieren könnte, was mich in Gefahr brachte. Seit der Geschichte mit dem Jeep in Steinhöring war ich aufmerksamer. Manchmal kamen mir Leute verdächtig vor, die mich einfach nur ansahen.

Meine Pension, in der ich mich einmietete, lag recht günstig am Hauptbahnhof und wenige Minuten vom Holstentor. Der Spaziergang am Stadtgraben entlang war schön, und ich genoss die leichte Brise. Ich ging genau auf ein Telefonhäuschen zu. Ich suchte den Zettel mit der Telefonnummer von Marianne, aber den hatte ich auf meinem Zimmer gelassen. Enttäuscht ging ich in die Pension zurück.

Am nächsten Tag machte ich mich am frühen Vormittag auf den Weg zu einem Postamt und nahm mir dort das Telefonbuch von Lübeck vor. Der Name Lindtheim war aber nicht verzeichnet. Ich war zwar etwas zittrig, aber überblättert oder gar übersehen hatte ich nichts. Endstation? Den Versuch war es wert gewesen. Andererseits stellte ich mir erneut die Frage, ob ich das eigentlich alles wollte.

Was tue ich, wenn ich tatsächlich jemanden aus der Familie finde? Sage ich einfach: Hier bin ich! Würde ich etwas mit meiner Aussage zerstören? Ständig schwankte ich zwischen Zustimmung und Ablehnung. Wollte ich das alles nur, weil meine Mutter mir diese Beichte angetan hatte? Oder glaubte ich, etwas Besonderes für mich zu erreichen?

Aber inkognito meine Wurzeln finden – das könnte ich doch. Ich wollte nur wissen, ob und wie viel an der Sache dran war, und anschließend wieder verschwinden.

Also, wie bekam ich jetzt eine Adresse, einen kleinen Zipfel, um den Vorhang zu lüften? Was würde ich in einem solchen Fall zu Hause in Demorest tun? Zum Police Department gehen.

Als ich in der Polizeiwache am Tresen stand, blickte man mich ziemlich befremdet an. Meine Frage nach Lindtheim brachte außer Kopfschütteln nichts ein. Als ich bereits ziemlich enttäuscht gehen wollte, rief einer der Beamten hinter mir her: „Warten Sie mal, Sie könnten mal bei Lübeck-Moden fragen. Ich glaube, dass dort eine Frau Lindtheim arbeitet. Die hatte letzte Woche einen kleinen Auffahrunfall, den ich bearbeitet habe. Sie hat einen Doppelnamen, Lindtheim-Brass. Vielleicht bringt es etwas, da nachzufragen.“

Ich dankte für die Hilfsbereitschaft und notierte mir eine Telefonnummer, die man mir raussuchte.

„Die Zahl vor dem Bindestrich ist die Vorwahl, die brauchen Sie nur von außerhalb“, sagte der Polizist noch freundlich.

Lübeck-Moden – konnte ich da nicht auch einfach hingehen? Vielleicht wäre es angebracht, die Sache etwas vorsichtiger zu beginnen. Zurück in meiner Pension, legte ich mir alle Dinge zurecht, die ich brauchte – für jede Eventualität. Bleistift, Papier, Telefonnummern und Mutters Büchlein. Aber wofür das?

Da wurde ich stutzig über die Zahl 0451 – diese Zahlenkombination hatte ich doch schon einmal gesehen. Ich suchte alles durch und fand Mariannes Telefonnummer, die sie mir am Flughafen gab. Sollte es da etwa eine Verbindung geben? Einbruch in mein Haus in Demorest, Marianne auf dem Rückflug neben mir, Tante Anneliese mit Bedenken, das präparierte Auto in Steinhöring ... Ich weigerte mich, daran zu glauben. Ich packte die Sachen zur Seite und wählte die Nummer der Lübeck-Moden. Ich versuchte es einfach.

„Lübeck-Moden, Herrenausstatter. Guten Tag. Womit kann ich Ihnen behilflich sein?“

„Wageneck, guten Tag. Könnte ich Frau Lindtheim sprechen?“

„Frau von Lindtheim hat einen Termin und wird erst gegen 16.30 Uhr zurück sein. In welcher Angelegenheit darf ich Sie melden?“

„Lassen Sie mal, vielen Dank. Ich rufe später wieder an.“

„Wie Sie möchten.“

In dem Moment war ich wie elektrisiert, weil es tatsächlich jemanden mit dem Namen Lindtheim gab. Es existierten Leute mit diesem Namen in Lübeck. Wie konnte ich es nur anstellen, ohne mich zu verraten, an diese Leute so nah wie möglich heran zu kommen? Mein Puls schlug wie ein Presslufthammer.

Bei allen Überlegungen hatte ich vergessen, dass ich ja auch endlich bei Marianne hätte anrufen können. Aber ich wollte noch warten, denn die Zufallsgeschichte konnte ja auch tatsächlich eine unangenehme Überraschung beinhalten. Hatte Marianne etwa mit dem Einbruch zu tun und wollte die Unterlagen beseitigen? Hatte sie die Information, dass sie sich bei mir befanden, von Tante Anneliese? Ich fühlte jetzt noch den Griff am Arm, als Anneliese mich am Flughafen von Marianne wegzog und sofort eine andere Richtung einschlug. Außerdem schauten sie sich beide so komisch an.

Plötzlich bekam mein Besuch in Lübeck eine ganz andere, eine völlig neue Bedeutung. Aber eine so nette Person wie Marianne konnte doch nicht meinen Snowdrift ...?

Es war 16.45 Uhr. Neuer Versuch. Ich wurde sofort von der Dame durchgestellt.

„Was kann ich für Sie tun, Herr Wageneck?"

„Ich hätte gern bei Ihnen einen Termin. Ich suche für meinen Vertrieb in den USA einen Herrenausstatter, der mich mit entsprechender Mode beliefern kann."

„Freut mich, das zu hören. Ist es Ihnen morgen Vormittag um zehn Uhr genehm?"

„Gern, die Zeit ist in Ordnung, ich werde da sein."

Mit einem Fuß war ich plötzlich in einem Bereich, der mich vielleicht in die Nähe einer Sensation bringen würde. Hoffentlich konnte ich da heil herauskommen, denn von Mode und Stoffen verstand ich so viel wie ein Gürteltier vom Schneemann bauen. Mein Gott, war das eine junge Stimme.

Vielleicht eine Tochter aus der Familie meines Vaters, wenn es nicht noch mehr Lindtheims gab und dies die falsche Richtung war. Immer wieder fragte ich mich, ob das alles mein Wunsch war, so mit Gewalt in ein fremdes Terrain einzudringen. Halb zog es mich, halb stieß es mich zurück. Aber nun war ich schon so weit, dass ich mein Vorhaben nicht mehr abbrechen konnte. Durfte ich so viel Glück erwarten, an die Basis meiner Wünsche zu gelangen?

Pünktlich traf ich am nächsten Tag wie verabredet vor dem Büro von Frau von Lindtheim ein. Die Dame vom Empfang geleitete mich direkt zu ihr. Eine attraktive junge Frau von vielleicht dreißig Jahren kam auf mich zu und reichte mir die Hand.

„Brass – Elisabeth Brass. Ich grüße Sie!“

„Harry Wageneck. Ich hatte doch aber einen Termin mit Frau ...“

„Das stimmt schon. Ich bin Frau von Lindtheim, Elisabeth von Lindtheim-Brass. Vor kurzem habe ich geheiratet, und viele Geschäftsfreunde können sich noch nicht so recht an den neuen Namen gewöhnen. Aber ich benutze gern den kürzeren Teil des Doppelnamens allein. Ich liebe dieses von Lindtheim nicht so, denn dieses ‚von‘ hebt mich in einen Personenkreis, dem ich nicht so richtig zugetan bin. Es war der Wunsch der Familie, den Doppelnamen zu wählen. Für mich sind Namen nicht so wichtig. Das ‚von‘ im Namen ist immer mit so viel Brimborium verbunden. Es wird schnell vergessen sein, und dann wird sich Brass durchsetzen.“

„Na dann. Aber was ist ein Brim... Brimbi...biron?“

Elisabeth musste bei der Erklärung kichern. „Ein Brimborium nennt man ein unwesentliches Beiwerk. Wir wollten mit unserer Heirat also keinen Firlefanz entfachen. Oder Mumpitz.“

„Aha.“

„Aber weshalb erzähle ich das alles, Sie sind doch wegen etwas ganz anderem gekommen.“

Ich konnte auch mit den anderen Begriffen nicht viel anfangen, beließ es dabei und fragte nicht noch einmal nach. Firlefanz wird etwas Ähnliches sein.

„Möchten Sie lieber Englisch reden, Harry? Ich darf doch Harry sagen?“

„Selbstverständlich. Aber ich würde das gern auf Deutsch machen, ist das okay?“

„Selbstverständlich. Klappt doch auch ganz prima.“

Elisabeth Brass kam ziemlich schnell zur Sache. Sie wusste genau, was sie wollte, und redete nicht lange um den heißen Brei herum. Ich hörte eigentlich gar nicht richtig zu, denn sie fesselte meinen Blick. Sie war groß und schlank, hatte einen ziemlich kleinen Busen, dafür war aber ein Hintern unter ihrem Rock verborgen, der die Fantasie anregte und Wünsche in Männerköpfen kreierte. Ihre Frisur hatte viel Ähnlichkeit mit der von Marianne. Ich musste sie heute Abend unbedingt anrufen.

„Hören Sie mir überhaupt zu?“ fragte sie plötzlich.

„Selbstverständlich.“

Ich glaube, ich bekam einen roten Kopf. Sie zeigte mir einige Kataloge, ich bat um ein Angebot und suchte ein paar Dinge aus, die mir besonders gefielen. Wohl war mir nicht dabei, aber es gab mir die Möglichkeit, noch einmal mit ihr zusammenzukommen.

Nervös machte mich eine andere Tatsache. Elisabeth betrachtete mich die ganze Zeit mit einem listigen Blick von der Seite. Ob sie bemerkte, dass ich von der Materie keine Ahnung hatte?

Sie versprach mir, für den nächsten Tag ein Angebot für die Lieferung der ausgesuchten Hosen, Jacken, Hemden und Mäntel zu erstellen.

Als sie fragte, wie ich auf die Firma gekommen sei, so fern aus den USA, erklärte ich: „Ein Geschäftsfreund hat Sie mir empfohlen. Er kleidete sich bei einem Besuch in Deutschland bei Ihnen ein und war ganz begeistert.“

„Ein netter Mensch! Ich hoffe, wir kommen ins Geschäft. Darf ich Sie morgen zum Essen einladen, wenn alles besprochen ist?“

„Ja, gern.“

Warum sollte ich etwas dagegen haben? Diese Frau war umwerfend. Unversehens und mit Glück war ich ohne große Anstrengung in die Nähe der Familie von Lindtheim geraten und war in der Lage, ganz vorsichtig meine Wissenslücken zu füllen. Immer mit der Hoffnung, die richtige Familie gefunden zu haben. Aber bei der netten Person war es fast egal.

Ich war so verlegen, weil ich immer vor Fachfragen Angst hatte und davor, dass ich diese niemals hätte beantworten können. Elisabeth musste etwas bemerkt haben, denn es bereitete ihr sichtliches Vergnügen, mich so leiden zu sehen. Sie schmunzelte immer noch vieldeutig.

Wir verabschiedeten uns, und ich war heilfroh, erst einmal aus der Zwickmühle befreit zu sein. Witzig war nur, dass sie die zweite

Frau war, die mich so eigenartig von der Seite musterte. Es schmeichelte mir.

Weitere Gesellschaft hatte ich an dem Tag nicht nötig. Nachdem ich an der kleinen Bar meiner Pension in einem Gespräch erwähnte, dass ich mit Lübeck-Moden eine Geschäftsverbindung habe, klärte man mich gleich über den Werbeslogan der Firma auf: „Lindtheim zieht Herren an – und Damen aus!"

Das käme noch von früher, als die Firma noch „Lindtheim-Moden" hieß und der alte Herr noch voll im Saft stand. Mit dieser Terminologie kam ich nicht besonders zurecht.

Nun wollte ich meinen „Aborigine" endlich anrufen. Ich war auf eine unangenehme Überraschung gefasst. Ich wählte also, ohne die Vorwahl 0451, Mariannes Anschluss. Es ging niemand dran. Ich wollte es am nächsten Morgen wieder versuchen.

Als ich im Bett lag, fiel mir ein, dass ich eigentlich hätte fragen sollen, was mit „früher" gemeint war. Vielleicht hätte ich erfahren, dass der alte Herr, der so „im Saft" stand, Hasso von Lindtheim gewesen war.

Nach dem Frühstück hielt es mich nicht mehr in der Pension, und ich wanderte zum nahen Friedhof. Vielleicht gab es ein Grab der von Lindtheims, und ich würde den Namen Hasso von Lindtheim auf einem Grabstein finden.

Manche Reihen von Gräbern sahen so schlimm aus, dass ich gar nicht daran denken wollte, dass meines einmal ... Aber lieber nicht. Andere wieder waren sehr ordentlich und gepflegt, mit Monumenten und wuchtigen Grabsteinen versehen. Auf einem von ihnen waren die Namen von Lindtheim eingemeißelt. Hubert von Lindtheim, Sophie von Lindtheim, geborene von Rabenau, und Hasso von Lindtheim.

Mir stockte der Atem, denn es musste, nach allem, was ich bis jetzt wusste, mein leiblicher Vater sein. Sein Todestag allerdings brachte mich ins Schwitzen. Er war nicht gefallen im Krieg, wie die Wehrmacht mitteilte, sondern bei einem Fliegerangriff auf Lübeck ums Leben gekommen.

Was sollten diese Unklarheiten, diese unterschiedlichen Daten, bedeuten? Hasso war laut Wehrmachtsbericht an der Ostfront gefallen!

Lübeck-Moden

Diese Entdeckung auf dem Friedhof brachte mich ziemlich durcheinander. Ich rief bei Lübeck-Moden an, nachdem ich vom Friedhof zurück war, und versicherte mich noch einmal, dass ich wegen des Angebots auch spät am Nachmittag noch bei Elisabeth Brass vorsprechen könne. Ich brauchte noch etwas Zeit, um mir einen genauen Schlachtplan zu basteln – oder aber eine „Fluchtmöglichkeit" auszudenken, denn was sollte ich als Journalist mit so viel Ware Herrenmode?

Mit etwas gemischten Gefühlen machte ich mich auf den Weg zu Elisabeth von Lindtheim-Brass.

Ich saß in einer kleinen Empfangslobby und sah mich um. Lauter gutgekleidete und gutgebaute Herren in Übergröße und mit strahlendem Lächeln abgelichtet schauten mich von Bildern an der Wand an. Ich könnte mir Damen vorstellen, die auf die Kleidung bei den gezeigten Herren gern verzichten würden. Viel Zeit, alles zu betrachten, hatte ich nicht, denn Elisabeth Brass kam bereits mit einem Aktenordner um die Ecke und begrüßte mich freundlich.

„Kommen Sie, Herr Wageneck, gehen wir in ein größeres, komfortableres Büro. Ich darf Ihnen vorausgehen?"

Sie sah mich amüsiert an, schüttelte etwas den Kopf und machte mit dem Mund eigenartige Zischgeräusche, als wir uns auf den Weg in das andere Büro begaben. Der Weg durch die Gänge wurde von „Schweigen im Walde" begleitet.

Jeder von uns beiden hatte noch einmal seine Verhandlungspunkte im Geiste abgerufen und geordnet, wenngleich sich meine ganz sicher wesentlich von denen der Elisabeth Brass unterschieden. Als wir das Büro betraten, blieb mir der Mund offen stehen, so erstaunt war ich.

„Kommen Sie, Harry. Ich bin übrigens Elisabeth. Setzen Sie sich schon mal an den großen Tisch. Ich lasse Sie für einen Moment mit dem Angebot allein und besorge uns einen Tee."

„Kann es auch ein Eistee sein?"

„Natürlich, wenn Ihnen warm ist", sagte sie lächelnd.

Als ich so allein an dem Rosenholztisch saß, schweifte mein Blick durch den ganzen Raum, nur nicht über das vor mir liegende Angebot. Erschlagen von der edlen Einrichtung, saß ich ehrfurchtsvoll in meinem Sessel. Plötzlich entdeckte ich in einem Regal zwischen den Büchern ein aufgestelltes Glasbild. Ich stand vom Sessel auf und ging darauf zu.

Als in dem Moment die Tür aufging, Elisabeth mit einem Tablett und dem Tee hereinkam, erschrak ich dermaßen, dass ich sichtlich zusammenzuckte. Hitze stieg in mein Gesicht, und ich stand starr vor Elisabeth.

„Elisabeth, entschuldigen Sie, aber dies kleine Glasbild im Regal gefiel mir so, das wollte ich mir einfach mal ansehen."

„Die Bildchen und der andere Kleinkram? Es sind die Lieblingssachen von Vater. Er hängt sehr daran. Es begleitet ihn seit den Kriegsjahren, wie er immer betont."

„Lebt Ihr Vater noch?"

„Natürlich. Wir sind hier in seinem Büro. Warum fragen Sie?"

„Ach, nur so. Es war nur so ein Gedanke. Es sind doch so viele Väter im Krieg geblieben, und dann hängt man an so Kleinigkeiten, die an Vater oder Mutter erinnern."

„Na ja, es sind auch nicht mal seine eigenen Sachen, sie gehörten seinem Bruder Hasso. Der ist bei der Wehrmacht gewesen und kam bei einem Heimaturlaub durch einen Fliegerangriff ums Leben. Zusammen mit den Eltern, Hubert und Sophie von Lindtheim. Wenn Sie so wollen, sind die Sachen von meinem Onkel. Haben Sie mein Angebot schon durchgesehen, Harry?"

„Eigentlich nicht, wenn ich ehrlich bin. Aber ich müsste das Angebot sowieso erst meinem Partner in den USA zufaxen, um weitere Entscheidungen treffen zu können."

Ich war heilfroh darüber, dass sie nicht wissen wollte, ob mein Vater im Krieg geblieben war. Aber bei der Antwort „Ostfront" hätte sie sicher gestutzt.

„Selbstverständlich dürfen Sie dafür unsere Geräte benutzen."

„Wir kommen also in der nächsten Woche noch einmal zusammen?"

„Mit Sicherhcit, denn ein Großauftrag, der doch sicher daraus entsteht, muss gut durchdacht sein. Das braucht unter Umständen seine Zeit. Sagen Sie, Harry, wieso können Sie so gut Deutsch?"

„Wie viele Amerikaner, so habe auch ich die Wurzeln in Europa. Meine befinden sich in Deutschland. Bei uns wurde viel Deutsch gesprochen."

„Sind Sie allein hier in Lübeck?"

„Ja, ich bin nicht verheiratet und verbinde meinen Trip mit dem Besuch verschiedener Sehenswürdigkeiten, die sich Amerikaner so ansehen, wenn sie nach Old Germany reisen."

„Da müssen Sie aber weiter in den Süden, Bayern ist doch der große Treffpunkt für die Amerikaner. Lederhosen und Dirndl anfassen oder dem Kuckuck in der Schwarzwalduhr in den Schnabel zwicken. Wissen Sie was? Ich lade Sie zum Wochenende ein. Vielleicht haben Sie es schon an den vielen Plakaten bemerkt, dass ein großes Fest vorbereitet wird. Das findet traditionell zweimal im Jahr statt."

„Eine große Ehre, vielen Dank."

„Allerdings müssten Sie noch besondere Kleidung dafür bekommen. Dafür sorge ich."

„Was ist das für ein Fest? Und weshalb benötige ich besondere Kleidung?"

„Im Herbst wird immer unsere neue Kollektion für Frühjahr/Sommer präsentiert und im Frühjahr für Herbst/Winter. Und das ist jetzt der Fall. Sie werden unser Ehrengast."

„Ich?"

„Ja! Sie sind mir sympathisch und erinnern mich an jemanden, den ich sehr gut kenne. Geben Sie mir Ihre Telefonnummer, und ich rufe Sie morgen an, um die Kleidung mit Ihnen für das Fest auszusuchen."

„Ich weiß nicht, ob ich Ihre Einladung einfach so annehmen kann!"

„Natürlich können Sie. Ich wäre sonst enttäuscht."

Dabei blickte sie mich kritisch von oben bis unten an. Sicher wegen der Konfektionsgröße.

„Vielen Dank, Elisabeth. Haben Sie etwas an mir entdeckt, was Ihren kritischen Augen nicht standhält? Die Mode betreffend?"

„Nein, machen Sie sich keine Sorgen. Ich überlege nur, welche Festkleidung für Sie geeignet wäre."

Ihr geheimnisvoller Gesichtsausdruck machte mir zwar keine Angst, mich aber etwas unsicher. Wenn nämlich Hasso mein Vater sein sollte, und er Teil dieser Familie gewesen war ... Ich bekam plötzlich großen Bammel.

Wir verließen das Büro, und ich begleitete Elisabeth zum Wagen auf dem Firmenparkplatz. Ich selbst war zu Fuß unterwegs, da es bis zur Pension nicht sehr weit war.

„Harry, sollte ich nicht im Büro sein, lassen Sie sich bei meinem Vater anmelden. Ich unterrichte ihn, dass Sie unser Fax benutzen wollen. Hier ist seine Durchwahl."

Auf einem Zettel notierte Elisabeth die Nummer und den Namen: Heinfried von Lindtheim.

Ich bekam plötzlich ein ganz komisches Gefühl, denn der Name sagte, dass ich mich bei meinem Onkel befand. Ich war ziemlich durcheinander, als ich neben Elisabeth herlief. Andererseits aber auch erleichtert, dass er nicht Hasso von Lindtheim hieß.

Plötzlich schubste mich Elisabeth kräftig zur Seite, als ein kleiner Sportwagen mit quietschenden Reifen auf uns zuraste und dicht vor uns zum Stehen kam. Elisabeth erkannte den Fahrer sofort, ging weiter, ohne von dem Fahrzeug Notiz zu nehmen.

„Hallo Isa, du bist noch in der Firma. Das ist aber Glück und eine Überraschung!"

Als ich die Fahrerin erkannte, haute es mich fast aus den Schuhen. Ich bekam aus völlig unerklärlichen Gründen feuchte Hände.

Mein Gott, der Aborigine-Fan! Mit einem süffisanten Seitenblick auf mich fragte die Fahrerin Elisabeth, wann es am Wochenende losginge.

„Ria, kann ich dir erst einmal einen Geschäftskollegen vorstellen? Vielleicht ein möglicher Kunde. Er ist Amerikaner. Harry Wageneck."

„Angenehm. Marianne Auth. Freunde nennen mich einfach Ria. Also, was ist mit dem Wochenende?"

„Vormittags ist Vorstellung der neuen Kollektion. Ab 12.30 Uhr Mittagessen, danach große Feier."

„Ist Heinrich auch dabei?"

„Ich glaube schon. War er das mal nicht?"

„Ich könnte mir vorstellen, dass ich sogar pünktlich bin, schon wegen deines Vaters. Ich habe übrigens das Gewand der Marketenderin und bin für die Truppe zuständig."

„Und womit handelst du?" fragte Elisabeth.

„Mit Gefühlen und scharfen Gewürzen – vielleicht!"

Ria richtete einen hocherotischen Blick auf mich, hob den Arm aus dem Fenster, wedelte mit ihm und rief: „Irgendwoher kenne ich Sie!"

Elisabeth schüttelte nur den Kopf und schaute mich dabei einige Sekunden stillschweigend an. Dann brauste Ria mit quietschenden Reifen davon. Diesmal hatte Ria wirklich Grund zu behaupten, dass sie mich von irgendwoher kennen würde. Gab es da vielleicht doch eine Verbindung? Tante Anneliese und Marianne? Heinfried von Lindtheim konnte ich wohl ausschließen. Weshalb erwähnte Ria nicht, dass wir uns bereits im Flugzeug kennenlernten?

„Meine Freundin ist etwas exzentrisch, aber eine treue Seele. Und mein Bruder ist ständig hinter ihr her. Das ist so eine Art Hassliebe bei den beiden!"

„Sie haben noch weitere Geschwister?"

„Nein, der eine Bruder reicht."

„Isa und Ria – komisch, was hat das mit Elisabeth und Marianne zu tun?"

„Wir kennen uns bereits von der Schulbank, und da haben wir einmal entschieden, dass wir aus unseren Namen nur je drei zusammenhängende Buchstaben für den Vornamen verwenden. Dabei ist es geblieben.“

An diesem Abend hatte ich beschlossen, eine Liste zu erstellen, in die ich alle Begebenheiten, Daten und Uhrzeiten eintragen wollte, die mit der Suche nach den Wurzeln, der Suche nach dem Vater irgendwie in Verbindung standen. Ob das was bringen würde, war ich mir nicht mehr so sicher. Aber die Geschichte mit Ria hielt mich im Thema gefangen.

Vielleicht stand ich ganz dicht vor einer Sensation. Aber ich musste, ich wollte mit viel Fingerspitzengefühl weiter an der Sache dran bleiben. Auch meiner Mutter zuliebe, die fast vierzig Jahre mit dem Schmerz leben musste, dass ich nie meinen leiblichen Vater gesehen hatte. Oder wenigstens von ihm erfahren durfte. Arthur hätte es sicher gewaltig gekränkt.

Ich befand mich vielleicht auf dem Weg in Richtung meines leiblichen Vaters und schwebte auf rosa Wölkchen. Auch wenn es Hasso leider nicht mehr gab, so doch möglicherweise Teile seiner Familie, die so gesehen auch meine war.

All die filmreifen Suchaktionen mit Falltüren und Stolperstricken hatten nicht stattgefunden, die innere Aufgewühltheit, einer solchen Situation angemessen, blieb aus. Alles war eine völlig unspektakuläre Aktion. Ausgelöst nur durch die Beichte meiner Mutter, die vor ihrem Tode unbedingt die Wahrheit loswerden wollte. Aber hätte es etwas an der Situation geändert, wenn ich das alles früher erfahren hätte?

Ich tue damit wohl all denen Unrecht, die ganz andere Gefühle haben, wenn sie die leibliche Mutter oder den Vater suchen und finden. Allerdings auch verständlich, wenn man bedenkt, dass sie ihr Leben lang gar keinen leiblichen Elternteil umarmen konnten, so wie ich. Dass sie vielleicht weniger Liebe empfangen hatten als ich. Dass Arthur und ich unser Leben lang glaubten, aus dem gleichen Holz geschnitzt zu sein, ist eine zwar tragische, aber ganz andere Geschichte. Sie half uns beiden jedenfalls, das Leben zu meistern. Was will man mehr?

Gleich nach dem Frühstück setzte ich mich wieder an den Schreibtisch und erweiterte meine vorgefertigte Liste. Ich war dabei so aufgeregt, dass ich fast vergaß, dass Elisabeth mich wegen der Kleidung anrufen wollte. Ich war gespannt, was mich da erwartete.

Marianne ging mir wieder durch den Kopf. Meinen Anruf bei ihr würde ich nicht mehr machen müssen, denn ich würde sie wohl bei dem Fest treffen.

Elisabeth und ich trafen uns vor dem Theater in Lübeck, und sie ging mit mir in die Kostümkammer, wo die Kleidung hing, die zum Fest gebraucht wurde.

„Das ist ungewöhnlich, am Theater so viele Kostüme zu bekommen“, sagte ich.

„Schon, aber da wir die meisten von ihnen in unserer Firma schneidern, dürfen wir das, wenn wir etwas brauchen.“

„Sind das nicht Kostüme aus der Ritterzeit?“

„Ja. Unser Verein, dem wir angehören, befasst sich mit der Zeit des Mittelalters. Das ist ein Hobby.“

„Was hat das mit der neuen Kollektion zu tun?“ wollte ich wissen.

„Die Entwicklung der Bekleidung darzustellen, über die verschiedenen Epochen und Jahrhunderte, ist gut mit unseren neuen Kollektionen zu verbinden. Es ist spannend. Ein bisschen ist es auch der Spaß an der Sache. Das diesjährige Motto für die zwei Präsentationen ist eben das Mittelalter, das vom 11. bis 16. Jahrhundert dauerte. Das Fest heute stellt die Zeit bis zum 13. Jahrhundert dar.“

„Was soll ich also nehmen?“

„Das Kostüm eines Knappen wäre doch ganz schön. Das ist sehr bequem. Ganz wichtig ist die Perücke, denn die Knappen hatten die Haare etwa wie Prinz Eisenherz. Im letzten Jahr hieß das Motto ‚Rokoko‘. Da hätten Sie komplizierter gekleidet werden müssen.“

„Da kann ich ja froh sein“, sagte ich erleichtert. Denn die Strumpfhosengeneration war gar nicht mein Ding.

Elisabeth sagte amüsiert: „Ria war damals als Rokoko-Kokotte kaum zu erkennen und gut verpackt. Mein Bruder hatte ziemlichen Frust, weil er ebenso eingeklemmt war.“

„Rokoko-Kokotte habe ich noch nie gehört.“

„Wie soll ich eine attraktive Frau wie Ria sonst nennen? Meinem Bruder gefiel es!“

Das Wochenende konnte also kommen. Ich hatte ein wirklich bequemes Outfit.

Das Fest fand in Heilshoop statt, westlich von Lübeck, dem Wohnort der Familie von Lindtheim. Von der Wirtin meiner Pension ließ ich mir den Weg nach Heilshoop erklären und stellte ihr bei der Gelegenheit eine Frage.

„Gibt es für Heinfried einen Kurznamen oder so was?“

„Höchstens Heiner oder Heini, aber das sagt man gewöhnlich bei Heinrich. Manche sagen auch Hein oder Hinner.“

„Und Hasso?“

„Nein, das bestimmt nicht. Das ist ein kompletter Name für sich. Sehr alt, aber als Kurzname für Heinfried? Nein.“

In einem Duden machte ich mich schlau, um zu erfahren, was Kokotte heißt. Halbweltdame hätte ich ja noch akzeptiert, aber den Begriff Dirne wollte ich auf Ria nicht verwendet wissen.

Ritterfest

Die Fahrt dauerte nicht sehr lang, aber die letzten paar Meter dafür umso länger, denn in Heilshoop ging es rund. Der Ort war von Autos zugestellt. Ein riesiger Aufmarsch. Das große Festzelt war fast das größte Gebäude im Ort, nicht zu übersehen. Es lag direkt an einem Teich, der sich nach zu großem Alkoholgenuss zur Abkühlung anbot.

Als ich vor dem herrschaftlichen Anwesen ankam – Elisabeth hatte mir gesagt, ich solle durchs Gebüsch bis auf das Grundstück fahren –, rauschte es hinter mir. Auf der langen Zufahrt zum Haus überholte mich fast noch der Wagen von Ria. Erkannt hatte ich sie in ihrem Kostüm nicht, aber ihren Wagen. Sie hatte einen ganz besonderen Fahrstil, so Platz-da-jetzt-komm-ich!

Der aus dem Fenster ragende Arm bedeutete mir, dass ich zum Haus vorfahren solle. Sie hupte laut, und ein Mann sprang aus dem Haus, direkt auf Ria zu und umarmte sie mit einem Kuss. Sie war mit dem Mann bereits auf dem Weg ins Haus, drehte sich um und rief: „Kommen Sie, Herr Wageneck!“

Sie wuschelte sich durch ihr Haar, das von bunten Bändern durchzogen war. Ihr weiter Rock, eine Bluse mit weiten Ärmeln, die bis zum Hals geschlossen war, außerdem noch mit einem Tuch um die Schultern, kleidete sie sehr gut.

Die Mode für Frauen hatte sich nicht wesentlich verändert, dachte ich. Das war wohl eine zaghafte Entwicklung. Aber hübsche Frauen kann offensichtlich nichts entstellen.

Ria fragte ihren Freund: „Sehe ich aus wie ein vom Wind zerzauster Aboriginal?“ Dabei zwinkerte sie mir mit den Augen zu.

„Das heißt Aborigine“, sagte ihr Freund gleichgültig und schaute mich verdutzt an. Ich muss gestehen, dass sowohl er als auch ich verdutzt dreinblickten, denn in unseren Hosen und dem Hemd mit Gürtel sahen wir recht albern aus. Unsere Perücken machten das mittelalterliche Ensemble komplett. Meine Mutter erzählte früher oft vom Karneval in Deutschland, aber jetzt war es Anfang Mai.

„So! Sie sind also der Ehrengast, von dem meine Schwester erzählte. Kommen Sie mit. Ich bin Heinrich von Lindtheim!“

Er blickte mich ziemlich lange an, vielleicht lag es auch daran, dass ich die gleiche Frisur hatte wie er. Nur war meine Perücke schwarz und seine blond. Ria verschwand lachend mit ihm Arm in Arm, und ich stand ziemlich verloren im Foyer des Hauses, als eine ältere Dame sich meiner annahm.

„Von Lindtheim, guten Tag.“

„Harry Wageneck, ich ...“

„Ich weiß, meine Tochter hat Sie bereits angekündigt. Herzlich willkommen bei unserem Fest! Sie ist mit ihrem Mann bereits im Festzelt. Sie hat viel zu tun.“

Der ältere Herr, der dann im Foyer erschien, blickte etwas düster drein, begrüßte mich aber freundlich, man konnte den Eindruck bekommen, es sei ihm peinlich.

„Heinfried von Lindtheim, herzlich willkommen in unserem Hause!“

Heinfried und seine Frau waren die einzigen Personen, die keine mittelalterliche Kleidung trugen. Ich hätte es mir auch kaum vorstellen können. Dass mich der ältere Herr nicht direkt ansah, lag wohl daran, dass er kleiner war als ich und etwas nach vorn gebeugt ging. Irgendwie spürte ich einen Hauch von Nervosität bei ihm. Und sein Händedruck verriet mehr Verlegenheit, als notwendig gewesen wäre.

„Vater, ich sehe, ihr habt euch bereits bekannt gemacht.“ Elisabeth kam plötzlich herein. In ihrem Kostüm hätte ich sie nicht erkannt. „Seid so gut und kommt alle mit ins Zelt, ich möchte offiziell eröffnen.“

Der Weg bis dorthin war nicht sehr weit, und ich hielt mich im Hintergrund, lief einfach Ria und Heinrich hinterher. Ich machte mir so meine Gedanken und überlegte, dass ich bei den Eintragungen in meiner Liste viele Namen hatte, die mit einem „H“ begannen. Heinfried, Heinrich, Hasso und Hedwig, meine Mutter. Nicht zuletzt mein Name Harald oder halt Harry.

Bei der Präsentation stand ich im hinteren Teil des Zeltes und beobachtete die Gäste. Plötzlich wirbelte ich erschrocken herum, denn mich kniff jemand in den Hintern. Als die junge Frau mich ansah, wurde sie ganz verlegen und wusste nicht, ob sie lachen oder im Boden versinken sollte.

„Oh pardon, ich dachte, Sie wären ...“, dann rannte sie mit einem roten Kopf aus dem Zelt.

Die Präsentation war ein großer Erfolg, und das Fest selbst hatte es in sich. Elisabeth arrangierte es, dass ich wie ein alter Freund in die Familie integriert wurde. Bei den Gästen fand ich viele Gesprächspartner. Einkäufer von Herrenkonfektion, Besitzer von Modeläden und Leute, die halt immer eingeladen werden, wie die regionalen Politiker oder Verwaltungsleute. Alle waren voll des Lobes, wie gut mein Deutsch sei. Aber ich war müde, immer wieder neu den Grund zu erklären, warum das so war.

Unter anderem erfuhr ich, dass Heinrich etwas cholerisch veranlagt war und sehr um Anerkennung ringen musste. Gestützt und beschützt wurde er von seiner Mutter und Elisabeth, die ihn auch immer im Auge hatten.

Das Essen war sehr vielfältig, getrunken wurde reichlich. Von Lindtheims hatten sich sehr viel Mühe gegeben, und die Unterhaltung mit mir verlief auch sehr freundschaftlich. Trotz aller positiven Eindrücke fühlte ich mich ein bisschen wie ein Fremdkörper.

Die Reden, bei denen die Verbindung der neuen Kollektion zum Mittelalter hergestellt sowie Parallelen aufgezeigt wurden, konnte ich nicht ganz nachvollziehen. Dafür ging es zu schnell. Aber mein Interesse trafen sie auch nicht unbedingt.

Ohne weitere Höhepunkte verlief der Tag im Festzelt ziemlich lautstark. Die Rittersleut verstanden zu feiern.

Sehr spät, als nur noch der Ritterverein und die Familie im Zelt waren und einen letzten Sekt, einen Absacker, wie Heinrich es nannte, zur Feier des Tages öffneten, gab es noch einmal etwas Spannung.

Bis dahin spürte ich immer nur den vielsagenden Blick von Ria, die, obwohl händchenhaltend mit Heinrich, immer wieder Kontakt zu mir suchte. Es war mir zwar etwas peinlich, aber ein Prickeln stellte sich dabei doch ein. Elisabeth platzte dann einfach mit der Bemerkung in eine kurze Ruhepause: „Heinrich, sieht er dir nicht ein bisschen ähnlich?“ Dabei grinste sie verschmitzt, und ihre Augen wanderten bis in die äußersten Augenwinkel hin und her, um bei allen am Tisch die Reaktion gleichzeitig aufzufangen.

„Na und, das ist bei vielen Menschen so, dass man gewisse Dinge beobachtet und dann hier und da eine Ähnlichkeit feststellt. Aber was soll das? Was bezweckst du damit? Soll ich mich jetzt vielleicht entschuldigen, dass wir das gleiche Kostüm und die gleiche Perücke für den Tag gewählt haben? Unsere gelben Pluderhosen machen sowieso alles gleich!“

Alle blickten mich plötzlich an und mussten sich räuspern. Nur Heinfried von Lindtheim überspielte das alles, als wenn er gar nicht anwesend wäre. „Sehr interessant“, sagte der alte Herr und hob die Gesellschaft auf.

Alle verabschiedeten sich, und einer nach dem anderen verließ das Festzelt. Ria kam zu mir und lächelte mich an, was Heinrichs Zorn zur Folge hatte.

„Na Sie? So schnell sieht man sich wieder. Ist das nicht eine kleine Welt? Hat es Ihnen gefallen?“ fragte mich Ria.

„Ich kann Ihnen ja bei Gelegenheit die zweite Hälfte Ihres Flugtickets zurückgeben“, sagte ich.

„Da müssten wir aber einen Termin vereinbaren. Sie könnten mich ja mal anrufen.“

Unsere kurze Konversation wurde im Keim erstickt. Das Knistern zwischen Ria und mir wurde von Heinrich abrupt beendet.

„So, Sie haben sich schon kennengelernt? Interessant. Seit wann sind Sie schon in Deutschland, Herr Walenbeck, und woher kommen Sie eigentlich?“

Heinrichs Frage brachte es mit sich, dass ich zur Unterhaltung ein neues Thema beisteuern konnte, worüber ich ganz froh war.

„Aus einem Ort im Norden von Georgia – Demorest.“

„Aus was für einem Rest?“

Diese Bemerkung war so bissig, genau wie meine fälschliche Ansprache als Herr Walenbeck, dass ich mir eine passende Antwort überlegte, als der alte Herr dazu kam und sagte: „Hör auf, unserem Gast in einer solchen Art zu begegnen. Du hast sehr wohl gehört, wie der Ort heißt. Außerdem heißt er Wageneck!“

Irgendwie lag Spannung in der Luft. Das Gefühl hatten wohl alle, nur wusste keiner weshalb.

Plötzlich kam ein Mann auf mich zu und hielt mir eine Flasche Bier vor die Nase.

„Kommen Sie, wir trinken noch ein Kühles zusammen.“

Ich stand da, besah die Flasche und sagte: „Haben Sie denn einen Öffner?“

„Klar doch!“

Er griff in die Tasche, legte die fast geschlossene Hand über die Flaschenöffnung, hob die Hand etwas hoch – schwups, war die Flasche auf.

„Haben Sie da einen Trick?“

„Nein, habe ich nicht.“

Er öffnete vor mir die Hand und wurde von Heinrich weggezogen und in eine Ecke des Zelts mitgenommen. Ich konnte nur noch erkennen, dass er etwas kleines Blaues in ihr hielt. So etwas wie das, was ich seit geraumer Zeit im Doppelpack besaß. Dieses Wahlgeschenk breitete sich wohl um den Erdball aus!

Heinrich und den Mann habe ich an dem Abend nicht mehr gesehen, wusste nicht einmal den Namen des Mannes.

Meine Verabschiedung verlief recht kühl und ohne große Worte. So macht man das wohl mit Leuten, denen man nicht noch einmal begegnen möchte. Die einzigen, bei denen ich nicht das Gefühl hatte, dass sie mich nicht wiedersehen wollten, waren Isa – und Ria, die sehr zweideutig meinen Blick suchte.

Zweifel

In meiner Pension musste ich nun eine Entscheidung treffen. Mein Kopf war schwer, was nicht nur mit der Feier zu tun hatte. Ich wollte nicht weiter in diese Familie eindringen, ich war ein Fremdkörper und gehörte nicht dazu. Ich hatte Heinfried von Lindtheim aus nächster Nähe betrachten können und war mir nicht mehr sicher. Aus der Familie meines Vaters war er, aber was sollte es mir bringen? Eine innere Stimme sagte mir, dass es nun gut war.

Als Hassos Bruder wäre er mein Onkel, aber alles andere? Sollte ich ihm das einfach mitteilen? Die positiven Emotionen, dass ich Teile der Familie meines Vaters gefunden hatte, hielten sich in Grenzen. Es entstand sogar Unbehagen in mir. Ich wähnte mich in einem Wolfsgehege eingesperrt, wo jeder nur darauf wartete, dem anderen den Brocken zu entreißen. Jeder schien zu lauern, auf dem Sprung zu sein.

Eine beklemmende Situation, zumal Hasso von Lindtheim ständig vor meinem inneren Auge vorbeischritt, als Soldat in SS-Uniform, in schwarzen und Angst einflößenden, langen Stiefeln. Alle Soldaten um ihn herum hatten sein Aussehen. Mit dem Schatten unter dem Mützenschirm, bis zur Nasenspitze. Der harte Schritt, dieses dröhnende Klack-klack-klack der Marschierenden, verursachte ein Zittern in mir. Ich stellte mir die Schirmmütze auf seinem Kopf vor und hörte wieder den harten Schlag der Stiefel. Heinfried konnte ich damit nicht in Verbindung bringen.

Es wäre ungerecht gewesen.

Ich rief bei Elisabeth an und bedankte mich für den schönen Tag und die ungewöhnliche Feier in den extravaganten Kostümen. Elisabeth fragte noch nach dem Fax, wegen des Angebots. Leider hätte ich noch keine Antwort, da mein Partner auf Geschäftsreise sei. Sie fasste sich in Geduld und akzeptierte meine Erklärung.

Ich würde wohl ein weiteres Fax senden, aber an meine Zeitung, um ein paar Dinge zu klären. Vielleicht konnte ich ein bisschen meiner Recherche als Artikel in unserer Zeitung unterbringen. Natürlich nur das Thema betreffend. Mich selbst wollte ich da nicht erwähnen. Lebensborn und die Umstände waren Thema genug.

Elisabeth hatte mir einen Kurzbrief hinterlassen, in dem sie sich für zwei Tage wegen geschäftlicher Verpflichtungen entschuldigte.

Ich sandte mein Fax nach Demorest und bat darum, mir die zwei Seiten in der Redaktion in mein Fach zu legen. Bis ich jemanden im Büro erreichen konnte, musste ich noch etwa sechs Stunden warten, denn es war gerade drei Uhr in der Nacht in Demorest.

Meine Notizen in meiner Liste konnte ich heute beenden und hoffte, dass mir meine Zeitung noch ein bis zwei Wochen Zeit gäbe, eine Reportage schreiben zu können. Ich wollte dies vor Ort tun, da es authentischer wäre. Das Thema der Reportage sollte sein: Suche nach Antworten.

Bis zum Nachmittag schrieb ich eine erste Episode als Vorgeschmack und konnte diese, noch vor meinem Telefonat, vom Faxgerät der Pension aus absenden. Ein Spaziergang würde mir jetzt gut tun.

Als ich gegen 16 Uhr wieder vor meiner Pension stand, stieg ein Mann gegenüber in ein Auto und rief mir kurz zu: „Heinrich, ich rufe dich heute Abend mal kurz an. Tschüs! He, Heinrich, ich bin es, Edgar."

Eingestiegen – weg war er. Ich blickte mich um, außer mir war aber niemand zu sehen. Diese offensichtlichen Verwechslungen kamen mir langsam komisch vor.

Nachdenklich ging ich in meine Pension und bekam an der Rezeption eine Nachricht, dass meine Zeitung bereits versucht hatte, mich zu erreichen. Als ich in mein Zimmer kam, klingelte das Telefon. Mein Chefredakteur am anderen Ende der Leitung wunderte sich über meine zwei Seiten Fax von Lübeck-Moden und die anderen aus einer Pension. Aber meine Story hatte ihm gefallen, und er gab mir noch eine Woche, damit ich die Geschichte mit ein oder zwei Abschlussbeiträgen zu Ende bringen konnte. Der ihm vorliegende Text würde in der morgigen Abendausgabe erscheinen. Ich freute mich über diese Nachricht und holte meine Liste wieder hervor, um zu notieren, dass mich jemand mit Heinrich von Lindtheim verwechselt hatte.

Ich rief Tante Anneliese an und erzählte ihr die Geschichte mit Heinfried von Lindtheim. Sprachlosigkeit wäre untertrieben gewesen, denn ich glaubte, sie hätte den Hörer aus der Hand verloren.

„Was? Du hast die Familie von Lindtheim ausfindig gemacht? Das ist ja sensationell!"

„Tante Anneliese, ich habe das Gefühl, dass nicht sein darf, was nicht sein kann. Aber wenn ich wieder in Frankfurt bin, gebe ich dir alle Adressen und Telefonnummern. Für dich wird es sicher sehr interessant sein."

„Das wäre ja wirklich ein irrer Zufall, wenn diese Lindtheims zu Hassos Familie gehören würden."

Es sei ein Drama der Geschichte, und sie bedauerte es, dass ich darin verwickelt war. Erleichtert war sie, als ich ihr sagte, dass ich alles auf sich beruhen lassen und wieder in die USA zurückfliegen würde. Als ich ihr noch mitteilte, dass ich das Grab von Hasso gefunden habe, der bei einem Fliegerangriff auf Lübeck ums Leben kam, hörte ich eine ganze Weile nichts von ihr.

„Bist du noch am Apparat?"

„Ja, ja, natürlich. Wo hast du das Grab denn entdeckt?"

„Hasso liegt mit seinen Eltern im Familiengrab auf dem Lübecker Friedhof. Ich bin einfach mal dort hingegangen, um vielleicht ein Grab von den Lindtheims zu finden."

„Und da steht Hasso drauf?"

„Ja. Warum nicht?"

„Eigentlich dachten doch damals alle, er sei an der Front gefallen."

„Tja, das war ein Irrtum. Was soll's, die Sache ist erledigt."

Der mögliche Onkel und dessen Familie interessierten mich nicht besonders. Zu wissen, wo mein Vater vielleicht herkam, reichte mir. Sie bestärkte mich in meinem Vorhaben und lud mich vor dem Rückflug zu sich ein. Erst wollte ich nicht, aber die plötzliche Erleichterung bei ihr machte mich wieder neugierig, und so konnte ich nicht nein sagen.

Außerdem interessierte es mich sehr, wieso dieser Zettel von Tante Anneliese aus Mutters Büchlein fiel. Mit der Notiz Flug 2119 – B2. Dass es eine Telefonnummer wäre, war offensichtlich eine Lüge.

Aber erst hatte ich noch das letzte Treffen mit Isa. Wie sollte ich ihr nur beibringen, dass aus dem Vertrag nichts würde? Ich wollte und konnte ihr doch nicht die Wahrheit sagen!

Ein Rückflug für den 10. Mai war nicht zu bekommen, so hatte ich bis zum 14. Mai noch Zeit. Meinem Chef war das zwar nicht recht, aber es gab keine Alternative. Ich gab alle Telefonnummern an, wo ich erreichbar sein würde.

Mein Treffen mit Isa verlief ganz anders, als ich erwartete. Die Sekretärin nahm sich meiner an und erklärte mir die Sache. Isa hatte inzwischen herausbekommen, wen ich angefaxt hatte, denn auf dem Bestätigungsausdruck der Faxnachricht stand die Nummer der Zeitungsredaktion. Sie hatte dort angerufen und mit einem Trick erfahren, wer ich eigentlich war. Nachdem ich hörte, dass man ihr nur mitteilte, ich sei für eine journalistische Recherche in Deutschland, war ich etwas beruhigter. Man sagte ihr nichts über meinen eigentlichen Grund. Aber irgendetwas musste Isa sich gedacht haben. Sie war für mich nicht mehr zu sprechen. Schade!

Ich rief noch einmal bei Heinrich an, warum, wusste ich selbst nicht genau. Aber diese Geschichte mit Edgar ging mir nicht aus dem Kopf.

„Von Lindtheim."

„Hallo Heinrich, hat Edgar gestern Abend bei Ihnen angerufen?"

„Ja, Edgar hat, aber was wollen Sie? Wer sind Sie?"

Tuttuuttuut – Heinrich legte den Hörer auf. Er hätte doch merken müssen, dass ich es am Apparat war. Was sollte diese abrupte Unterbrechung?

Das Journalistenblut in mir fing an zu brodeln. Meine Neugier wurde durch immer neue und kleine Details geweckt, die es mir unmöglich machten, von dem Thema abzulassen. Wieder nahm ich meine Liste hervor und das kleine Buch von Mutter. Irgendetwas war da noch.

Widersprüche

Ich meldete mich bei Tante Anneliese und vereinbarte, dass ich vor unserem Treffen noch einmal zu einem Kollegen bei einer Zeitung in Frankfurt gehen würde.

Mit dem Material des „Münchner Kurier" als Grundlage wollte ich einige unverständliche Details klären, die sprachlich keinen Sinn für mich ergaben. Ich brauchte also einen Mann mit guten Englischkenntnissen. Was mir hauptsächlich blieb, war eine Entschuldigung für Mutters Verhalten zu finden und Verständnis für die damalige Situation.

Was ich bis jetzt recherchiert hatte, war so unglaublich, dass ich auf alles gefasst war. Wenn ich all das bis jetzt gesammelte Material vor mir auslegte und die Aufzeichnungen von Mutter dazu nahm, kam ich zu dem Ergebnis, dass ich Steinhöring und dem Heim Hochland glücklich entkommen war. Wenn meine Mutter und Hasso nicht plötzlich dieser „Zuchtanstalt" der Nazis und deren Gedankengut den Rücken gekehrt hätten – nicht auszudenken! Wäre das Dritte Reich nicht untergegangen, würde ich heute vielleicht in den Führungsetagen des Nazi-Apparates sitzen. Ein Gedanke, der mich frösteln ließ. Die letzten Tage in Deutschland hatte ich deutsch gedacht, sogar geträumt. Aber in diesem Augenblick brachte der Zorn über diese Situation nur ein Wort heraus: Bullshit!

Meine Kollegen der Frankfurter Zeitung wunderten sich über meine Schweigsamkeit und Unnahbarkeit. Was können schlechte Nachrichten alles bewirken, wenn man persönlich damit in Verbindung steht. Ich entschuldigte mich bei ihnen, konzentrierte mich auf meine Arbeit und holte mich selbst wieder auf den Boden zurück. Die restlichen Informationen sollten für die Beiträge an meine Redaktion schon genau sein.

Auf viele Fragen konnte mir der Kollege Antworten geben. Manchmal entlockte es ihm ein „Oh je", aber hauptsächlich schüttelte er den Kopf über meinen Wissensdurst. Er beichtete mir, dass er mit seinen 61 Jahren kein großes Interesse mehr habe, überhaupt an diese „Scheiß Vergangenheit" zu denken. Wut klang aus seiner Stimme. Und das konnte ich sehr gut verstehen.

Als ich bei Tante Anneliese eintraf, reichte sie mir gleich ein Fax, das sie am Morgen erhalten hatte. Auflage steigt – nimm dir Zeit – schreibe weiter – die Leser sind gespannt – bitte um Rückruf!

Ich setzte mich erst einmal hin und sagte gar nichts.

„Was war denn das für eine Nachricht, die dich auf den Stuhl zwingt? Was ist denn passiert?"

„Etwas Positives, Tante Anneliese. Ich bekomme ein paar Tage zusätzlichen Urlaub und darf mich noch ein bisschen erholen im Land meiner Väter.“

Das war sogar wörtlich zu nehmen, denn es ging in meinem speziellen Fall wirklich um Väter. Tante Anneliese, die kein Englisch konnte, verschwieg ich den wahren Inhalt der Faxnachricht. Ich sagte ich ihr nichts von den Artikeln, die man von mir erwartete. Sie vertrat sowieso die Meinung, dass man die Vergangenheit endlich ruhen lassen solle. Auf der einen Seite hatte sie recht, auf der anderen Seite aber ging es um mich, und meine Mutter hatte mich um Aufklärung gebeten.

Mit dem Material, das ich inzwischen besaß, könnte ich gut und gerne noch Wochen zubringen. Und in Demorest erwartete mich niemand, ich war ungebunden. Nur meine Berichte wurden erwartet. Und vom Tod meiner Mutter lenkte mich die Arbeit auch etwas ab.

Ich konnte in mir selbst wieder aufräumen und Ruhe finden. Vielleicht entwickelte sich ja auch die Story meines Lebens. Manchmal dachte ich bei einer Reportage, dass sie großen Wirbel machen würde und eine große Sache entstehen könnte, aber es interessierte niemanden. Jetzt war es anscheinend umgekehrt, und das hatte ich überhaupt nicht erwartet, schon gar nicht geplant.

Ich erklärte Tante Anneliese, dass ich bereits einen Rückflug für den 14. Mai gebucht hatte. Ein paar Tage blieben also noch.

„Du kannst natürlich bei mir bleiben, mein Junge. Bis zum Rückflug – oder auch länger!“

Ich dankte herzlich, hatte aber die Ausrede, dass ich noch einmal nach München wollte – nach Steinhöring. Sie war gar nicht damit einverstanden, was mich ziemlich erstaunte. Sie wollte es mir unbedingt ausreden, weil sie mich die letzten Tage gerne um sich haben wollte, ganz in ihrer Nähe.

„Wer weiß, wann ich dich wiedersehe, du bist doch so weit weg, und ich werde einen so langen Flug nicht mehr machen.“

Über mein Treffen mit der Familie von Lindtheim hatte sie kein Wort verloren. Sie wich mir einfach aus. Sie fragte nicht einmal danach. Aufgrund meiner Beharrlichkeit konnte sie aber nicht anders und duldete wenigstens ein Gespräch beim Abendessen.

„Tante Anneliese, das mit meiner Geburt macht mir noch immer Kopfschmerzen. Deshalb würde ich gern mit dir eine möglichst genaue Version erstellen.“

„Wenn es dir hilft, dann tun wir das eben.“

Ich verglich mit ihr die Daten und notierte alles genau, um schließlich sicher zu sein, dass Papa nicht mein Vater war, wie es den Anschein hatte. Gerade, weil es für mich so schwer zu begreifen war, wollte ich Gewissheit.

Ein Treffen, bevor Arthur an die Westfront ging, war mit meiner Mutter am 23. Februar 1944. Ein Geburtstermin hätte am 28. November 1944 sein können. Da ich tatsächlich am 3. November 1944 geboren wurde, war ich für Arthur das sehr kräftige „Frühchen“. Und genau das war es, wovon Arthur und auch ich immer ausgingen. Ein gemeinsames Wochenende mit Hasso war aber am 15. und 16. Januar 1944, also vorher. Ich rechnete fieberhaft. Danach hätte ein Geburtstermin um den 15. Oktober 1944 sein können. Tatsächlich wurde der 20. Oktober 1944 errechnet. Da war der 3. November 1944 also zu spät. Aber das war die Wirklichkeit, die mir Tante Anneliese unüberlegt gestanden und damit meine Gedanken erst in Gang gesetzt hatte.

Hin und her gerissen, konnte ich vor lauter Zahlenspielen nicht mehr klar denken. Es stand fest, dass Arthur nicht mein leiblicher Vater war. Und das war eine Erkenntnis, die mich stark berührte, denn mit dieser Unwahrheit lebten wir nebeneinander her.

„Willst du diese Tatsachen jetzt Heinfried von Lindtheim erklären? Da hat doch niemand etwas davon. Ich würde sagen, dass du noch einmal nach Steinhöring fährst und es dabei bewenden lässt. Onkel hin, Onkel her – wenn es so sein sollte. Mich interessiert natürlich auch, was du in Steinhöring noch alles erfährst. Berichte mir bitte davon. Ich weiß halt auch nicht alles.“

Langsam bekam ich das Gefühl, dass Tante Anneliese nur deshalb mit mir zu reden bereit war, um informiert zu sein. Es war mehr als reine Neugier, sie fragte mich aus.

„Was hat dir der Bruder von Hasso eigentlich alles erzählen können?"

„Ich habe gar nicht mit ihm darüber gesprochen, er weiß es gar nicht."

„Seine Kinder helfen doch bestimmt in der Firma."

„Ich dachte, du kennst ihn und die Familie nicht, und jetzt weißt du, dass er eine Firma hat? Außerdem, wieso interessiert dich Heinfried von Lindtheim? Kanntest du ihn etwa?"

„Ich nahm es einfach an, weil die Familie von Hasso doch früher auch schon eine Firma besaß. Deine Mutter erzählte davon."

„Was weißt du denn von den Kindern? Ich hatte sie doch gar nicht erwähnt bis jetzt!"

„Ach, was weiß ich. Ich sagte das nur so. Ich gerate bei dem Thema auch etwas durcheinander. Ist das ein Wunder?"

Dann hüllte Tante Anneliese sich in Schweigen, sah aber aus, als wenn sie ertappt worden wäre, und biss sich mit den Zähnen ihres Unterkiefers auf die Oberlippe. Das tat sie immer dann, wenn es etwas unangenehm wurde.

„Mein Junge, ich finde es schon unglaublich, dass du die von Lindtheims gefunden hast. Alle meine Bemühungen nach dem Krieg liefen ins Leere."

„Da bin ich mir aber nicht sicher, denn der Zettel, der aus Mutters Büchlein fiel, war keine Telefonnummer, sondern ein Flug. Vielleicht aus Übersee?"

„Eine Telefonnummer? Ach so ja, das dachte ich erst auch, aber ich hatte mir deinen Flug und die Ankunftshalle notiert. Da ich das Büchlein deiner Mutter schon bereithielt, habe ich den Zettel da rein gelegt."

„Na dann."

„Du ... hast du ... konntest du mit der Familie über mich reden?" fragte sie ganz vorsichtig.

„Warum? Da du nur mit Hasso zu tun hattest und der nicht in Lübeck ist, entwickelst du ein bisschen viel Interesse. Ich habe mit ihnen gar nicht geredet. Ich kann mir nicht mal vorstellen, dass sie etwas von dir wissen."

Tante Anneliese reagierte auf diese Tatsache mit einer ungeheuren Erleichterung. Sie durchströmte so eine Art Glücksgefühl.

„Ich glaube, dass ich auch gar nicht weiter mit ihnen reden will. Diese Familie ist so groß, dabei gesellschaftlich und wirtschaftlich gefestigt, dass ..."

„Ich glaube, dass du das Richtige tust, obwohl ... – Nein, schau nach vorn. Zurück ist sicherlich mit zu viel Schmerz verbunden. Und ob das in der jetzigen Situation so sinnvoll ist?"

„Aber nach Steinhöring will ich doch noch mal – und nach München! Rede mir das nicht aus", sagte ich energisch.

Etwas überlegen musste Tante Anneliese schon, aber schließlich blieb ihr nichts anderes übrig, als mein Vorhaben zu akzeptieren. „Ausreden? Ich finde es ganz wunderbar, dass du noch ein paar Tage Urlaub bekommen hast. Und da ist München bestimmt eine gute Wahl."

Tante Anneliese fand plötzlich wieder zu ihrer Form zurück, aufgekratzt und freundlich. Allerdings war mir dieses Steinhöring nicht mehr so wichtig, da ich darüber nun wirklich alle Informationen bekommen hatte, und ich wusste über die grässliche Idee der Nazis bestens Bescheid.

Ich hatte stattdessen einen erneuten Besuch in Lübeck vor. Aber das musste Tante Anneliese nicht wissen. Mir ging Ria nicht aus dem Kopf. Sie war der eigentliche Grund. Schon komisch, verband sie doch diese eigenartige Liebe mit Heinrich. Was wollte ich mit einem neuen Problem?

Die Nacht verbrachte ich bei Tante Anneliese und machte mir wieder Notizen in meiner Liste. Etwa gegen drei Uhr nachts wachte ich auf, ich glaubte Stimmen zu hören. Als ich Tante Anneliese telefonieren hörte, dachte ich erst, es wäre schon morgens. Ich wunderte mich zwar, aber sie konnte telefonieren wann sie wollte, und ich schlief wieder ein. Außerdem erinnerte ich mich, dass es Nachttarife bei der deutschen Telefongesellschaft gab. Und wenn sie das ausnutzte ...

Einen weiteren Bericht für meine Zeitung verfasste ich noch vor dem Frühstück, um ihn anschließend per Fax nach Demorest zu senden.

Als Tante Anneliese im Bad verschwand, tat ich etwas, was ich normalerweise nie tun würde. Ich drückte am Telefon die Wahlwiederholung. Nach dem dritten Rufzeichen meldete sich der Teilnehmer: „Lindtheim."

Ich legte wieder auf. Warum entwickelte Tante Anneliese für die Familie plötzlich so viel Interesse? Erst wollte sie sie nicht kennen, dann erfuhr sie von mir, dass es sie gab. Und nun rief sie dort an, obwohl dort kein Hasso existierte? Mitten in der Nacht? Das hätte ich nicht erwartet, und sie hatte doch von mir gar keine Nummer bekommen. Ich verstand das alles nicht.

Einige Stunden später saß ich wieder im Zug nach Lübeck. Vorher war ich noch in einem Reisebüro gewesen und hatte nachgefragt, was das für ein Flug mit der Nummer 2119 war.

Die Dame brauchte eine Weile, da ich nicht die Fluglinie wusste, aber dann erfuhr ich, dass es der Lufthansa Flug von Atlanta nach Frankfurt war. Drei Stunden vor meiner Ankunft mit Delta. Meine eigene Flugnummer war Delta Airlines 4350. Tante Anneliese sagte mir nicht die Wahrheit.

Wer war in den USA und besuchte mich in Demorest? Wer tötete meinen Snowdrift?

Parallelen

Ich fand einen ruhigen Platz im Zug, aber meine Gedanken spielten verrückt. Ich griff mir die Unterlagen aus Steinhöring und las mich weiter durch die Ungeheuerlichkeiten. Ein weiteres Kapitel in diesen unglaublichen Artikeln weckte meine ganze Aufmerksamkeit.

In einem Artikel hieß es: Die Frauen hatten alle dieselben Blutgruppen wie die Angehörigen der SS und blieben bis zu ihrer Schwangerschaft in den Baracken. Die Babys waren alle nicht älter als drei Monate, wenn sie den Müttern weggenommen und zu einem anderen Heim gebracht wurden, um „Kinder des Staates" zu werden.

Mich fröstelte, wenn ich daran dachte, dass ich einer „Staatsverwertung" nur ganz knapp entgangen war. Mir blieb wenigstens ein Elternteil erhalten.

Ich las noch eine Weile weiter, aber nach einer Viertelstunde konnte ich nicht mehr und legte die Infomappe wieder in mein Gepäck zurück.

Meine Gedanken schweiften etwas ab, und ich versuchte, mich ein bisschen in die damalige Zeit zurückzuversetzen, aber das wollte einfach nicht gelingen. Für solche Abnormitäten ist das Gehirn eines normalen Menschen, wie auch seine Fantasie, nicht ausgelegt.

Auf der einen Seite vernichteten sie Menschenleben, auf der anderen Seite wollten sie für Nachwuchs sorgen. Was hatte die Menschen bloß dazu bewogen, solche Extreme zum Staatsziel zu machen? Trotzdem gab es so wenig, fast keine Auflehnung dagegen. Die Schuld aller war wohl das Schweigen. Ich bekam das Gefühl einer inneren Leere.

Was meinen Vater anging, meinen leiblichen Vater, mussten wohl noch einige Tatsachen geklärt werden. Ich hoffte auf Belege, vielleicht ein Foto von ihm, auf dem er komplett zu erkennen war, oder Papiere, die seine Vaterschaft bestätigten.

Ich wollte einfach Gewissheit, aber auf keinen Fall hatte ich vor, nach fast vierzig Jahren wie ein Bulldozer in die gefestigte Familie meines Onkels einzudringen. Nach der Bestätigung durch Isa war es die Familie meines Vaters. Fingerspitzengefühl und Zurückhaltung wollte ich unbedingt aufbringen.

Ich wollte auch, dass niemand sonst davon erführe. Unbedingte Klarheit, nur für mich, war mein Ziel. Klarheit über die Verhältnisse der damaligen Zeit und die eventuellen Gedanken meines Vaters. Einfach nur Aufklärung. Irgendwie wollte ich an kleine Details gelangen. Vielleicht konnte die Familie mir dabei helfen.

Warum müssen eigentlich Zugbremsen immer so grässlich quietschen und die Ohren langanhaltender Geräuschfolter unterziehen? Begleitet von diesem fürchterlichen Ton glitt das Schild der Stadt Kassel an meinem Abteilfenster vorbei. Türenschlagen, lautes Rufen, Lachen, aber zwischendrin stille Umarmungen und leise Tränen. Ganz versteckt in zugigen Bahnhofsecken. Überall auf der Welt gleich, mir nicht fremd.

Die Schiebetür meines Abteils öffnete sich vorsichtig, und der Kopf einer älteren Dame zwängte sich hindurch.

„Entschuldigen Sie, ist hier noch frei?“

In Sekundenbruchteilen schweiften meine Augen durchs Abteil – keine Leute, keine Koffer oder Taschen auf der Ablage. Ich war ganz allein, und weitere fünf Plätze waren frei.

„Natürlich, ich bin allein, und die Entschuldigung nehme ich auch an.“

„Vielen Dank“, sagte die Dame.

Weshalb entschuldigen Deutsche sich eigentlich immer, wenn sie irgendwo eintreten, wo jeder ungefragt eintreten darf? Reicht da nicht auch ein „Guten Tag“ oder so? Ich half der Dame, den Koffer auf die Ablage zu legen, denn sie erreichte sie nicht mal mit gestreckten Armen.

Das kleine Mädchen an ihrer Hand hatte Tränen in den Augen. Es setzte sich ganz traurig auf seinen Sitz und schniefte, als es aus dem Fenster blickte.

„Abschiedsschmerz?“ fragte ich einfach mitten in diese Traurigkeit.

„Wohl auch, aber der Hauptgrund ist, dass ihr Lieblingshund gestern verstarb“, sagte die Dame traurig.

„Oh, das tut mir leid. Wollen wir versuchen, die Kleine etwas zu trösten?“ wandte ich mich dem Mädchen zu und lächelte es an. Sie reagierte nicht. Die rotgeweinten Augen blickten starr aus dem Fenster.

„Sie wird darüber hinwegkommen, eine Weile wird es wohl dauern. Bei Verwandten in Celle wollen wir ein bisschen abschalten und vergessen.“

„Ihre Enkelin?“ fragte ich.

„Ja.“

„War dein kleiner Hund denn sehr krank? Dann ist es oft besser, wenn er nicht weiter mit Qualen leben muss“, sagte ich zu der Kleinen.

„Nein, krank war er nicht“, sagte ihre Oma. Sie streichelte dabei sanft über den Kopf ihrer Enkelin, die noch immer keine Notiz von uns und der Unterhaltung nahm.

Die alte Dame blickte stumm aus dem Fenster, als ob sie weit zurück in die Vergangenheit schweifte. Irgendwie hatten die beiden ein Erlebnis, das mit Tod und Trauer verbunden war. Ich konnte es nachempfinden, denn bei mir war es kein Hund, es war einfach nur ein Kolkrabe. Ich schwieg. Meine Mutter sagte früher immer: So hat eben jeder sein Päckchen zu tragen.

In Celle stiegen die beiden aus, und ich sah bei der Kleinen einen leichten Anflug von Lächeln in den noch immer verweinten Augen.

Hochgefühl

Das Wochenende verbrachte ich in der kleinen, mir bereits vertrauten Pension. Der Manager war erstaunt, aber auch erfreut, mich so schnell wieder zu sehen. Ich war richtig ausgeruht und auf die kommenden Tage vorbereitet. Ich wollte versuchen, mit Heinfried von Lindtheim einen Termin zu vereinbaren, um etwas über die Familie und seinen Bruder Hasso zu erfahren.

In Heinfrieds Büro erhielt ich ohne Probleme einen Termin. Ich sollte am 12. Mai um zehn Uhr bei ihm sein, dann hätte er bis Mittag Zeit für mich. Ein bisschen erstaunt war ich schon, dass man mir so ohne Probleme einen Termin einräumte.

Wie sollte ich mich verhalten? Was sollte ich bloß sagen? Vielleicht, dass ich die Fragen für einen anderen stellte? Weshalb hatte er mich nicht an Isa weitergeleitet? Vielleicht hatte sie noch immer keine Zeit für mich. Sie musste ziemlich enttäuscht von mir sein.

Ich dachte, dass sie ihren Vater darüber informiert hatte. Aus reiner Gewohnheit machte ich mich auf den Weg, um mir Tageszeitungen zu holen, die neuesten Nachrichten wollte ich schon lesen. Englische Zeitungen, die es auch gab, wollte ich nicht, denn wenn ich schon mal in Deutschland war, dann wollte ich auch die deutschen Zeitungen lesen. Anfangs machte die Sprache noch etwas Mühe, aber nach ein paar Tagen gab es da kein Problem mehr.

Ich war mit den neuesten Ausgaben unterm Arm auf dem Weg zurück zur Pension, als ein kleiner Wagen neben mir quietschend zum Stehen kam.

„Hallo, du Unwiderstehlicher! – Entschuldigung, ich dachte Sie seien Heinrich."

Welch ein Zufall, es war Ria.

„Sind Sie noch immer hier oder schon wieder?"

„Hallo Ria, ich freue mich, Sie zu sehen. Darf ich Sie zu einem Kaffee einladen?"

„Gerne, ich befürchtete schon, das würde nie klappen. Ich bringe nur meinen Wagen um die Ecke auf den Parkplatz. Sie können ja schon einen Kaffee bestellen. Bin gleich da!"

Unkompliziert, umwerfend ehrlich und etwas zappelig, aber nett, die Ria. Ich saß noch nicht richtig, da war sie auch schon am Tisch, in einem ziemlich aufregenden und figurbetonenden Dress. Ihr langer geflochtener Zopf gab ihr etwas Unwiderstehliches. Bei ihr traf es zu. Ich hatte den Zopf bei ihr vorher noch nicht gesehen.

„Harry, Sie haben ja die Familie ziemlich durcheinandergebracht."

„Nanu?"

„Isa reitet dauernd auf Ihrer Ähnlichkeit mit ihrem Bruder rum. Aufgefallen ist das natürlich jedem. Es ist nicht das Aussehen allein, auch die Art Ihrer Bewegungen, der Gang. Einfach kleine Details, die eine frappierende Ähnlichkeit erzeugen."

„Glauben Sie? Ich weiß nicht so recht."

„Das ist mir doch gerade auch passiert."

„Mit Unwiderstehlicher war also Heinrich gemeint?"

„Das sage ich immer, es gefällt ihm, dem Gockel. Finde ich toll, dass wir uns wiedersehen. Heinrich vermeidet es strikt, über Sie zu reden. Und Isa ... Sie hat andere Probleme."

„Arbeiten Sie gar nicht? Oder können Sie sich Ihre Freizeit aussuchen?"

„Ich besitze eine kleine Buchhandlung in Bad Schwartau, dort, wo man alles aus Marmelade macht. Der Rest ist aus Marzipan. Die Buchhandlung habe ich vom Vater geerbt. Aber ich habe Mitarbeiter, die mehr wissen und mehr können als ich. Also jage ich herum und suche mein Glück."

„Ich denke, Heinrich ..."

„Ach was, er ist auch nicht der Richtige. Er meint zum Beispiel, er müsse mich immer so kleiden, wie es ihm gefällt. Dabei haben die nur Herrenmoden."

„Weshalb hängen Sie dann noch mit ihm herum?"

„Manchmal braucht man jemanden zum Ausgehen. Einen anderen habe ich halt nicht. Noch nicht. Und gesellschaftlich ist er ja keine schlechte Partie."

„Und der Spatz in der Hand ist besser ..."

„Genau. Aber mich stört an Heinrich entscheidend der alte Wahlspruch: Lindtheim zieht Herren an ..."

„... und Damen aus", ergänzte ich ihren angefangenen Satz.

„Oh, Sie sind ja bestens informiert!"

„Ist das denn der einzige Grund, dass er nicht der Richtige ist?"

„Nein. Er ist ein Tyrann! Seine Schwester leidet täglich unter seinen Eskapaden. Und Isas Mann hat nicht die Traute, etwas dagegen zu tun. Und nun ärgert Isa ihren Bruder ein bisschen damit, dass es jemanden gibt, der ihm so ähnlich sieht."

„Es ist ja auch etwas irritierend", sagte ich.

„Erstaunlicherweise macht es ihn und den Rest der Familie ziemlich angriffslustig. Ist das nicht eigenartig?"

Ich erfuhr von Ria, dass Isas Mann und Heinrich Rechtsanwälte waren, und sie leiteten gemeinsam, besser gesagt Heinrich leitete die Firma. Walter Brass war sein besserer Sekretär. Walter war bei den von Lindtheims schon ein Jahr beschäftigt, bevor Heinrich einstieg. Walter lernte Isa erst in der Firma kennen. Sie musste reichliche Anfeindungen überstehen, bevor sie ihn heiratete.

„Walter hat es ja nicht schlecht getroffen, und lieben tun sich die beiden doch auch“, sagte ich.

„Natürlich, aber manchmal bedeutet die Einheirat in eine Aristokratenfamilie nicht unbedingt Aufstieg“, antwortete Ria.

„Möchten Sie mit mir ein Glas Wein trinken?“ fragte ich.

„Klar doch! Aber bitte einen Trockenen“, kam es ebenso trocken über Rias Lippen.

„Bei der Bestellung müssen Sie mir sowieso helfen. Außer einem Chablis aus Georgia kenne ich keinen Wein.“

„Was – bei Ihnen gibt es auch Wein?“

„Wir trinken bestimmt nicht nur Coca-Cola. Wir haben noch Tee, Kaffee, Wasser, Sekt, Milch, Saft und ...“

„Schon gut. Ich glaube Ihnen. Außerdem kenne ich es von meinen Freunden in Marietta. “

„Können wir du zueinander sagen, Ria?“

„Natürlich, gerne, ich mag dich.“

„Weil ich Heinrich so ähnele?“

„Das ist nicht fair.“

Wir hatten beide noch eine nette und aufschlussreiche Unterhaltung. Je länger sie dauerte, drehte es sich mehr und mehr um uns. Wir hatten beide das Gefühl, dass wir uns mehr als nur sympathisch waren. Geholfen hat wohl, dass wir uns bereits vorher an einem neutralen Ort begegnet waren. Für Mittwochabend verabredeten wir uns an gleicher Stelle zum Essen. Ich freute mich bereits darauf und hatte darüber fast den eigentlichen Grund meines Besuches in Lübeck vergessen.

Als ich ihr das gefaltete Flugticket, das ich noch immer bei mir trug, auf den Tisch legte, streichelte Ria wortlos meine Hand.

„Ria, kannst du mir einen Gefallen tun?“

„Wenn ich kann, ja – worum geht es denn?“

„Ich wüsste gern, ob Heinrich am Tage unserer Ankunft in Frankfurt ebenfalls dort angekommen ist.“

„Am selben Tage wie wir? Warum denn das? Das müsste ich doch wissen. Er war mit mir zwei Tage in Marietta. Dann ist er weiter nach Mexiko geflogen. Ist das denn unbedingt wichtig?“

„Ich möchte nur wissen, von wo die Maschine mit der Nummer LH 2119 an dem Tag kam. Kannst du das für mich herausbekommen? Eine weitere Frage ist: Kennst du Tante Anneliese?“

„Tante wer? Hab ich noch nie gehört.“

„Es war die Dame, die mich am Flughafen in Empfang nahm.“

„Die ältere Dame, so ein bisschen mondän? Nein. Habe ich noch nie gesehen. Muss ich sie denn kennen?“

„Ich dachte nur, weil ihr euch so gemustert habt ...“

„Wirklich nicht. Das war eine Frauenreaktion. Macht man halt so. Das mit dem LH-Flug 2119 will ich mal versuchen. Interessiert mich jetzt selbst.“

Woher die Maschine kam, wusste ich zwar schon, aber nicht, ob Heinrich einer der Passagiere gewesen war. Ich hätte das auch alles über die Fluggesellschaft erfahren können, aber ich wollte, dass Ria sich bemühte. Ein bisschen interessierte mich auch, mit welchem Ergebnis sie kommen würde. Wir trennten uns, da ich noch mit Demorest telefonieren wollte, und Ria in ihrem Buchladen erwartet wurde.

In meiner Redaktion war man begeistert über meine Reportage. Es hätten sich bei der Zeitung schon sehr viele Leute gemeldet, die zu dem längst vergessenen Thema etwas zu sagen hätten. Eine unglaubliche Resonanz. Ich solle so viel wie möglich in Erfahrung bringen und mir Zeit für die Recherchen nehmen. Mir sollte es recht sein.

Im Hinblick auf Ria, die mich sehr interessierte, mehr als ich mir eingestehen wollte, war es eine willkommene Mitteilung meiner Redaktion.

Ich hatte das Gespräch gerade beendet, als das Telefon klingelte und Ria dran war. Sie berichtete mir, dass es ein LH-Flug von Atlanta nach Frankfurt war, aber Heinrich erst zwei Tage später mit einer mexikanischen Maschine in Hamburg gelandet sei. Heinrich war tatsächlich in Mexiko gewesen.

„Ist das sicher?“

„Ja, ganz sicher. Es hätte mich auch gewundert.“

„Trotzdem vielen Dank.“

„Wenn es dir hilft. Bleibt es bei der Einladung für Mittwochabend?“

„Natürlich, ich freue mich.“

Den nächsten Tag verbrachte ich an meiner Schreibmaschine und tippte einen weiteren Artikel ein. Für den Abend hatte ich mit Ria das Essen vereinbart und saß bereits an der Bar mit meinem bestellten Bier, als die Köpfe der anderen Gäste herumflogen. Der Grund dafür kam als aufregendes Stretchkleid in hellblau mit angenehmer Füllung auf hochhackigen Pumps.

„Hast du schon gewartet, Harry?“

„Und ich muss sagen, dass es sich gelohnt hat.“

Ria lächelte ganz verlegen, diese forsche Frau. Ich dankte ihr noch für ihre Nachricht, die sie über den Flug in Erfahrung gebracht hatte. Ria und ich bestellten ein hervorragendes Fischmenu und unterhielten uns wieder prächtig. Die anderen Herren an der Bar hatten die Theke ständig im Rücken. Sagen wir mal, sie schauten uns das Essen von der Gabel.

„Wie ist es denn bei dem alten von Lindtheim gelaufen?“

„Das Treffen ist erst morgen. Heute ist: Du und ich beim Fisch.“

„Du bist ja ein Poet.“

Ich blickte Ria in die Augen, und sie wich nicht eine Sekunde aus. Die Luft zwischen uns beiden brannte gewaltig. Wir konnten unseren Fisch gar nicht schnell genug essen. Dem ausgezeichneten Gericht wurden wir damit nicht gerecht, als wir es in ein Fastfood umgestalteten. Es hielt uns nicht länger in dem Restaurant.

„Harry, meine Wohnung ist nicht weit weg.“

Ria stand auf, nahm ihre Handtasche und ging voraus. Ich folgte sofort. Die Wirtin bat ich, mich bei Ria anzurufen, wenn sich irgendeiner nach mir erkundigen sollte.

Ria und ich verbrachten einen langen Abend damit, über meine neue Situation zu reden. Dabei erzählte ich ihr mein halbes Leben, verflochten mit den neuesten Erkenntnissen. Sie kam aus dem Staunen nicht heraus.

„Du auf der Suche nach deinen Wurzeln. Ich glaub das nicht.“

„Vielleicht hat die Familie ja wirklich mit meinen Wurzeln zu tun. Ich werde es herausfinden.“

„Hat der alte Schwerenöter Heinfried vielleicht ... Ich kann es kaum glauben.“

Während des Abends kamen wir uns immer näher. Es stellte sich eine Vertrautheit ein, die man nur erreicht, wenn man längere Zeit zusammen ist. Es war alles so selbstverständlich. Sie hatte rein gar nichts mehr von einem nervösen Mitflieger mit dem Haarschopf eines Aborigine.

Sie fand die Sache mit der Familie von Lindtheim so spannend, dass sie mir von Muttermalen erzählte, die Heinrich hatte.

„Stell dir vor, die Muttermale wären bei dir und bei Heinrich an der gleichen Stelle!“

„Das am Kinn habe ich alleine.“

„Heinrich, der eitle Fatzke, hat sich das vor einem Jahr entfernen lassen. Er hatte es an der gleichen Stelle!“

„Was? Hat er denn noch welche?“

Ria grinste und fand doch tatsächlich eines an einer Stelle, die sie nur von Heinrich kennen konnte. Diese Tatsache gab uns beiden zu denken. Mir schon allein deshalb, weil ich eigentlich nach Hasso suchte und Heinfried definitiv nicht mein Vater sein konnte. Aber das behielt ich noch für mich.

In München hatte mir ein Mann erzählt, dass die Leute im Norden sehr kühl seien. Dieser Mann schien wohl nie aus seiner Bergwelt herausgekommen zu sein. Und von Temperaturen hatte er nicht die geringste Ahnung. Ein sehr armer Zeitgenosse.

In der Nacht verdeutlichte mir Ria, was sie so alles mit „verschieden“ meinte, wenn sie Vergleiche zwischen Heinrich und mir anstellte. Eine ziemlich ausführliche Erklärung, der ich mit größtem Interesse folgte. Sehr vage alles und reine Spekulation, machte es uns aber sehr viel Spaß.

Wir testeten den Fall, was wäre wenn, und alberten dabei rum. Ich spürte Rias sanfte Haut an meinem Körper, und ich begann, den sicher aufregenden nächsten Tag zu vergessen. Ich nahm sie in den Arm und küsste sie auf ihr Haar. Ihr Kopf lag auf meiner Brust, und sie blies ihren Atem über meinen Oberkörper.

„Deine Brusthaare wirbeln aber ganz schön durcheinander", sagte sie.

„Kein Wunder, bei dem Orkan."

„Aber an einen Aborigine kommt die Haarpracht noch nicht heran", meinte sie.

Wir mussten beide lachen, hatte doch diese Bezeichnung eine ganz besondere Bedeutung für uns.

„Ria, hast du einen Whisky im Haus?"

„Ich glaube, ich habe sogar noch Eis im Kühlfach. Möchtest du einen, soll ich dir einen holen?"

„Lass mal, ich mach das schon", sagte ich und zog sie wieder aufs Bett zurück. Als ich in der Küche war, hörte ich: „Typisch Ami!"

„Du sagst typisch Ami – warum?"

„Das sollte keine Beleidigung sein, Harry. Man sagt das so. Du hast gar keine Eiswürfel im Glas, soll ich dir welche holen? Wenn du das Glas dauernd festhältst, wird doch der Whisky warm. Du könntest ja auch etwas anderes festhalten in der Zeit, oder?"

„Ich brauche keine Eiswürfel, aber das mit dem Festhalten ist keine schlechte Idee."

Ria nahm mir das Glas aus der Hand und stellte es auf den Nachttisch.

„Wenn du es brauchst, drücke einfach sanft meinen Handrücken." Sie musste lachen dabei, holte sie doch das Flugerlebnis in Erinnerung.

„Wie meintest du das jetzt mit dem typischen Amerikaner?"

„Ich weiß nicht. Manches an euch ist ziemlich typisch, anders als bei uns."

„Ich glaube eher, dass wir uns aus der großen Mixtur der Menschen im Laufe der wenigen Jahrhunderte entwickelt haben. Und der Ursprung ist und bleibt in Europa. Wir Amerikaner sind nur eine Weiterentwicklung. Das macht unsere Internationalität aus, auch unseren Wunsch, andere Kulturen zu sehen und so viel wie möglich darüber zu erfahren. Es ist die Neugier und die Liebe zu unseren Vorfahren, zu den Wurzeln. Jedenfalls kann ich das von mir behaupten.“

„Und wie fühlt ihr euch?“

„Als Amerikaner, allerdings mit Stolz auf die Menschen, von denen wir abstammen, egal von wo die mal gekommen waren. Wir haben einen Weg gefunden, der uns eine starke Identität ermöglicht. So etwas wie: Jetzt erst recht – großer Zusammenhalt – geht nicht, gibt's nicht – anderen in Bedrängnis beistehen, auch wenn es uns schadet – Risikofreude eben!“

„Ist das nicht eine Identität mit vielen Verästelungen? Kann man damit leben?“

„Natürlich kann man!“

„Harry, mein Herz fängt an, für dich zu schlagen, spürst du es?“

Ich hatte darüber völlig meinen Whisky vergessen. Rias Künste, das Thema zu wechseln, waren von ganz besonderem Reiz. Man konnte, man musste sie einfach gern haben. Große Unterhaltung war an diesem Abend nicht mehr gefragt, aber ich wäre auch gar nicht mehr dazu gekommen. Ria hatte für den Rest der Nacht das Kommando übernommen. Ich weiß nicht, wann es war, aber ich schlief behütet wie ein Kind in ihrer Umarmung ein. Die Ereignisse mit den von Lindtheims waren in den Hintergrund gedrängt worden. Ria war einzigartig! Sie versprach mir, nicht über die Sache zu reden, nicht mal mit Isa. Sie wollte meine Ergebnisse erst abwarten.

Entsetzen

Sollte es der Tag werden, der mir meine Wurzeln offen legte, mich an die Wahrheit führte? Ich war so nervös wie noch nie zuvor. Es stellte sich mir erneut die Frage: Wie trete ich Heinfried von Lindtheim gegenüber? Wie erkläre ich ihm meine Situation, und wie das Gefühl, vielleicht ein Teil der Familie zu sein? Ich haderte mit mir selbst. Sollte ich oder sollte ich nicht? Mein Gefühlschaos war unbeschreiblich, aber die Neugier vertrieb alle Überlegungen.

Der Empfangsbereich war in etliche kleine Nischen eingeteilt mit vielen Grünpflanzen. Und hinter einigen dieser dicht stehenden Pflanzen verbarg ich mich in einem sehr unbequemen Sessel, aus dem man nur mit Hilfe eines Flaschenzuges wieder rauskam.

Außer der Sekretärin Fräulein Tewes, die wusste, dass ich da irgendwo wartete, konnte mich niemand bemerken. An einer langen Wand des Empfangsbereichs standen lauter Schaufensterpuppen, alle männlich, alle nackt. Ich hatte bisher immer gedacht, dass das Geschlecht von Schaufensterpuppen allein am Kopf, an der Frisur und am Brustumfang zu erkennen wäre. Dass aber bei den männlichen sogar die Geschlechtsorgane sehr naturnah modelliert waren, wusste ich nicht.

Nun wurde ich Zeuge, wie diese Puppen von eifrigen Damen mit Gekichere durch die Gegend getragen wurden. Die Art und Weise, wie diese Damen zu Werke gingen, ließ der Fantasie nicht den geringsten Spielraum. Eine sagte: „Doris, heute nehme ich den Anton!" Sie gaben tatsächlich einigen von den Puppen Namen. Sie merkten nicht, dass ich, ganz zusammengesunken in meinem Sessel, Zeuge ihrer Aktionen wurde. Vor dem Aufnehmen der Puppen schmiegten sie sich an die stocksteifen und nackten Abbilder, alle mit einem Körper wie Herkules. Dass sie leicht umzuwerfen waren, erhöhte den Spaß der Damen.

„Ach, wie willig sie doch sind, und so einfach zu handhaben", ließ Doris verlauten. Ich nenne es mal Lachen, was ich dann hörte. Mann konnte neidisch werden! Mit einem herausfordernden Stöhnen umarmten sie die blassen Wesen. Dann stellten sie sich hinter sie, legten den linken Arm über die Schulter und griffen mit der rechten Hand von hinten durch den Schritt, um mit einem „ohhhh" die spektakuläre Männlichkeit zu ergreifen.

Mit einem Ruck legten sie die Wehrlosen in der Luft quer und traten mit ihnen den Weg zum Atelier an. Einige Puppen klappten die Arme nach unten. Die Damen, die sich unbeobachtet fühlten, machten noch Witze, die ich akustisch nicht genau verstand, aber es klang wie: „Der wird doch jetzt nicht lebendig und mir vielleicht unter den Rock ..." Sie hatten großes Vergnügen bei ihrer reizvollen Aktivität am „Mann".

Ich amüsierte mich köstlich und merkte gar nicht, dass Fräulein Tewes plötzlich neben mir stand und mich bat, ins Büro von Herrn von Lindtheim zu kommen. Sie schüttelte den Kopf wegen der Damen und meinte, dass diese Frauen ihr Benehmen und ihre anerzogene Zurückhaltung bei solchen Gelegenheiten glatt vergessen.

„Sie verdrehen ihre gute Kinderstube ins Gegenteil und genießen dieses schlüpfrige Vergnügen. Psychologisch erklärbar, aber unglaublich albern", sagte sie. Sie betonte jedes ihrer Worte sehr genau und langsam. „Herr Wageneck, wissen Sie, dass Sie dem Junior sehr ähnlich sehen? Sind Sie ein entfernter Verwandter?"

„Wer weiß!"

Fräulein Tewes lächelte dabei sehr freundlich und streifte die höfliche, aber bestimmte Distanz, die sie normalen Kunden entgegen zu bringen hatte, umgehend ab.

„Ich finde Sie viel netter als den Junior."

„Danke. Glauben Sie an Reinkarnation?"

„Eigentlich nicht. Weshalb fragen Sie das?"

„Schade. Ich würde als Schaufensterpuppe zurückkehren, und Sie könnten doch dann als Trägerin einer solchen ..."

Fräulein Tewes schubste mich, ohne darauf einzugehen, sanft in Richtung Büro. Der alte Herr stand hinter seinem großen Schreibtisch und erwartete mich bereits. Und wieder war ich von der auserlesenen und gepflegten Eleganz fasziniert.

„Kommen Sie herein, Harry."

Ich merkte sofort, hier war etwas vorbereitet worden. In einer Ecke saß der Schwiegersohn und wurde Zeuge unserer Unterredung. Meine ohnehin schon etwas angekratzte Selbstsicherheit geriet nun fast außer Kontrolle. Was sollte das jetzt werden? Hätte ich geahnt, dass jemand bei dem Gespräch mit anwesend sein würde, hätte ich bestimmt … oder doch nicht? Ich weiß nicht, irgendetwas hätte ich anders gemacht.

„Ich muss Sie wohl nicht vorstellen“, sagte Heinfried. Dabei deutete er auf Walter Brass.

„Setzen Sie sich doch“, sagte der zu mir. „Heinfried, lässt du uns bitte einen Kaffee bringen?“

„Und einen Cognac, bitte“, war meine einzige Reaktion.

Heinfried bediente sich der Sprechanlage. „Fräulein Tewes, bringen Sie uns bitte drei Kaffee und zwei ... Walter, du auch Cognac? Nein? Also zwei Cognac dazu.“

Fräulein Tewes brachte den Kaffee und den Cognac, stellte alles auf den großen Tisch in der Raummitte und fragte, ob noch etwas gewünscht werde. Sie blickte etwas irritiert, sie merkte, dass da irgendetwas in der Luft lag. Mit hochgezogenen Augenbrauen und einem in die Breite gezogenen Mund schaute sie mich an. Es sah nach Entschuldigung aus, ohne einen erkennbaren Grund.

„Also Harry, herzlich willkommen in meinem Hause.“

„Vielen Dank, dass ich überhaupt kommen durfte. Ich bin allerdings sehr überrascht.“

„Um es kurz zu machen“, Heinfried übernahm die Initiative, „sieht es so aus, als ob Sie ein Teil unserer Familie seien.“

Das war kurz und trocken. Dieser Vorstoß warf in wenigen Sekunden meine Ängste und meine Zurückhaltung, die Sache etwas vorsichtig anzugehen, komplett über den Haufen.

„Woher wollen Sie das wissen?“

„Nachdem die fingierte Kostenanfrage entdeckt wurde, haben mein Sohn Heinrich und auch Walter Brass recherchiert. Und da wir wissen, dass mein Bruder im Krieg Verbindung zu Ihrer Mutter hatte, kann es gut möglich sein, dass Sie ein Ergebnis ihrer Liebe sind.“

„Ich bin also ein Ergebnis“, antwortete ich etwas frustriert. Das war doch alles sehr gekünstelt und unpersönlich, was mir da entgegen gebracht wurde. Ich hatte die ganze Zeit dieses Glasbild im

Regal vor Augen und saß so günstig, dass ich es genau sehen konnte.

„Warum sehen Sie so fasziniert auf das Regal?“

„Ich kenne das Bild dort. Meine Mutter hat das gleiche in ihrem Buch, das in meinem Besitz ist.“

„Es gehörte meinem Bruder. Ich hänge sehr daran. So, wie Sie diese ganze Angelegenheit angegangen sind, hatte es den Anschein einer Hauruck-Aktion.“

Dieser plötzliche Vorwurf machte mir Sorgen, hatte ich doch ganz andere Gedanken zu dem Thema. Es entwickelte sich eine Art Geschäftsbesprechung. Ich wollte, aber konnte einfach nicht nach einem Kontakt zu Tante Anneliese fragen. Ich wusste ja von ihrem Telefonat in der Nacht. Von wegen Recherche über mich, da gab es eine Nachrichtenübermittlung.

„Was haben Sie also vor, Herr Wageneck?“

„Ich bin nur hier, weil so viele Ungereimtheiten aufgetreten sind und ich einfach wissen wollte, wo mein leiblicher Vater herkommt.“

„Ich denke, dass Sie es nun wissen. Dass Sie meinen Bruder, Ihren Vater, nicht kennenlernen konnten, ist sehr tragisch, aber nicht zu ändern. Und die Zeit heilt bekanntlich alle Wunden. Wir sollten die Vergangenheit ruhen lassen. Mein Bruder kam viel zu früh zu Tode. Ein Fliegerangriff raffte ihn mit den Eltern dahin. Das ist die Tragik, die unsere Familie erfasst hat.“

Mit dieser für die Familie sehr traurigen Mitteilung beendete Heinfried von Lindtheim meinen Besuch.

Ich glaube, dass ich die Familie mit meiner Neugier kalt erwischte. Dass Heinfried von Lindtheim dieses Treffen hätte verhindern können, es aber nicht tat, gab mir ein versöhnliches Gefühl. Ich erkannte, dass meine Entstehungsgeschichte bekannt war, aber niemanden groß aufregte. Meine Anspannung verhinderte, dass ich überhaupt etwas zu dem Gespräch beisteuerte. Es war alles emotionslos. Die Unterkühltheit, mit der man die Sache anging, machte mich betroffen.

Aber es gab so viele Puzzleteile, die nicht in das Gesamtbild passten, dass ich das Gefühl bekam, es steckte noch weit mehr dahinter und wurde verschleiert. Allein die Lüge von Tante Anneliese, dass sie nie Kontakt zur Familie meines Vaters hatte, oder der Einbruch in meinem Haus und die fehlenden Unterlagen machten mir noch immer Sorgen. Wie konnte das alles zusammengehören? Ich war ratlos, und die Ungereimtheiten waren damit nicht aus der Welt. Im Gegenteil, sie bekamen neue Nahrung. Tante Anneliese musste der Familie von Mutters Tod und von dem Karton erzählt haben. Wer konnte sonst davon wissen, und wer sollte ein Interesse daran haben, die Wahrheit zu vertuschen? Wer war noch beteiligt? Sollte ich nun das Risiko eingehen und Tante Anneliese bloßstellen? Wem sollte es nützen?

Das Interessante war dabei nur, dass der Einbrecher nicht alles mitnehmen konnte, denn zwei wichtige Zettel waren in dem Bild versteckt. Die ganze Sache somit beweissicher. Und abgestritten hatte das Familienoberhaupt meine Existenz ja nicht. Es gab mich, und die Wahrscheinlichkeit, dass der Bruder von Heinfried mein Vater war, wurde akzeptiert. Eigentlich war alles erledigt, nach Meinung der Familie, und ich konnte wieder in die Staaten zurück.

„Eines möchte ich Ihnen noch überlassen. Ich habe von der Mitteilung der Wehrmacht an meine Mutter, dass Ihr Bruder gefallen ist, eine Kopie gemacht. Darin wurde Hasso von Lindtheim offiziell für tot erklärt."

„Er wurde damals für tot erklärt? Darüber gibt es eine schriftliche Mitteilung?" Heinfried war völlig überrascht. Dabei fiel er förmlich in die hohe Lehne seines Sessels zurück.

„Ja, so steht es da. Dabei war er doch bei einem Fliegerangriff umgekommen. Wie passt denn das zusammen?"

„Da ... da ... das ist ungeheuerlich!" Für diese Antwort brauchte der Senior fast eine kleine Ewigkeit. Walter stand von seinem Sessel auf, ergriff meinen Arm und verließ still mit mir das Büro.

„Von einem solchen Schreiben wusste mein Schwiegervater nichts. Ich glaube, wir lassen ihn allein. Verabschieden Sie sich besser morgen."

Vielleicht konnten Heinfried und ich, der ja eigentlich mein Onkel war, und auch der Rest der Familie, Freunde werden. Vielleicht nicht auf dem üblichen Weg, aber einen Weg würden wir schon finden.

Nachdem ich das Büro verlassen hatte, verständigte ich von meiner Pension aus Ria. Sie kam sofort zu mir, weil sie neugierig war, was der alte Herr mir gesagt hatte.

„Er schien wenig überrascht, als er hören musste, dass sein Bruder einen Sohn hat, der lebt. Überraschend dagegen war, dass es ein Schreiben gibt, dass sein Bruder an der Front gefallen war. Da hat er sich erst mal hingesetzt", sagte ich zu Ria.

„Das glaub ich einfach nicht. Das ist ja ein Hammer. Was hat denn Isa dazu gesagt?"

„Weiß ich nicht. Der einzige, der etwas mitbekommen hat, war ihr Mann, der saß bei dem Gespräch dabei."

„Ich nehme an, dass heute Abend noch eine Familienzusammenkunft stattfindet – Krisenstab! Nach wichtigen Neuigkeiten ist das immer so. Wie hat der alte Herr denn reagiert?"

„Etwas entsetzt."

„Scheiß Krieg, was?"

„Na ja, wie man es sehen will. Für die Familie ändert sich ja nichts."

„Und wie geht es jetzt weiter? Du bist doch wohl ein Cousin von Heinrich und Isa. Bleibst du noch in Deutschland, und wenn ja, wie lange?"

„Ich werde erst einmal zurück nach Demorest gehen. Ich muss dort einige Dinge klären. Außerdem war ich schon zu lange weg. Meine Redaktion kann mir nicht unbeschränkt Urlaub geben. Wir wollen doch zusammen bleiben, oder hast du dich anders entschieden?" fragte ich Ria.

„Natürlich nicht. Wir sehen uns bald wieder!"

Diese Mitteilung machte mich sehr glücklich. Ria und ich hatten inzwischen unsere Liebe entdeckt und schmiedeten Pläne für die Zukunft. Mein Haus in Demorest wollte ich verkaufen. Der Erlös sollte für den Start in ein gemeinsames Leben genutzt werden.

Wir waren uns sicher, dass wir zusammengehörten. Insofern hatte meine Reise nach meinen Wurzeln einen schönen Nebeneffekt.

Mit dem Gefühl einer erfolgreichen Forschung nach den Wurzeln verabschiedete ich mich bei Tante Anneliese, der ich mein Ergebnis allerdings nur mit unbedeutenden Einzelheiten schilderte. Sie fragte nicht weiter und war froh, dass ich wieder zurück in die Staaten ging. Das war ihr deutlich anzumerken. Ohne dass wir beide die Situation zum Thema machten, entstand eine Kluft zwischen uns, die wir beide bemerkten, aber nicht ansprachen.

Hätte ich da schon gewusst, was noch auf mich zukommen würde, ich hätte ungläubig vor den Tatsachen gestanden, hätte den Karton meiner Mutter sofort vergessen und wäre vor Angst am liebsten unsichtbar geworden. Wären mir zu der Zeit schon die seelischen Schmerzen und die Verletzungen bekannt gewesen, ich hätte den Wunsch gehabt, nie mit den Unterlagen meiner Mutter in Kontakt gekommen zu sein.

Demorest

Mit großem Hallo wurde ich in Demorest empfangen. Meine Reportagen hatten eine wahre Flut der Anteilnahme ausgelöst. In der Redaktion fanden sich Männer und Frauen ein, die sich in einer ähnlichen Situation gefangen glaubten. Nach und nach erreichten auch Briefe aus allen Gegenden der USA die Redaktion.

Bis dahin hatte ich mir gar nicht vorstellen können, dass es im näheren Umfeld Leute geben könnte, die ein ähnliches Schicksal hatten wie ich. Und dass man jahrelang nebeneinander her lebte ohne eine Ahnung von den Dingen, die man eigentlich als Gemeinsamkeiten besaß.

Das Interesse war riesengroß, jetzt gemeinsam zu forschen und die Möglichkeit zu erarbeiten, Familien zusammen zu führen. Ob das alles mit Freude oder Leid verbunden war, zählte nur in zweiter Linie. Alle fühlten sich stark genug, den Dingen ins Auge zu sehen. Hauptsache es kam Licht ins Dunkel der Vergangenheit.

Die spannende Arbeit bis zu einem vielleicht zweifelhaften Ergebnis war ein großer Anreiz. Der sportliche Ehrgeiz war gefragt.

Die meisten hatten allerdings nicht das Glück, durch Aufzeichnungen, wie ich sie von Mutter hatte, etwas bewegen zu können. Aber die Anteilnahme war gewaltig, und man hatte eine Association Lebensborn Germany (ALeG) gegründet, bei deren Zusammenkünften man versuchte, den einen oder anderen Weg in die Vergangenheit zu finden. Man half sich gegenseitig durch Austausch von Kenntnissen, sichtete und katalogisierte Unterlagen, die helfen sollten, Angehörige in Europa und weltweit zu finden.

Eine solche Resonanz hatte ich nicht erwartet. Man wählte mich zum ersten Präsidenten der Association, was ich aber nach kurzer Zeit aus Termingründen an eine sehr engagierte Teilnehmerin abgab. Sie selbst wusste seit einigen Jahren, dass sie adoptiert worden war. Deutsch hatte sie aber nie gelernt, was sie sehr bedauerte.

Meine Zeitung rückte ins überregionale Interesse der Medien. Mein Boss war entzückt. Mein Schaden war es natürlich auch nicht. Die Vergangenheitsbewältigung wurde in eine gewaltige Welle der Anteilnahme gebettet.

Für mich persönlich gab es die Gewissheit, dass ich nahe an einer menschlichen Tragödie vorbeirutschte, und dass meine Entstehung nicht dem Willen hirnrissiger Menschen entsprungen war. Es hätte auch alles ganz anders sein können, und ich wäre tatsächlich eines der Kinder, die jetzt nicht wussten, wo sie eigentlich hingehörten. Aber trotz allem war ich ein Teil der Ereignisse und wollte etwas für die tun, die gar nichts wussten.

Da die Vorstellungen über diesen Abschnitt der Geschichte nur sehr vage waren und mit Abstrichen nur die interessierte, die direkt betroffen waren, hatte ich eine besonders unfassbare Passage meiner Recherchen für die Association übersetzt. Für jedermann als Aushang des gegründeten ALeG-Teams einsehbar. Mein Verlag richtete dafür extra einen Schaukasten ein. Zusätzlich war der bestückt mit Fotos aus der Zeit.

Viele Besucher, die in die Redaktion kamen, hatten eine Kopie vom Aushang haben wollen. Über die Zeit der Recherche in

Deutschland und über meine eigene Geschichte hatte ich einen Vortrag ausgearbeitet.

Der Raum war an dem Tag bis auf den letzten Platz gefüllt. Als Erstes hatte ich den angefertigten Aushang, der für alle galt, vorgelesen: Von SS-Reichsführer Heinrich Himmler erdacht und gegründet, sollte der Lebensborn dem „1000-jährigen Reich“ den Nachschub an blonden und blauäugigen Hünen sichern. Das Experiment hatte seinen Anfang in Steinhöring genommen. Die heutige Betreuungseinrichtung war die erste und wichtigste Niederlassung der SS-Organisation Lebensborn e. V..

Über kaum eine andere NS-Einrichtung ist so viel spekuliert, kolportiert und fantasiert worden wie über den Lebensborn. Nazi-Zuchtanstalt, Besamungsstation des Rassenwahns, SS-Bordell raunten die einen. Karitatives Entbindungsheim, Wohlfahrtseinrichtung, segensreiche Waffe im Kampf gegen die Abtreibung verkündeten die anderen.

Wie bei den meisten Dingen im Leben zeigte sich auch hier, dass die Unterteilung in Schwarz und Weiß, in uneingeschränkt Gutes und abgrundtief Böses nicht greift. Der Lebensborn e. V. wurde am 12. Dezember 1935 auf Veranlassung Heinrich Himmlers in Berlin gegründet. Laut Satzung war es seine Hauptaufgabe, werdende, rassisch und erbbiologisch wertvolle Mütter unterzubringen und zu betreuen. Voraussetzung war die sorgfältige Prüfung der eigenen Familie sowie der des Erzeugers. Somit war anzunehmen, dass rassisch wertvolle Kinder zur Welt kamen.

Das Heim „Hochland“ in Steinhöring war die Mustereinrichtung der Organisation. Ursprünglich hatte die Anlage einer Steinhöringer Brauerei als Bierkeller gedient.

Mitte der zwanziger Jahre kaufte die SA das Gebäude und richtete dort eine „Nachrichtenschule“ ein, in der SA-Männer das Morsealphabet lernten. 1934 kam der Bau an die SS, die dort das erste Lebensborn-Heim einrichtete.

Nach den standesamtlichen Eintragungen, die noch heute in der Gemeinde Steinhörung verwahrt werden, kamen im Heim „Hochland“ von 1936 bis 1945 etwa 1400 Kinder zur Welt. Am effektivsten arbeitete die SS-Gebärmaschinerie in Steinhörung im Jahre 1944, als dort 222 Kinder geboren wurden, also nahezu jeden zweiten Tag ein Kind.

„Sounds like a chickenfarm“, polterte einer der Zuhörer dazwischen. An dieser Stelle konnte ich die aufkommende Unruhe, begleitet durch mitleidige, aber auch durchaus zornige Gesichtsausdrücke, wieder besänftigen. Eine Mitarbeiterin der Redaktion konnte es sich trotz allem nicht verkneifen „oooh Harry“ zu seufzen.

„Carol, gottlob hat meine Mutter vor der Niederkunft die Konsequenzen gezogen, was nicht ganz ungefährlich war, und ist aus dem Heim verschwunden. Sie bekam bei einer Freundin Unterkunft und konnte dort bleiben. Dem Heim bin ich also entkommen.“

„Harry, das war aber ungeheures Glück für dich. Die über zweihundert Kinder alleine in deinem Geburtsjahr hatten wohl nicht so eine Chance!“

„Genau, und denen wollen wir helfen, wenn sie sich melden sollten. Soweit sie in die USA gekommen sind und über diese Vorgänge überhaupt etwas wissen. ALeG könnte da vielleicht etwas bewegen, späte Zusammenführungen zu erwirken oder die eigene Herkunft zu dokumentieren.“

Nachdem ich meinen Vortrag beendet hatte, prasselten Fragen auf mich ein wie Maschinengewehrfeuer. Für amerikanische Verhältnisse völlig untypisch, hatte nach meinem Vortrag niemand geklatscht. Und das irritierte sogar mich.

Im Verlauf der nächsten Wochen hatte ich mehr zu bewältigen als jemals zuvor. Ich war zum Experten Lebensborn e. V. avanciert. Es setzte ein unbeschreiblicher Run auf meine Unterlagen ein.

Die Meinung der Mehrheit möglicher Betroffener war, so rasch es nur ginge nachzuforschen, bevor von den noch lebenden Nachkommen und den Zeitzeugen keiner mehr übrig geblieben war. Es wurden bei unserer Zeitung extra zwei Damen eingestellt, die nur für die Post der ALeG zuständig waren.

Was ich gar nicht gewollt hatte, war, dass eine gewisse Hektik ausbrach. Von denen, die noch nicht so weit waren wie ich, wurden nach und nach die Nachforschungsarbeiten übernommen. Nach ein paar Monaten trat jedoch eine gewisse Ernüchterung ein, nachdem die Erfolge sehr gering waren.

Gerade zu diesem Zeitpunkt, als man nicht mehr weiter wusste, trat ein Ereignis ein, was die Maschinerie bis heute in Gang hält. Ein Erfolg, der die Existenz der ALeG sicherte und Spenden fließen ließ.

Man konnte ein Geschwisterpaar (Zwillinge) zusammenführen. Das Unglaubliche war, dass sie seit der Adoption durch amerikanische Eltern nur ungefähr fünfzig Meilen voneinander entfernt aufgewachsen waren. Die Zeitungen waren tagelang damit voll. Radio und TV standen dem in nichts nach. Die Geschichte des Lebensborn e. V. wurde dokumentarisch aufgearbeitet, von oben nach unten und von vorn nach hinten umgekrempelt.

Die beiden Männer besuchten, ohne dass sie voneinander wussten, das College in Albany. Der eine war im Basketball-, der andere im Footballteam. Sie erinnerten sich nun daran, dass man sie manchmal gefragt hatte, warum sie die Sportart gewechselt hätten. Der Zufall wollte es, dass sie sich nie begegnet waren.

Außer ihrem Aussehen hatten sie noch eine weitere Gemeinsamkeit. Beide heirateten eine Mexikanerin, und beide hatten je zwei Töchter. Die Zusammenführung dieser beiden Familien wurde zum Medienereignis in Mexiko und in den USA.

Ich freute mich über den Erfolg, den die ALeG zu verbuchen hatte, und gab die komplette Arbeit in die Hände von engagierten Mitarbeitern. Ich hatte nun mehr Freizeit für mich, begann systematisch die Auflösung meines Haushaltes und setzte ein Schild auf mein Grundstück: For Sale!

Lange dauerte es nicht, da hatte ich bereits einen Käufer gefunden. Im Haus eines von der Geschichte so gebeutelten Menschen zu wohnen macht etwas her.

Meine Verbindung zu Ria brachte zudem eine entscheidende Wendung in meinem Leben. Wunderschön war Rias Besuch bei mir. Unsere Liebe füreinander wurde immer größer, und wir beschlossen nun endgültig, zusammen zu bleiben. Einig waren wir bei der Ortswahl für unsere neue Heimat. Ria und ich wählten Irland aus. Für sie nahe genug an Lübeck, ihren Freunden und ihrer Buchhandlung. Für mich nahe genug zum ehemaligen Wohnort meines leiblichen Vaters, aber in einem Land, in dem ich die Sprache sprechen konnte, mit der ich groß geworden war.

Ganz in Deutschland wollte ich nicht bleiben. Ein etwas komisches Gefühl erfasste mich bei dem Gedanken. Vielleicht auch deshalb, weil mein Cousin Heinrich so unnahbar war. Ein Kontakt zu ihm bestand überhaupt nicht.

In der Nähe von Tralee fanden wir über Freunde eine Ferienanlage, die wir übernehmen wollten. Wir liebten beide die Einsamkeit, aber gleichzeitig auch die Geselligkeit mit Freunden.

Meine Angelegenheiten in Demorest waren geregelt, und die meisten Dinge hatte ich verkauft. Nur ganz Persönliches brachte ich in drei kleinen Containern unter, die inzwischen auf dem Weg nach Irland waren. Wenn die Schiffsfracht in etwa sechs Wochen dort ankäme, würde ich alles persönlich in Empfang nehmen können. So jedenfalls war der Plan, den Ria und ich uns zurechtgelegt hatten.

Als ich die letzten Dinge zusammenpackte, merkte ich, dass die Fußleiste an der Zargenecke vor Mutters Zimmer immer noch lose war. Aber nun würde der neue Eigentümer das in Ordnung bringen. Ein bisschen komisch war mir schon, als ich durch das Haus einen letzten Gang unternahm.

Von unten hörte ich Mutter zum Essen rufen, aus einer anderen Ecke Arthur, der seine Zeitung suchte. Und ich sah Snowdrift, wie er vom einen Zimmer ins andere rannte. Fliegen wollte er im Haus nicht. Weh tat mir der schwach zu sehende Blutfleck auf der ersten Treppenstufe.

In wenigen Sekunden lief auch ein Teil meiner Kindheit wie ein Film an mir vorbei. Aber nichts davon spielte sich dort ab, wo ich meine ersten fünf Lebensjahre verbrachte. In Frankfurt am Main. Davon wusste ich fast nichts. Plötzlich wurde es mir bewusst und wichtig.

Eine Kleinigkeit wollte ich also noch von Tante Anneliese, denn sie war die einzige und letzte Person, die meine Fragen beantworten konnte. Irgendwann, bevor ich mit Ria nach Irland gehen würde, wollte ich sie noch einmal aufsuchen.

Sommerdrama

Ich war bereits wieder zwei Tage bei Ria in Lübeck. Wir hatten nur uns und bastelten an den Plänen für unsere Zeit in Irland. Mit Isa und Heinrich und der ganzen Familie hatte sich alles soweit entspannt, und alles schien in bester Ordnung. Sehen wollte die Familie mich allerdings nicht.

An einem Vormittag flatterte eine Einladung von Heinrich an mich in den Briefkasten. Sie war sehr freundlich gehalten, obwohl er mir nicht ganz verzeihen konnte, dass sich Ria für mich entschieden hatte. Es war die Einladung zu einer Jagd. Lieber Cousin, hieß es da. Ria war ganz angetan von so großer Freundlichkeit.

Als Amerikaner und Jagdbegeisterter war das für mich ein schöner Grund, klärende Gespräche in freier Natur zu führen. Von Cousin zu Cousin. So dachte ich wenigstens. Ich stellte mir eine menschliche Einigung vor, die beide Seiten voll befriedigen würde.

Mit dem Auto fuhren wir bis auf eine Lichtung im Wald. Es waren bereits andere Jagdfreunde dort. Es gab sogar Probleme, einen Parkplatz zu finden, wo der Wagen nicht zu tief im Boden versank.

„Allrad, Harry, kein Problem!"

„Ich wäre auch zurück gelaufen, auch kein Problem."

In der Runde der Jäger traf ich auch auf Heinrichs Freund. Es war der Mann, der mir die Bierflasche bei dem Mittelalterfest brachte und den kleinen Öffner in der Hand hatte. Der hing auch jetzt noch an meinem Schlüsselbund. Heinrichs Freund hieß Helge. Da kamen bereits vergessene Dinge wieder hoch. Ich dachte eigentlich, dass ich alles abgestreift hätte.

„Harry, kommen Sie mal, ich möchte Ihnen ein Gewehr geben. Die Amerikaner können doch gut schießen, oder?“ sagte Helge.

Eine Antwort blieb ich schuldig. Die kleine Jagdhütte, wo die Gewehre ausgegeben wurden, war ein paar Meter hinter einer Wegbiegung. Als wir vor der Hütte standen, stockte mir der Atem. Neben der Hütte lagen vier tote Raben. Angewidert schaute ich sie mir an. Plötzlich sprach mich Helge von hinten an. Ich erschrak dermaßen, dass ich zusammenzuckte.

„Diese Sauvögel kann ich nicht leiden, die machen alles verrückt und räubern die Nester von Singvögeln. Die knall ich immer ab. Mein Opa war ein Krajebieter, Krähenbeißer. Die haben denen sogar die Köpfe abgebissen. So machten die das auf der Kurischen Nehrung in Ostpreußen. Und gegessen haben sie die auch. Das machen wir natürlich nicht!“

Das grässliche Lachen dazu passte überhaupt nicht, und ich wollte es auch nicht kommentieren, aber es entfachte eine unglaubliche Wut in mir. Und mein Gesichtsausdruck machte Helge stumm. Im gleichen Moment bemerkte er, dass ihm etwas passiert war, was er eigentlich hätte vermeiden sollen. Er verriet etwas von sich, was in direkter Verbindung zu meinem Snowdrift stand.

Heinrich rettete Helge aus der Situation, als er um die Ecke bog und uns bat, zur Gesellschaft zu kommen. Er vermisste uns bereits, die Jagd sollte beginnen.

Helge sagte den ganzen Tag kein Wort mehr, und ich beschloss, nach der Jagd meine Zelte in Lübeck abzubrechen. Sonst wäre noch etwas passiert. Mit dieser Familie und ihrer Verlogenheit, die sogar vor Einbruch und Tiermord nicht haltmachte, wollte ich nicht verbunden sein. Als ich Heinrich und Helge mehrfach aufgeregt diskutieren sah, konnte ich nur ahnen, welches Thema sie dazu antrieb.

Nach der Jagd gab es noch ein Essen für alle, nur Helge war nicht mit dabei. Heinrich meinte, Helge wäre müde gewesen und wollte sich lieber ausruhen. Er wäre aber auch kein Typ für Partys.

Etwas später klingelte das Telefon in der Jagdhütte, und Heinrich wurde an den Hörer gerufen. Das Telefon stand um die Ecke in einem Nebenraum. Ich hörte wie Heinrich sagte: „Mach keinen Scheiß."

Ich stellte mich um die Ecke vor die WC-Tür, dicht genug, um das Gespräch verfolgen zu können.

„Klar kann ich es verstehen, Helge. Ich bitte dich, unsere Freundschaft ist mir sehr wichtig. Helge, ich gebe dir ja recht, aber verstehe mich bitte. Ich habe das Familienunternehmen in Gefahr gesehen ... Nein, musst du nicht. Das kann nicht rauskommen. Das hat der doch schon vergessen ... Schlampe Ria heißt das neue Thema, und sie hat ihn doch völlig im Griff. Da denkt er an so etwas nicht mehr. Ria verklebt doch jedem die Gehirnwindungen. Ja, mach ich. Du bekommst doch keine kalten Füße? Außerdem reist er bald ab. Klar bleibt das unter uns ... Die Tante? Die hält dicht, die muss doch! Bis Oktober wirst du ja wohl warten können, da haben wir wieder eine Kollektion vorzustellen und auch das traditionelle Fest mit den Rittern des Mittelalters. Dabei werden wir die Familie zusammen haben. Ich werde dann alles aufklären. Kannst du bis dahin warten? Jetzt hör auf zu jammern, halt dich mal bedeckt. Das macht einem ja Angst. Nein, ich meine ... Ja, ich entschuldige es. Helge, du hast dafür mein Ehrenwort! Okay, bis nächste Woche!"

Heinrich kam ziemlich angefressen vom Telefon zurück. Er hatte sicher Zugeständnisse an Helge machen müssen, denn Helges Nervenkostüm war nicht das Beste, und die Gefahr, dass er plaudern würde, war groß. Heinrich konnte sich mit der gesamten Situation nicht abfinden, und Helge wurde mehr und mehr zum Problem. Mein Problem war, dass Tante Anneliese darin verstrickt war.

Dass Helge für Heinrich in Demorest den Einbruch und den Diebstahl durchführte, denn danach sah es jetzt aus, hätte ich noch hinnehmen und auch vergessen können. Aber ausgerechnet der sinnlose Tod meines Snowdrift machte mir zu schaffen.

Dass ich Helge ertappt hatte, war ihm peinlich und verärgerte Heinrich. Helge bekam Gewissensbisse und wollte sich von der Sache distanzieren. Die Freundschaft der beiden wurde auf eine harte Probe gestellt. Wie ich mich selbst in der Angelegenheit verhalten sollte, war mir nicht klar. Da brauchte ich Bedenkzeit. Ich erzählte Ria davon, und sie war entsetzt. Aber sie bat mich, schon wegen ihrer Freundin Isa, dass wir noch zum Sommerfest gehen sollten, zu dem wir gemeinsam eingeladen worden waren. Das mit der Schlampe erwähnte ich nicht.

Diesmal richtete der Ritterverein das Fest aus. Ritterkostüme waren natürlich Pflicht, und es wurde ebenfalls wieder ein tolles Fest. Mich überraschte, dass Helge nicht dabei war. Das Risiko, mich wieder zu treffen, war wohl zu groß.

„Helge hat einen Termin in Oldenburg, er lässt sich entschuldigen“, erklärte Heinrich den anderen.

Der Sommerfest-Höhepunkt war gekommen. Thema: „Sportliches Speerwerfen um die Jungfer“. Ein großer Drache wurde auf einem niedrigen Anhänger in der Platzmitte gefahren. Direkt neben dem knisternden Lagerfeuer, dort wo auch die Grillspezialitäten ausgegeben wurden.

Der Spaß nahm seinen Lauf. Der Körper des Drachen war von vielen großen Schuppen bedeckt. Jede etwa von der Größe eines Kuchentellers. Das Besondere war, dass sich unter drei Schuppen von zwölf, irgendwo am Körper, jeweils eine mit Schweineblut gefüllte Schweinsblase verbarg. Mit Speeren wurde dann auf die Schuppen geworfen. Wenn einer der Ritter eine Schuppe mit darunterliegender Blutblase traf und das Blut aus dem Drachen tropfte, durfte er sich eine Jungfer auswählen, die für den Rest des Festes nur noch für ihn da zu sein hatte. Dafür wurden extra drei höchst ansehnliche Damen von einer Agentur gemietet. Der Drachenkampf war insgesamt blutig, aber eine amüsante Abwechslung, die großen Anklang fand.

Ich musste gestehen, dass auch ich nicht ohne Ehrgeiz war, eine der Schuppen zu treffen, um das Blut fließen zu sehen. Das mit der Jungfer fand allerdings nicht Rias Wohlwollen. Ich traf aber nur eine der gewöhnlichen Schuppen. Ein Wurf kostete hundert DM. Immerhin fanden sich neun Ritter, die den Einsatz zahlten.

Mit dem dicken Handschuh den Speer zu werfen war nicht so einfach. Dann war Heinrich dran und traf die erste Blutblase. Das

Gejohle war groß, und die Jungfer ließ sich willig entführen. Es dauerte etwas, bis alle drei Schuppen getroffen waren. Nach einem der Treffer tropfte das Blut erst sehr spät und auch langsam.

„Die Blutblasen haben nicht viel Blut und hängen auch schon seit dem Vortag im Drachen. Da kann es passieren, dass in der einen oder anderen das Blut schon etwas dickflüssig wurde“, sagte einer der Drachenerbauer. Nur um auch einmal den Speer zu werfen, kamen weitere Ritter zusammen und klebten als Ziel Zettel auf einige Schuppen. Jeder Treffer wurde bejubelt, weil der Ritter eine Runde spendieren musste.

Plötzlich schrien ein paar Frauen auf, darunter auch Isa und Ria, denn unter einer getroffenen Schuppe trat ein Schwall Blut aus. Das konnte eigentlich nicht sein. Es gab doch nur drei Blasen, und die waren schon getroffen.

Dass die Polizei etwas später das Fest auflöste, war zweitrangig. Als man nämlich den Körper des Drachen öffnete, entdeckten sie die Leiche von Helge. Er war gefesselt und geknebelt darin eingepackt. Ein Speer hatte seinen Bauch durchbohrt. Mich fröstelte, da ich auch geworfen hatte. Und ich war froh, dass ich nicht erfolgreich gewesen war.

Auch nach sofortiger Befragung aller Teilnehmer konnte nicht festgestellt werden, welcher Speer den Körper getroffen hatte. Der erste oder der zweite, vielleicht der dritte oder vierte? Und ein Motiv war auch nicht zu erkennen.

Hergestellt hatten den Drachen drei Herren und zwei Damen vom Ritterverein. Und Helge war bis zu seiner Abreise nach Oldenburg auch dabei gewesen. Danach hatte der Drache über Nacht in einer Garage gestanden.

Ich musste ebenso mit zur Polizei und wurde verhört, denn bei einem offensichtlichen Mord war jeder verdächtig. Dass ich mit Ria ein wasserdichtes Alibi hatte, war ein großes Glück. Die Polizei war ratlos und ohne Motiv. Für mich persönlich gab es einige Erklärungen, allerdings waren das reine Spekulationen.

Heinrich legte mir und Ria nahe, sobald wie möglich aus Lübeck abzureisen. Seit meinem Eintreffen in Lübeck und dem Besuch der Familie gäbe es nur Probleme – und nun sogar einen Todesfall. Dass es ausgerechnet um Heinrichs Freund dabei ging, würde die Sache noch dramatischer machen. Seine Trauer wäre kaum zu ertragen.

Ich konnte diese Verlogenheit nicht begreifen und wollte nun die ganze Familie etwas mehr beleuchten.

Ria war enttäuscht über das Verhalten der Familie, und sie verstand die ganze Sache überhaupt nicht. Der Verlust der Freundin machte ihr sehr zu schaffen, denn Isa zog sich zurück.

Ich war hin- und hergerissen. Sollte ich Ria alles, was mich bewegte, erklären oder nicht? Mein Wissen und meine Ahnungen darlegen?

Ich brauchte etwas Zeit, und wir packten erst einmal unsere Sachen, als mir ein Telefonanruf zu Hilfe kam und mir eine Erklärung abnahm.

Kinderzeit

Es kam ein Anruf von Tante Anneliese, der mich traurig stimmte. Was sie darin anklingen ließ, war nicht besonders dafür geeignet, Fröhlichkeit zu entfalten. Sie wurde ins Krankenhaus eingeliefert und wünschte, mich zu sehen.

Ich sagte Ria, dass ich noch für ein oder zwei Tage nach Frankfurt fahren würde, um mich um meine alte Patentante zu kümmern. Dass sie in die Sache verstrickt war und ich von der Verbindung zu Heinrich wusste, ließ ich erst einmal unberücksichtigt. Ria akzeptierte es und wollte einige Dinge abwickeln, die vor der Übersiedlung nach Irland noch wichtig waren.

Auf der Fahrt zu Tante Anneliese gingen mir Gedanken durch den Kopf, die ich vorher nie gehabt hatte. Was geschah in den ersten Jahren meiner Kinderzeit in Frankfurt?

Alle, die ich kannte, hatten aus der Zeit Bilder oder Erlebnisse, die ihnen von den Eltern erzählt wurden. Ich hatte nichts. Rein gar nichts. Jedenfalls nichts, bis ich in die Schule kam. Und so ein Foto stammte aus Helen, unserem ersten Wohnort in den USA. Da war ich sechs Jahre alt. Gab es bei mir keine Kindheit, keine Ereignisse, die es wert gewesen wären, erzählt zu werden? Könnte ich meinen Kindern einmal etwas von mir erzählen? Bis jetzt nicht.

Ich war hungrig danach, etwas davon zu hören, was sich in friedlicheren Zeiten abgespielt hatte. Von Tante Anneliese wusste ich allerdings, dass es auch da einen aufreibenden Kampf ums Überleben gab und nicht alles friedlich war.

Und dabei muss ich an Arthur denken, der es aus zweierlei Gründen verdiente, nicht von mir vergessen zu werden. Eigentlich war er mein Vater. Er hatte mich zu dem gemacht, was ich war. Er hatte sich mit mir gefreut und gelitten, wann immer es gefordert war.

Ich bedauerte zutiefst, dass wir trotz allem nie die Zeit fanden, über früher, über die Zeit vor Amerika, zu reden. Ich glaubte, dass meine Eltern auch nicht den Wunsch hatten, sich um die sehr traurige Vergangenheit zu bemühen. Ich musste es akzeptieren, aber mir fehlte jetzt ein Teil meiner Geschichte.

Am nächsten Tag stand ich vor dem Bett meiner Patentante. Zuvor fragte ich den Arzt, weshalb sie überhaupt eingeliefert worden sei und hörte, dass sie einen leichten Kreislaufkollaps hatte. Nach ein paar Tagen werde sie wieder fit sein, versprach der Arzt.

Da ich die Gegenwart gar nicht ansprechen wollte, bat ich meine Patentante, mir ein bisschen von der Zeit zu erzählen, als wir noch alle gemeinsam in Frankfurt gewohnt hatten. Sie wunderte sich zwar, es bereitete ihr aber sichtlich Freude, in die Vergangenheit einzutauchen, in der sie sich bestens zurechtfand. Ich bekam sogar zeitweilig den Eindruck, dass ihre Stimme kräftiger wurde und ihre Art, sich auszudrücken, an Intensität zunahm. Sie lebte dabei förmlich auf und bekam sogar eine durchaus gesunde Gesichtsfarbe.

Die Gespräche mit ihr waren hochinteressant und brachten für mich eine Menge Neuigkeiten, die ich niemals erfahren hätte, wäre meiner Tante etwas Ernsthaftes zugestoßen.

Körperlich war sie zwar schwach, aber es war eine Freude, ihr dabei zuzusehen, wie sie ihre Erzählungen mit Gesten tatkräftig unterstützte. Manchmal glaubte ich, dass entweder die Arme dem Mund nicht zu folgen vermochten, oder der Mund den Armen. Es war ein sportlicher Wettkampf der beiden Systeme.

Ich lernte in der Zeit, die wir mit den Erinnerungen verbrachten, meine Eltern in einem völlig neuen Licht zu betrachten. Ich durchlebte zudem einen Teil meiner Kindheit. Es wurden für mich die spannendsten Momente meines Besuchs, da ich nichts davon je gehört hatte, aber die Hauptperson war, um die es dabei ging.

Tante Anneliese gab mir etwas mit, was so untrennbar mit mir verbunden war. Ebenso wichtig war es zu erfahren, wie das in der Zeit mit Arthur und Mutter war.

Tante Anneliese begann: „Es war am Dienstag, dem 3. November 1944. Du bist morgens früh um 6 Uhr 30 zur Welt gekommen. Viel Zeit zum Feiern war nicht. Man ahnte, dass das 1000-jährige Reich sich so langsam dem Ende näherte, und bemühte sich schon, Weichen für die absolut ungewisse Zukunft zu stellen. Organisieren hieß das Schlagwort. Abends kam dann ein Bekannter, der hatte ein Gitterbett für dich aufgetrieben. Weiß der Teufel, woher er das hatte. Aber es war wie ein Hauptgewinn in der Lotterie. Alle Aktivitäten im Haus hatten ihren Grund in deiner Geburt.

Das Jahr 1944 ging zu Ende, und ab Mai 1945 gab es bei uns keine Schüsse mehr. Der glorreiche Krieg war zu Ende. Jeder atmete erleichtert auf, obwohl es jetzt ganz ernst für alle wurde. Wir hungerten sehr.

Meine Mutter hatte Verwandtschaft in Amerika und hat sofort eine große Liste verfasst, die sie über die US-Administration abschickte. Darin bat sie um Kleidung für dich. Es dauerte auch nicht sehr lange, und du hattest für das erste Lebensjahr alles, was man sich vorstellen konnte. Deine Mutter ist überall mit dir aufgefallen, denn kein Kind in deinem Alter konnte so schön gekleidet werden.

Man reihte euch neidisch in die Rubrik reich ein. Eine alberne Vokabel zu der Zeit. Unsere Verwandtschaft in den USA war so froh, wieder von uns zu hören. Vor allem, dass wir lebten. Briefe waren während der Kriegszeit gar nicht möglich.

Die Care-Pakete aus dem fernen Amerika halfen zusätzlich über viele Klippen hinweg. Es war rührend, wie die Gegner von einst bemüht waren, uns wieder auf die Beine zu helfen. Es beschämte uns. Viele US-Bürger fanden die Erklärung dafür in Bibeltexten. Man lebte uns einfach Nächstenliebe vor.

Bedenke das, bevor du dich heute hinter Leute stellst, die das alles sehr schnell vergessen haben. Uns wird immer wieder erklärt, dass wir schlimme Taten aus der Kriegszeit nicht vergessen dürften. Das ist in Ordnung, aber gleichzeitig wird vergessen, dass wir die loben sollten, die in uns, trotz aller Katastrophen, auch den Menschen gesehen haben. Die uns etwas wiedergegeben haben, was wir verloren hatten – die Würde. Aufgrund der Versorgung durch unsere Verwandten haben wir zum damaligen Zeitpunkt ganz hervorragend gelebt. Es ging uns allen gut.

Eine Tages kam ein riesiges Paket aus Amerika. Draußen waren gerade die ersten zarten Knospen an den Bäumen sichtbar. Deine Mutter stieß einen Schrei der Freude aus, nachdem sie das dick eingepackte und mit Klebestreifen umwickelte Geschenk endlich freigelegt hatte.

Es war ein offener Kinderwagen für dich angekommen. Der machte sich zwischen all den in Deutschland üblichen Kinderwagen aus wie ein Rolls-Royce! Deine Mutter brauchte vor Stolz eigentlich einen breiteren Gehweg, wenn sie mit dir unterwegs war.

Als du etwa elf Monate alt warst, wurdest du immer magerer, es war kaum mit anzusehen. Anfang Januar kam der einzige erreichbare Arzt bereits dreimal die Woche. Fast 14 Kilometer mit dem Fahrrad, bei jedem Wetter. Einmal wegen meiner Mutter, zum anderen deinetwegen. Ab 14. März nur noch deinetwegen.

Der Arzt sagte uns, dass du kaum Chancen zum Überleben hättest, und spielte seine letzten Möglichkeiten aus. Er spritzte dir Ochsen- und Pferdeserum. Du hattest Diphterie und Lungenentzündung, dazu noch eine Mittelohrvereiterung.

Du warst nur noch Haut und Knochen, es gab keine Hoffnung. Deine Eltern waren völlig verzweifelt und konnten kaum noch schlafen. Der Arzt blieb auch noch weg, denn er hatte Patienten zu betreuen, die mehr Aussicht auf Heilung besaßen. Auch er war am Ende seiner Kräfte und Möglichkeiten angelangt. Die Eltern deines Vaters lebten in Niedersachsen mehr schlecht als recht auf ihrem alten Bauernhof. Sie hatten noch eine Kuh und zwei Schweine. Und deine Oma schrieb, dass deine Mutter mit dir sofort dorthin kommen solle. So lange, bis alles überstanden wäre. Man wollte jede Möglichkeit ausschöpfen, dich zu retten. Deine Mutter ergriff diesen Strohhalm und setzte sich in den Zug. Es gab aber vorher viel Papierkram zu erledigen, da sie in die Britische Zone fahren musste.

Im Zug machte eine Frau deiner Mutter noch Vorwürfe, dass sie unverantwortlich handelte, mit einem so kranken Kind in Urlaub zu fahren. Deine Mutter konnte sich stundenlang nicht beruhigen. Du hast damals wie vertrocknet ausgesehen, mit ganz tiefliegenden Augen.

Deine Oma ist bei deinem Anblick so erschrocken, dass sie stundenlang kaum ein Wort herausbrachte. Sie richtete eine Schlafstatt neben der Kuh im Stall ein und legte sich mit dir dorthin. In bestimmten Zeitabständen molk sie die Kuh und flößte dir die noch lauwarme Milch ein. Sie hätte dich auch gleich am Euter saugen lassen können. Aber die Kraft hattest du nicht. Du konntest nicht einmal schreien.

Neugierige Besucher scheuchte deine Oma aus dem Stall. Auch deine Mutter war dazu verdonnert, sich selbst zu regenerieren und neue Kraft zu tanken. Nach etwa vier sehr ruhigen Tagen kam plötzlich Unruhe und Bewegung in die Sache – darüber morgen mehr."

Am nächsten Tag, ich war bereits voller Erwartung, hörte ich von der Stationsschwester, dass die Gesundung meiner Tante Fortschritte machte. Als ich in das Krankenzimmer kam, saß sie im Bett und schälte sich einen Apfel.

„Mein Junge, das Essen ist hier ganz prima!"

Ich rückte meinen Stuhl zurecht, als eine Schwester ins Zimmer trat, um das Geschirr abzuräumen.

„Wo waren wir gestern stehengeblieben?“ fragte Tante Anneliese.

„Es gab einige Unruhe im Stall, und es kam Bewegung in die Sache“, sagte ich.

„Ja, also, deine Oma mit dir im Stall neben der Kuh, eine biblische Szene. Viele haben darüber gelächelt, aber eine andere Idee, eine bessere, hatten sie alle nicht. Außerdem hattest du bereits vier Tage überstanden. Zwar ohne Gewichtszunahme, aber du konntest die Milch trinken und verdauen, obwohl sie weder gefiltert noch gereinigt war.

Am fünften Tag ließ deine Oma dich für einen Moment allein, um für sich selbst etwas zu erledigen. In der großen Wohnküche, die sich gleich im Anschluss an den Stall und die Diele befand, saßen deine Mutter, eine Schwester deines Vaters und dein Opa. Sie tranken Kaffee.

Plötzlich drang aus dem Stall ein leises Winseln, das sich in ein herzzerreißendes Kinderweinen steigerte. Alle sahen sich still und ungläubig an. Als du dann richtig laut weintest, reagierte deine Oma am schnellsten und rannte in den Stall. Allen anderen am Tisch liefen die Tränen übers Gesicht.

Oma trat mit dir auf dem Arm in die Küche. Du schriest inzwischen ziemlich laut, die ganze Anspannung wich von deiner Mutter, und sie weinte hemmungslos. Es dauerte eine Weile, bis sie dich auf den Arm nehmen konnte. Dank Elsa bist du wieder ganz gesund geworden.“ Dabei kniff sie mir in den Arm und lächelte spitzbübisch.

„Hieß Oma denn so?“

„Nein, die Kuh! Nach und nach hatte sich deine Gesundheit gebessert, und nach etwa drei Monaten konnte deine Mutter wieder mit dir nach Frankfurt zurück. Die Freude war grenzenlos im Haus.

Du warst knapp 18 Monate alt, bist aber schon durch die Gegend gerannt wie ein Irrwisch. Der Arzt, der dich immer besucht hatte, konnte das, was mit dir geschehen war, nicht verstehen und sprach von einem Wunder. Aber ehrlich gesagt kam es uns auch wie ein solches vor.

Die Kuh Elsa wurde übrigens nie geschlachtet. Sie war wohl die einzige Kuh, die den Krieg überlebt hat, um danach ganz einfach zu sterben."

Von Tante Anneliese erfuhr ich dann noch, dass die Eltern meines Vaters Arthur wenige Jahre später verstarben. Ich hatte sie nur einmal mit den Eltern besucht, aber daran konnte ich mich nicht erinnern.

Aus meiner Patentante sprudelte die Vergangenheit nur so heraus, was viel angenehmer zu hören war als das, was mit dem Rest meines Lebens verbunden war. Vieles erfuhr ich und war dankbar darüber. Und ich glaube, sie nutzte die Gelegenheit, von Geheimnissen abzulenken, die sie als Einzige über die vielen Jahre gehütet hatte. Ich hatte ein ganz komisches Gefühl.

Tante Anneliese hatte ich inzwischen ihr Fehlverhalten verziehen, denn sie wollte eigentlich nur Konflikte vermeiden. Ich verließ meine Patentante wieder, da sich ihr Zustand besserte.

Nur die Sache mit dem Einbruch und dem Mord an Snowdrift, wovon sie eigentlich auch wissen musste, wollte ich noch klären. Das aber mit jemand anderem und nicht mit ihr.

Emotionen

Auf der Rückfahrt nach Lübeck zu Ria gingen mir wieder so viele Dinge durch den Kopf, dass es wehtat. Meine zurechtgelegten Vorwürfe gegenüber meinem leiblichen Vater waren allesamt zerkrümelt. Zuerst baute ich gegen ihn ein Gerüst aus scharfen Vorwürfen auf, die ich mit großer Enttäuschung gegen ihn schleudern wollte. Dann schwächte sich dieses vorgenommene Verhalten ziemlich ab, als ich erfuhr, dass nur mein Onkel, sein Bruder, noch lebte. Bei ihm konnte ich meine Vorwürfe nicht loswerden, und sie wichen einer Traumwelt, wurden gegenstandslos und gerieten schließlich völlig ins Abseits.

Ich musste entdecken, dass es ganz im Innersten meines Wesens einen Raum gab, der völlig leer war, in dem sich rein gar nichts befand. Und in diesen Raum stürzten nun alle Gerüstteile und Werkzeuge, die ich mir in meiner Wut zurechtgelegt hatte. Ich konnte mich davon lösen, ich brauchte sie nicht mehr.

Das Gefühl, einen solchen Raum zu besitzen, hatte es nie in meinem Leben gegeben. So etwas existierte gar nicht. Doch jetzt, als ich so einen Bereich brauchte, gab es ihn. Meine ganze Wut und Enttäuschung konnte ich in diesem Raum verschließen. Kommt es einem nur so vor oder fühlt man sich zufriedener, wenn man Ballast abwerfen oder verstauen kann? Verschlossen für alle Zeiten?

Als ich in Lübeck zurück war, sagte mir Ria, sie hätte von Isa gehört, dass im Hause von Lindtheim die Luft brennen würde. In Kurzfassung erzählte Ria mir die Neuigkeiten aus adligen Kreisen. Und so nebenbei erfuhr ich einige Zusammenhänge, die Familie betreffend.

Heinrich und Walter waren als Juristen in der Firma tätig und daneben noch als Syndikusanwälte zugelassen. Jeder hatte noch sein eigenes Büro in der Stadt. So gingen die beiden sich öfter aus dem Weg, denn Freunde fürs Leben würden sie nie werden. Der Senior hielt die beiden an der Kandare. Isa managte die PR-Abteilung und betreute die Kunden. Das Unternehmen florierte dank der starken Hand des alten Herrn von Lindtheim, der im Hintergrund die Fäden zog.

Ria sagte, dass die Familie mich eingeladen hatte, und es sei ganz wichtig. Sie wollte aber nicht mitgehen, um Heinrich nicht mehr sehen zu müssen. Er nannte sie am Telefon eine Schlampe. Ich nahm also die Einladung an und machte mich am Freitagabend auf den Weg nach Heilshoop. Wie an jedem Freitag trafen sich alle Familienmitglieder beim Abendessen, um die Ereignisse der Woche zu erörtern. Es waren dabei: Heinfried von Lindtheim, Ehefrau Susanne, Sohn Heinrich, Tochter Elisabeth und ihr Ehemann Walter Brass.

Man begrüßte mich ziemlich kühl als den verlorenen Cousin und erklärte mir, dass sich einige Dinge verändert hätten, was meine Herkunft betraf. Die Familie wollte das noch vor meiner Abreise nach Irland klären.

Ich war sehr gespannt darauf, was mich da erwartete. Warum man sich so eine Mühe gab, obwohl ich an einen Onkel nun wirklich keine Ansprüche stellen würde, war mir nicht klar.

Als ich schöne Grüße von der „Schlampe“ ausrichtete, waren alle betroffen und schwiegen. Nur Heinrich meinte: „Lass stecken, ich meinte das im Scherz!“

Nach allgemeinen Dingen brachte Isa als Erste das Thema auf den Punkt. Sonst musste sie immer erst warten, bis der arrogante Bruder Heinrich seinen Vortrag beendet hatte. Sie drängelte sich an diesem Tag einfach vor.

„Erst einmal möchte ich sagen, dass ich mich freue, einen netten Cousin zu haben. Dass es mit dem Auftrag nichts werden konnte, verzeihe ich ihm.“

„Ist ja fabelhaft, Elisabeth! Scheint wohl egal zu sein, ob sich jemand durch die Hintertür bei uns einschleicht“, sagte Heinrich schnippisch. Er fühlte sich etwas überfahren, da er heute erst einmal zuhören musste.

„Stimmt, Bruderherz. Außerdem war es witzig, den Mann zu beobachten.“

„Aha – wie kommt's?“

„Er hatte so unglaubliche Ähnlichkeit mit dir, dass ich fast ins Grübeln kam. Aber das hat sich ja inzwischen geklärt.“

Heinrich fand diese Bemerkung äußerst amüsant und blickte zum Vater. „Vater, du hast doch nicht etwa ...?“ Er lachte dabei richtig laut und provozierend. Heinfried war zwar geistig fit, aber die altersbedingten Wehwehchen machten ihm zu schaffen. Sein Oberkörper war stark gebeugt, es machte ihm Mühe aufrecht zu sitzen. Deshalb vermied er es, beim Essen aufzusehen.

„Es war ja nur ein Scherz“, meinte Heinrich.

„Es sind zu viele Dinge, die du in die Rubrik Scherz einordnest, mein Sohn“, meldete sich Susanne.

„Dein Bruder Hasso kann sich ja nicht mehr dazu äußern, also sind die Gene schuld. Du wirst ja sicher ein reines Gewissen haben.“ Heinrichs Lachen war abscheulich. Und er hatte vor Zorn einen roten Kopf bekommen.

Vater Heinfried überging das schlechte Benehmen seines Sohnes. Heinrich merkte, dass er etwas überzogen hatte und machte ein betretenes Gesicht, als die Mutter ihn streng musterte.

Statt der geplanten Unterredung verbreitete sich Stillschweigen. Niemand wusste so recht, was er von der Situation halten sollte. Denn so etwas gab es noch nie in der Familie. Keiner verspürte Lust, sich weiter zu äußern. Den Cousin übersahen sie alle. Manchmal entwickeln Dinge im Leben eine gewisse Eigendynamik. Und nun in Richtung absolute Stille. Als Erstes fand Elisabeth die Sprache wieder. „Können wir nicht Harry erklären, weshalb wir ihn eingeladen haben?“

„Natürlich“, sagte Heinfried.

Über den Grund für diese geladene Atmosphäre konnte man nur spekulieren. Es gab leider eine Unterbrechung, weil das Telefon klingelte und Susanne von Lindtheim ihren Mann an den Apparat rief. Heinfried ging etwas schleppend, eher lustlos. Irgendwie hatte seine Spannkraft gelitten.

„Von Lindtheim.“

Er hörte eine Weile zu und sagte dann etwas nachdenklich, dass er morgen zurückrufen wolle, um die Einzelheiten zu besprechen. Dabei machte er alles andere als einen fröhlichen Eindruck. Dieses Telefonat machte ihm sichtlich Sorgen. Heinfried befiel eine unerklärliche Unruhe, und Susanne bemerkte die Veränderung an ihrem Mann.

„Hast du ein Problem, Heinfried? Wer war es denn?“

„Nein, kein Problem. Warum fragst du? Am Telefon war eine alte Kundin, die sich für nächste Woche anmelden wollte. Aber meinen Terminkalender habe ich nicht hier. Ich rufe sie morgen zurück.“

Irgendwie war etwas Grobheit in der Antwort an seine Frau versteckt. Ganz gegen seine Art. Susanne steckte sofort etwas zurück, um die aufkommende Schärfe zu nehmen.

„Möchtest du noch Kaffee?“ fragte sie ihren Mann.

„Lass den Kaffee bitte in der Bibliothek servieren, ich habe mit Heinrich und Walter noch etwas zu besprechen. Harry kann auch gleich mitkommen.“

Heinrich wunderte sich etwas, sagte aber nichts. Die Unruhe von Heinfried kam nicht von ungefähr. Dieser Anruf machte ihn offensichtlich reizbar.

Ich stand in der Bibliothek am Fenster, denn es gab keinen Sitzplatz mehr. Dann kam Heinfried sofort auf den Punkt und sagte zu Heinrich: „Bezüglich deiner Bemerkung vorhin. Es ist wohl etwas dumm, mir eine solche Sache zu unterstellen. Natürlich habe ich nicht!“

„Es unterstellt dir doch niemand was. Wie kommst du darauf? Wieso nimmst du das so persönlich?“

„Kommt, hört auf, ich entschuldige mich für Elisabeths unüberlegte Bemerkung mit der Ähnlichkeit, die ja nun wirklich keine Sache ist, die weiter diskutiert werden muss“, sagte Walter beschwichtigend.

Heinfried nahm den Einwand von Walter zum Anlass, das Thema zu beenden.

„Walter hat recht, ein blöder Anlass für Streit.“

Der Neubeginn des geschäftlichen Gesprächs dauerte aber nicht sehr lange, da hatte Heinrich wieder eine neue Unterbrechung parat.

„Vater, solltest du, nur mal angenommen, ganz hypothetisch, einen Ausrutscher gehabt haben, dann ...“

„Dann was? Vielleicht noch in Amerika, wo ich noch nie in meinem Leben war? Und mich auch wirklich nichts hinzieht“, beendete Heinfried ärgerlich das Gespräch.

„Aber vielleicht hat es eine Frau dorthin gezogen, mit der du mal ...“, setzte Heinrich das Thema fort.

„Ich verbitte mir entschieden eine weitere Diskussion. Schluss jetzt!“

„Mein Gott, ich habe das Thema dafür genutzt, einen Spaß zu machen. Ist doch witziger als immer die ernsten geschäftlichen Gespräche!“

Heinrich konnte es nicht lassen. Außerdem war er angefressen und laut geworden, was sein Vater überhaupt nicht ausstehen konnte. Susanne von Lindtheim kam in die Bibliothek und fragte: „Müsst ihr so laut sein? Gehen die Geschäfte denn so schlecht?“ Damit schloss sie die Tür hinter sich und ließ vier schweigende Männer zurück.

Heinrich wollte sich von dem Thema nicht lösen, begann noch einmal sehr besonnen.

„Vater, ich meine ja nur, wenn – es würde rechtliche Konsequenzen für die Firma und die Familie haben. Und unsere gesellschaftliche Stellung! Harry sieht mir ja wirklich etwas ähnlich! Wir könnten doch mal nachforschen, welchen Weg dein Bruder genommen hat, und wie es zu unserem Cousin kam.“

„Schluss jetzt, das ärgert mich. Mein Bruder hatte eine Affäre, und damit ist gut. Ich denke, du hast jetzt genug gekaspert. Wie kommst du nur dazu, mit so einem Blödsinn den Abend zu sprengen?“ sagte Heinfried zu seinem Sohn in barschem Ton.

Damit war die Sache vorerst vom Tisch und Elisabeth der „Schwarze Peter“ zugeschoben worden, weil sie so eine dumme Bemerkung gemacht hatte. Die weiteren Geschäftsbesprechungen verliefen im Sande. Die Luft hatte sich zu sehr aufgeheizt. Das Telefonat hatte eine direkte Auswirkung auf die gesamte Situation, was eigentlich niemand erklären konnte.

Die Familie trennte sich an diesem Abend sehr schnell wieder, was ganz ungewöhnlich war. Über den Grund für diese geladene Atmosphäre konnte ich nur spekulieren. Mich ließ die Familie im Unklaren darüber, weshalb ich eigentlich eingeladen wurde. Das wurde in der Hektik völlig vergessen. Ich wurde, so schlau wie zuvor, wieder verabschiedet.

Unfall

Plötzlich begannen sich die Ereignisse zu überschlagen. Heinfried von Lindtheim rief zwei Tage später bei Ria an, als wir schon dabei waren, Dinge für Irland zu verpacken, und bat mich, ihn in seinem Büro aufzusuchen. Es wäre wichtig. Ich war skeptisch, da bislang die Einladungen ungeklärt im Sande verlaufen waren.

Es war bereits Feierabend, und nur Fräulein Tewes war noch da. Bei Heinfried von Lindtheim brannte Licht im Büro.

Als ich im großen Besprechungszimmer bei den von Lindtheims saß und einen Kaffee von Fräulein Tewes serviert bekam, streckte Heinrich den Kopf durch die Tür und flötete: „Harry, mir fiel gestern Abend ein, dass ich gerne mit dir einen trinken würde. Wir sind ja nun Cousins. Und das könnten wir eigentlich begießen, wenn es schon beim letzten Treffen nicht klappte. Einverstanden?“

Ich war so überrumpelt, dass ich weder ja noch nein sagen konnte. Was für ein Sinneswandel! Susanne und Heinfried kamen gerade ins Büro, lächelten und nickten mir stumm zu, als sie es mitbekamen. Sie waren wohl genauso erstaunt wie ich, aber sehr glücklich über Heinrichs Schritt.

Dann erfuhr ich von dem Vorhaben der Familie, mich als Cousin zu entschädigen. Das hätten sie an dem Abend eigentlich mit mir besprechen wollen. Ich war sehr überrascht, dass ich, ohne danach zu fragen, ein solches Angebot erhielt. Es sollte alles vertraglich festgelegt werden, damit die Angelegenheit für alle Parteien Rechtsgültigkeit besaß.

Heinrich, Walter Brass und ich machten uns auf den Weg in Walters Büro, als Heinrich fragte: „Harry, willst du gar nicht wissen, welche Summe du bekommen sollst?“

„Nein, will ich nicht. Das Geld ist mir egal. Wegen des Geldes bin ich auch nicht hier.“

„Dann kannst du ja auch ohne Geld wieder gehen. Dann war doch die Anstrengung unseres Vaters nicht nötig. Ich weiß bis heute noch nicht einmal, weshalb er für einen Cousin überhaupt die Privatschatulle öffnet."

Gleich darauf lachte er laut auf und schlug mir auf die Schulter, mehr aus Hass als aus Freundschaft, und sagte: „Quatsch, die Familie schuldet dir etwas, und da ist es nur legitim, dass du etwas abbekommmst. Onkel Hasso hatte sich einen teuren Spaß gegönnt, als er sein Zepter rausholte. Und deshalb werden wir unser verwandtschaftliches Verhältnis erst einmal begießen!"

Nun lachte Heinrich wieder laut. Ich hatte in dem Moment keine Lust darauf, unser Verhältnis zu begießen, ich hätte ihm gern eine reingehauen. Walter Brass brachte keinen Ton heraus. Er war wohl innerlich mit der Formulierung des Vertrages beschäftigt. Im Büro angekommen, setzte er sich sofort an seinen Schreibtisch, während Heinrich, aufgekratzt wie selten, Gläser und Cognac anschleppte.

„So, und nun besiegeln wir erst einmal unseren Pakt."

Walter arbeitete unterdessen fleißig am Vertrag.

„Heinrich, du solltest auch einmal etwas zu diesem Vertrag beisteuern", sagte Walter ziemlich genervt.

„Ach was, das machst du schon."

Mehrere dicke Bücher, offene und geschlossene, umgaben Walter auf seinem Schreibtisch. Ich sah erstaunt zu, wie er mal in diesem, mal in jenem Buch blätterte.

Heinrich bemerkte dann in seiner unnachahmlichen Art, Dinge ins Lächerliche zu ziehen oder Sarkasmus zu verbreiten: „Das ist alles ganz wichtig – wegen der Rechtsverdrehung. Da gibt es gute Hilfen, ohne die ein Anwalt nicht auskommt. Die großen Bücher, in denen die Hinweise stehen, sind die Beck'schen Kommentare."

Dabei lachte er wieder so unangenehm laut. Heinrich hatte großes Vertrauen zur Arbeit von Walter. Und das bei einer Angelegenheit, die er normalerweise nicht aus der Hand geben würde, wie ich inzwischen wusste.

„Harry, ich darf nicht vergessen, noch ein Telefonat zu führen, bevor wir zu viel getankt haben. Entschuldige mich einen Moment."

Heinrich verließ das Büro, und Walter schaute kopfschüttelnd mit verdrehten Augen hinterher.

Inzwischen freute ich mich sogar darüber, dass auch Heinrich eine andere Richtung eingeschlagen hatte und mich als Cousin einfach akzeptierte. Er war zwar ein Stinkstiefel, aber nun auch mein Cousin. Seine Freunde kann man sich aussuchen, aber die Verwandtschaft eben nicht.

Als Heinrich nach ein paar Minuten zurück war, unterhielten wir uns über Gott und die Welt, lachten immer mehr und lagen uns einige Male in den Armen. Es war eine feuchtfröhliche Sache geworden. Walter beendete in der Zwischenzeit seine Arbeit und fuhr nach Hause. Fräulein Tewes tippte den Vertrag. Am nächsten Vormittag sollte die Protokollierung mit einem befreundeten Notar sein. Susanne und Heinfried verließen, zufrieden darüber, dass sie nicht eingreifen mussten, das Büro.

Heinrich bestellte dann zu später Stunde ein Taxi für mich und sagte mir noch, ich solle die Firmenzufahrt nach unten gehen und auf dem unteren Weg auf das Taxi warten.

„Und du – wie kommst du jetzt nach Heilshoop zurück?“ fragte ich besorgt, denn Heinrich war vom Alkohol ebenfalls stark beeinträchtigt.

„Ein Freund kommt mich abholen, ich rief ihn vorhin an. Wir zischen noch einen in Wentrade beim Knurrhahn. Man muss die Feste feiern wie sie fallen. Willst du etwa mit?“

„Nein. Ria wart...“

„Ach ja, die Schlampe steht ja schon mit halb offenem Bademantel im Flur.“

Was Heinrich als Fest bezeichnete, erfuhr ich erst sehr viel später, dafür aber sehr schmerzlich. Beim Verabschieden zückte ich das Bild aus der Tasche, auf dem Hasso und meine Mutter vor dem Holstentor standen.

„Was soll das jetzt? Sollte das etwa das Beweisfoto für den Fall sein, dass ...?“

„Nein. Ich habe es halt einfach dabei.“

Der Alkohol machte Heinrich ziemlich aggressiv, und er wankte ganz schön. Mir ging es nicht viel anders. Ich steckte das Bild wieder ein. Fräulein Tewes zeigte mir noch den Weg zur Straße, wo das Taxi mich aufnehmen sollte.

Ria hatte ich vergessen anzurufen. Die Cognacs hoben mich fast aus den Schuhen. Und was ich sonst nüchtern nie getan hätte – ich ging im Dunkeln über eine niedrig bewachsene Wiese die Abkürzung zur Straße. Und das bei etwas abschüssigem Gelände. Dann sah ich aus der Ferne ein Auto kommen.

Mir war schlecht, und ich wedelte wild mit den Armen nach dem vermeintlichen Taxi. Ich stand noch halb im Graben an der Straße, als ich plötzlich einen Schlag gegen meinen linken Oberarm spürte und ins Stolpern kam. Der vorbeirasende Wagen schlug mir meinen Aktenkoffer aus der Hand, und er kam irgendwo auf der Straße auf. Der dumpfe Knall erschreckte mich dermaßen, dass ich mit starkem Herzklopfen im Straßengraben liegen blieb. Mein Kopf brummte.

Als ich nach einer Weile wieder zu mir kam, bemerkte ich Blut an meinem Arm und war schlagartig nüchtern. Mein Aktenkoffer lag auf der Straße, völlig zerstört. Der Wagen hatte ihn überfahren. Ich selbst war so glücklich gestürzt, dass ich nicht unter die Räder gekommen war. Diesmal war wohl der Alkohol mein Lebensretter. Ich erinnerte mich dunkel an einen Jeep. Die Silhouette konnte ich im fahlen Mondlicht ganz gut erkennen.

Ich blieb noch eine Weile im Gras an der Böschung sitzen und stellte fest, dass sich kein weiteres Auto, geschweige denn ein Taxi, an dieser Stelle blicken ließ. Trotz Bestellung. Auch der Jeep kam nicht zurück. Hatte denn der Fahrer den Schlag gar nicht mitbekommen?

Ich suchte im Dunkeln nach den Resten meines Aktenkoffers, da sich in ihm ein paar wichtige Unterlagen befanden. Die Reste unter den Arm geklemmt, in der Hoffnung, alles gefunden zu haben, stolperte ich leicht benommen davon.

War das nur ein blöder Unfall? Meine eigene Schuld wegen der Sauferei? Mich befiel eine gewisse Angst, und mein Arm schmerzte.

Den Weg zurück zur Firma wählte ich nicht. Dort war alles bereits dunkel. Ich zog es vor, die etwa zwei Kilometer bis zu Ria zu Fuß zu gehen. Es war schon so spät, das mir nicht einmal jemand begegnete.

Als Ria mir die Tür öffnete, bekam sie fast einen Schock.

„Wie siehst du denn aus?"

„Ich hatte einen kleinen Unfall, war nicht so schlimm. Aber wie siehst du denn eigentlich aus?"

„Entschuldige bitte, aber ich erwartete dich und wollte es uns gleich etwas bequem machen. Ich freute mich auf dich."

„Dann hättest du den Bademantel aber zumachen können, das sieht aus wie bei einer Hure!"

Ich war zu weit gegangen, sie drehte sich um, lief ins Schlafzimmer und knallte die Tür zu. Ich war so fertig, dass ich mich im Flur gegen die Wand setzte und fast einschlief. Dann ging die Tür des Schlafzimmers auf. An den Rest erinnere ich mich nicht mehr. Verletzung und Alkohol machten es unmöglich.

Ria versorgte mich diese Nacht noch, aber für die Armverletzung brauchte ich einen Arzt. Ria brachte mich ins Krankenhaus in die Notaufnahme. Die Wunde am Arm blutete zu stark. Ich hatte unheimliches Glück gehabt. Die tiefe Fleischwunde am Oberarm, wie mit dem Messer gezogen, war ganz dicht am Knochen vorbei gegangen. Die Wunde wurde genäht. Ria glaubte, dass jemand auf mich geschossen haben könnte, und der Arzt meinte das auch.

Aber ich konnte sie überzeugen, die Sache nicht zu dramatisieren. Ich sah es als unglücklichen Unfall an und bat Ria, niemanden mit diesem Vorfall in Verbindung zu bringen. Sie willigte ein, wenn auch erstaunt. Mit genähter Wunde konnte ich nach Hause. Inzwischen wieder etwas besser drauf, entschuldigte ich mich bei ihr für mein Verhalten. Sie sagte nichts zu dem Thema Bademantel.

„Ich begreife nicht, warum du nicht gleich zur Polizei gegangen bist. Das war doch mehr als angebracht!"

„Ist das hier so üblich, wegen allem sofort die Polizei zu bemühen – oder einen Anwalt? Manche Dinge regelt man besser selbst.

Und wenn man etwas länger überlegt, findet man auch oft genug eine Lösung."

„Euch Amerikaner verstehe einer", meinte Ria.

„Eigentlich bin ich ja Europäer – ich meine Deutscher. Ein bisschen zumindest."

„Komm ins Bett, du deutscher Ami, ruh dich aus."

„Ich glaube, ich kann noch nicht schlafen."

„Möchtest du noch etwas reden?"

„Vielleicht."

Ich nahm noch ein Aspirin, legte mich neben Ria und blickte an die Decke, dachte über die letzten Stunden nach. Einen Reim konnte ich mir darauf nicht machen – oder wollte ich es nicht?

Es war alles so eigenartig, so unwirklich. Vor allem war es nicht das, was ich eigentlich bezweckte. Ich wusste jetzt nicht einmal, ob ich das alles zu Ende bringen wollte.

„Hat der Heinrich das mit dem Bademantel erzählt? Das war doch bisher kein Problem für dich."

„Schon möglich. Er ist ein Arschloch."

Wider Erwarten hatte ich noch einige Stunden gut geschlafen. Die Protokollierung sollte am Nachmittag in Heilshoop von einem befreundeten Notar vorgenommen werden. Ich ließ mich von Ria noch verarzten, war wieder nüchtern und wollte ganz pünktlich sein.

Vertragsübergabe

Ria zauberte ein wahrhaft königliches Frühstück. So gestärkt saß ich pünktlich um elf Uhr bei Heinfried und Susanne am Tisch. Übrigens, die Sache mit dem Bademantel war erledigt, Ria hatte sich etwas anderes ausgedacht.

Hagen, Notar und Freund der Familie, las den fünf Seiten langen Vertrag vor, laut dem mir eine ziemlich hohe Summe gezahlt werden sollte. Deren Höhe musste Heinrich wohl sehr geschmerzt haben, denn sowohl er als auch Walter Brass waren bei der Beurkundung nicht zugegen. Isa hatte sich entschuldigt wegen wichtiger Termine.

Mich überraschte die Höhe von 200.000 DM noch mehr, hatte ich doch eigentlich gar keine Forderungen gestellt. Es machte den Eindruck von Schweigegeld, aber warum?

„Wir haben uns gestern einige Sorgen gemacht“, sagte Susanne.

„Weshalb?“

„Na ja, wenn Heinrich sagt, dass er noch einen heben will, geht das meist nicht so glimpflich ab. Wie du siehst, konnte er auch nicht aus dem Bett. Und wir waren froh, dass Fräulein Tewes den Vertrag heute ganz früh zu uns gebracht hat.“

„Wir hätten es auch verschieben können, ich bin noch ein paar Tage hier“, sagte ich.

„Nein, nein, das wollten wir ganz rasch regeln. Das war übrigens auch der Wunsch unserer Kinder.“

Ein bisschen geheuchelt war das schon. Ich konnte mir vorstellen, dass Heinrich ein wenig Angst gehabt hatte, bei dem Termin anwesend zu sein. Dass der Vertrag überhaupt fertig vorlag, war wohl der ehrlichen, unbedarften Einstellung von Walter Brass anzurechnen. Ich konnte mir weiter vorstellen, dass Heinrich davon ausgegangen war, er werde bei der Beurkundung nicht mehr gebraucht.

Und dass es der Wunsch der Kinder gewesen sein sollte, darauf wollte ich mir eine Antwort verkneifen. Wir setzten unsere Unterschriften unter den Vertrag, ohne dass ich dazu noch etwas sagte.

Hagen machte einige zusätzliche Erklärungen, da mir das Juristendeutsch doch nicht so ganz geläufig war. Dafür reichten meine Sprachkenntnisse nicht aus. Nach dem ganzen Prozedere öffnete Heinfried eine Flasche Sekt und wünschte mir Glück für die Zukunft.

Susanne nahm mich in den Arm und sagte mit ehrlicher Überzeugung, dass sie mich jederzeit in ihrem Hause willkommen heißen würde. Mit einem solchen Ergebnis hatte ich im Traum nicht gerechnet, als ich Demorest verließ. Durch das Tempo, mit dem ich erstens akzeptiert wurde, zweitens eine finanzielle Abfindung erhielt, machte sich das Gefühl breit, die Familie wolle mich so rasch wie möglich loswerden.

Der Vertrag war mir so wichtig wie die Haustür, die hinter mir zufallen würde. Heinfried und Susanne begleiteten mich zum Auto, als mein Onkel sagte: „Sieh dir das an, da steht der Jeep von Heinrichs Freund! Die waren gestern noch zusammen auf Tour. Kein Wunder, dass die nicht aus dem Bett gekommen sind."

„Lass sie, sie sind noch jung", sagte Susanne mit mütterlicher Einsicht.

Ich verabschiedete mich, konnte aber dabei den Blick nicht von diesem Jeep abwenden. Sollten die beiden Freunde da bereits eine Feier im internen Kreis abgehalten haben?

Mit etwas wackligen Knien fuhr ich vom Hof. Im Rückspiegel konnte ich sehen, dass das Scheinwerferglas vorn rechts geplatzt war. Ein paar Stücke fehlten.

Danach war ich bereit, einen Namen aus meinem Gedächtnis zu streichen. Man wollte mich aus dem Weg räumen. Der Unfall eines Betrunkenen! Unglaublich! Ria hatte wohl recht mit dem, was sie schon vorsichtig geäußert hatte. Die Verletzung am Arm war ein Streifschuss.

Da war jemand haarscharf an einer Straftat vorbeigeschrammt. Jetzt wollte ich nur noch schnell diesen Ort hinter mir lassen und blickte nicht einmal zurück.

Mir fiel Heinrichs Bemerkung ein, die er auf der Jagd machte, als das mit den Raben passierte: Wenn ein Jäger besoffen ist, hält er einfach ins Rudel. Er wird keinen Blattschuss verzeichnen können, aber irgendwas trifft er bestimmt.

Ria war ganz angetan von der großzügigen Summe, die mir überwiesen werden sollte. Ich vereinbarte mit ihr, dass ich für zwei Tage nach Irland fliegen würde. Meine Container waren angekündigt worden, und ich wollte sie persönlich in Empfang nehmen.

Intrigenspiele

Ria empfing mich in Lübeck mit einer Hiobsbotschaft. Sie machte auch einen ziemlich verstörten Eindruck.

„Hat Heinrich dir übel mitgespielt? Läuft es im Betrieb nicht so gut? Was ist?“

„Ich habe vorgestern, als du in Tralee warst, Isa angerufen, da sagte sie, dass die Familie sauer ist. Und seitdem habe ich ein Problem.“

„Nanu? Was hat das mir dir und Isa zu tun?“

„Wenn ich eine Ahnung hätte, würde ich es sagen. Mit Isa bin ich seit der Kindergartenzeit befreundet. Nun spricht sie nicht mehr mit mir.“

„Das ist doch verrückt! Ich muss zu meinem Onkel! Ich will das klären! Es kann doch nicht sein, dass diese ganze friedliche Aktion in der Familie entgleist und zur Katastrophe wird.“

Am nächsten Tag rief ich bei Fräulein Tewes an und ließ mir bei Heinfried einen Termin geben. Fräulein Tewes war sehr kurz angebunden, sehr unfreundlich. Ich wollte nicht nachfragen. Der Termin, den ich bekam, war sehr ungewöhnlich, 6 Uhr 30 am Morgen. Eineinhalb Stunden vor Arbeitsbeginn.

Ich ersparte mir ein Nachdenken darüber. Hauptsache, ich konnte die Geschichte schnell vom Tisch bringen. Da ich wusste, dass der alte Herr nicht gerne wartet, war ich sehr pünktlich.

Als ich mich in die unbequemen Sessel fallen ließ, ging die große Drehtür auf und Heinrich kam auf mich zu.

„Wo ist dein Vater, Heinrich?“

„Er hat leider so gar keine Lust, dich zu sehen. Susanne übrigens würde sogar brechen, wenn sie dich sehen müsste! Mir geht das am Arsch vorbei. Komm, wir gehen in mein Büro.“

Dieser Empfang von Heinrich passte zu ihm. Ich ballte eine Faust in der Tasche, denn zur Begrüßung brauchte ich die Hände nicht. Heinrich ließ keine Sekunde ungenutzt vergehen.

„Was ist der Grund, weshalb ich so früh aus dem Bett musste? Ich hatte den Termin mit dir ja nicht ...“, faselte Heinrich.

„Gut, gut – erzähl schon! Was ist los? Weshalb haben wir Probleme, und Elisabeth spricht nicht mehr mit Ria?"

„Da fragst du die Mädels lieber selbst. Aber ich muss sagen, dass sich in deiner Abwesenheit etwas ereignete, was uns nicht gefällt. Dein Vorstoß in Demorest hat sich inzwischen bis hier herumgesprochen, und dein Bild war in der Presse. Nun ist genau das eingetreten, was niemand wollte. Jeder spricht uns an, ob wir irgendetwas damit zu tun haben, mit dieser Lebensborngeschichte und dem Bruder von Heinfried, der bisher auf dem Friedhof unbeachtet blieb. Nun kommen da einige unschöne Begleiterscheinungen zu Tage. Man bezeichnet unsere Firma plötzlich als Nazifabrik."

Heinrich legte mir einen Zeitungsartikel auf den Tisch. Die große Überschrift hieß: „US-Boy findet Familie in Lübeck – Verbindung zum Lebensborn."

„Tut mir leid, aber ich habe doch gar keine Namen genannt."

„Hier haben dich die Leute erkannt, und da wir in Verbindung stehen ... Das ist unser Problem. Die eigentliche Katastrophe ist, dass nächste Woche die neue Kollektion vorgestellt werden soll und dieses Fest stattfindet. Und ihr habt bereits die Einladung."

„Dann werden wir uns halt fernhalten und die Wogen sich wieder glätten lassen. Das Fest muss nicht sein, jedenfalls nicht für Ria und mich."

„Auf keinen Fall, ihr werdet kommen. Das ist auch der Wunsch der ganzen Familie. Kein Aufsehen, alles paletti. Lächeln und fertig. Du wirst auf Fragen bestätigen, dass du mit uns nur geschäftlich verbunden bist. Es ist alles eine ungewollte Verknüpfung zweier unterschiedlicher Dinge. Dass du tatsächlich auf der Suche nach deinen Wurzeln bist, aber in Lübeck gelandet bist, weil du die Schlampe ... äh, natürlich Ria, kennenlerntest, wird plausibel sein. Und die ist ausgerechnet mit meiner Schwester befreundet. Alles reiner Zufall und eine üble und verleumderische Verbindung mit unserer Firma. Nach dem Fest seid ihr verschwunden und basta!"

„Ich werde Ria fragen, ob sie das mitmacht."

„Zwischen den Mädchen wird sich das regeln, die sollen mal miteinander telefonieren", meinte Heinrich.

Ria wusste nicht mehr ein noch aus. Sie verfluchte ihre Zusage für das Fest und wollte partout nicht hingehen. Wir sprachen die ganze Nacht über das gleiche Thema und die Auswirkungen, soweit sie uns betrafen. Ich fühlte, es war etwas zwischen uns, das ich unbedingt beseitigen wollte. Ihre zurückhaltende Art hatte noch einen weiteren Grund, wie ich dann erfahren musste. Beim Frühstück kam Ria gleich zur Sache.

„Gleich nachdem du nach Irland geflogen bist, haben sie die Firma für mehrere Stunden geschlossen."

„Warum denn das?"

„Der gesamte Eingangsbereich war mit Hakenkreuzen verschmiert. An die große Glastür hat jemand das Wort Nazi gesprüht. Deine Artikel aus Demorest, über die Nazizeit, haben sie dazu an die Wand geheftet."

„Das ist ja furchtbar!"

„Lindtheims haben sofort geäußert, dass sie sich einen Zusammenhang für die Schmierereien nicht vorstellen könnten, soweit es eure Verbindung beträfe. Und Heinfried habe mit der Vergangenheit nichts zu tun."

„Warum hast du mir das nicht gleich am Telefon mitgeteilt? Glaubst du etwa, ich hätte ..."

„Nein. Aber ich bekam Angst. Und Isa hat seitdem auch mit mir keinen Kontakt mehr. Sie glauben, dass du allein einen Grund für die Schmierereien hättest."

Ich nahm Ria in den Arm. Mir fiel jetzt dazu auch nichts ein. In was war ich da bloß hineingeraten?

„Harry, was sollen wir tun? Warum lässt uns dieses scheiß Dritte Reich nicht in Ruhe? Was haben wir bloß damit zu tun?"

Ich beruhigte Ria und versicherte ihr, dass ich nichts mit dem zu tun hatte, was sich in den letzten Tagen ereignete. Sie glaubte mir, und wir wollten da gemeinsam durch.

Zwei Tage später fuhr ich sofort zu meinem Onkel in die Firma. Der gesamte Eingangsbereich des Firmengebäudes war frisch gestrichen worden. Ich blickte mich erstaunt um und sackte wieder in einen dieser unbequemen Sessel. Nichts deutete mehr auf die Schmierereien hin. Plötzlich stand Heinrich hinter mir.

„Alles wieder ganz gut geworden, was? Handwerker sind bei uns hervorragend ausgebildet. Um eventuellen Fragen deinerseits gleich den Wind aus den Segeln zu nehmen, Folgendes nur ganz kurz: Wir lassen uns nicht diffamieren. Schon gar nicht von einem dahergelaufenen Bastard. Die Schmierereien, gleich am Morgen deiner Abreise, sprechen doch eine eindeutige Sprache. Uns erpressen und unsere Familie danach in die Pfanne hauen. Dass es da keinen Vertrag zu erfüllen gibt, liegt doch auf der Hand. Das Geld wirst du nicht bekommen, sei ganz sicher. Die Auszahlung an dich ist bereits gestoppt. Und ein Nebenprodukt ist die Trennung von Isa und Ria, dieser Schlampe!“

Da sprang ich aus diesem blöden Sessel hoch, stürzte auf Heinrich zu und schubste ihn in eine der Kuhlen.

„Halt, halt! Tu jetzt bloß nichts Unüberlegtes. Es könnte deine Position nur verschlimmern!“

Als ich drohend vor ihm stand und er, im Leder versunken, die Arme zur Abwehr erhob, fragte Fräulein Tewes durch die Grünpflanzen hindurch: „Ist alles in Ordnung, Chef?“

Heinrich zog seine Hemdmanschetten wieder aus dem Ärmel nach vorn.

„Ja ja, alles in Ordnung, Tewwi. Nichts passiert.“

Ich setzte mich wutentbrannt wieder, und Heinrich versprühte weiter seine Ungeheuerlichkeiten.

„Da wir alles fotografiert haben und auch eine Anzeige gegen dich erwägen, waren wir der Meinung, dass wir den Vertrag mit dir abändern. Ich habe einen Aufhebungsvertrag vorbereitet, den du bitte unterzeichnest. Danach lassen wir die Anzeige fallen. Ich denke, das ist auch in deinem Interesse. Denn die Beweislast, Erpressung und so, ist doch ziemlich erdrückend!“

„Das sind doch alles nur Vermutungen. Nur heiße Luft. Ich würde niemals etwas so Dummes tun“, sagte ich trotzig.

„Das müsstest du dem Richter sagen. Außerdem hattest du dich mit einem fingierten Auftrag in betrügerischer Weise an die Familie herangemacht."

„So ein Unsinn!" Mir fiel nichts anderes dazu ein.

„Außerdem muss ich annehmen, dass du eine Komplizin hattest und eine groß angelegte Erpressung vorbereitet hast."

„Was?"

„Hatte Ria dich nicht schon beim Flug nach Deutschland begleitet? Hatte sie dir nicht auf dem halben Flugticket die Telefonnummer von Lübeck notiert?"

„Das ist doch Irrsinn, einen solchen Zufall als geplante Aktion anzusehen!"

„Tja ... Der Vertrag liegt in meinem Büro."

„Kann ich die Fotos mal sehen?"

„Natürlich. Ich lass sie von Tewwi kopieren. Wenn es für deine Entscheidung wichtig ist?"

Diese unglaubliche Selbstsicherheit von Heinrich war gewaltig. Und dieses Beweisgerüst war auch nachvollziehbar. Nur eben nicht wahr. Es war unfassbar, was man aus Zufällen konstruieren kann. Fräulein Tewes brachte die Fotokopien, und ich konnte erkennen, wie die Fassade beschmiert war. Hakenkreuze in allen Größen. Aber wer konnte das getan haben? Ich war es jedenfalls nicht!

„Sei froh, dass wir die Kosten der Fassadenreinigung und der Malerarbeiten nicht in Rechnung stellen. Also, was ist mit der Unterschrift auf dem Aufhebungsvertrag? Du kannst danach als unbescholtener Mann gehen. Es hat einfach nicht stattgefunden, lieber Cousin. Wir möchten nämlich keinen Aufstand. Deshalb diese Kulanz."

„Heinrich, ich möchte einen Tag darüber nachdenken."

„Denk nicht zu lange. Nur bis morgen, um zehn Uhr, hier in meinem Büro. Die Anzeige geht dann sofort raus. Wegen Dringlichkeit und Verdunkelungsgefahr. Solltest du auf die Idee kommen, noch heute abhauen zu wollen, dafür habe ich Vorsorge getroffen."

Ich rollte die Fotokopien zusammen und verließ mit Wut im Bauch das Firmengelände. Wer konnte das getan haben? Ich war mit meinem Latein am Ende. Wie erkläre ich es bloß Ria? Man hatte ihr das Gleiche erzählt wie mir. Sie musste doch glauben, dass es nur so sein konnte. Ich war so hilflos, dass ich laut ausrief: „Scheiß Karton, Mutter!"

Alles, was ich mir für Ria zurechtlegte, musste ich speichern, sie war nicht da. Sie war nach dem Frühstück sofort in ihre Buchhandlung gegangen.

Hastig schlang ich einen Teller mit Cornflakes herunter und marschierte los, um Ria in der Buchhandlung aufzusuchen. Ich musste mit ihr reden, denn morgen um zehn Uhr hatte ich meine Entscheidung zu treffen. Ich brauchte sie jetzt.

Etwas gedämpfte Stimmung war in ihrem Büro. Ich saß am Fenster und blickte auf die Bilder, die ich von Heinrich bekommen hatte, und Ria versuchte Bestellungen zu bearbeiten. So richtig konzentriert waren wir beide nicht.

„Ria, Darling, die Sache ist echt verzwackt. Ich bin, ohne Übertreibung, in einer blöden Lage. Ich war das nicht. Wenn ich aber nachgebe, gestehe ich etwas, was ich nicht getan habe, und bekomme vielleicht obendrein noch ein Gerichtsverfahren. Ich habe alles in Demorest aufgegeben. Ich muss nach Irland gehen. Dort wartet meine Zukunft, die ich mit dir gemeinsam gestalten wollte. Willst du trotz aller Probleme mit mir gehen und die Ferienanlage übernehmen? Sag mir, wie ich mich verhalten soll, und ob du mich unterstützt!"

Die Forschheit war aus Ria fast gewichen. Sie war nur noch traurig und enttäuscht. Ihre ganze Lebensfreude, die so ansteckend war – alles verschwunden.

„Ich weiß es nicht."

„Das ist keine große Hilfe. Ich warte auf dich in der Wohnung. Lass uns heute Abend darüber reden."

„Tu mir bitte einen Gefallen und bring eine Jacke von mir zur Reinigung, wenn du auf dem Heimweg bist", bat mich Ria.

„Natürlich."

Ich merkte, dass jetzt nicht der richtige Augenblick war, mit Ria schwierige Themen zu besprechen. Ich warf die Fotokopien von Heinrich auf den Tisch und verließ wortlos ihr Büro. Ich bereute inzwischen aufrichtig, dass ich den Karton von Mutter überhaupt geöffnet hatte, obwohl ich nur deswegen diese wunderbare Frau kennenlernen durfte. Eine blöde Situation.

Ich legte die Jacke von Ria auf den Tisch der Reinigung und bekam einen Zettel, der zum Abholen gebraucht wurde. Als ich schon fast aus der Tür war, rief die Angestellte mich zurück.

„Hier war in der Jacke noch ein Zettel, nehmen Sie den bitte an sich?“

Gut, dass die Angestellte noch einmal die Taschen durchsucht hatte. Als ich mir aber den Zettel ansah, fand ich das gar nicht mehr so gut. Es war einer von denen, die mir in meinem Haus gestohlen wurden. Die Doppelkarte der Todesnachricht, mit den Eintragungen von Mutter, nachdem sie Arthur die Sache mit mir gebeichtet hatte. Wie kam diese Karte in die Jacke von Ria? Ich wagte gar nicht, weiter darüber nachzudenken.

Mit Magenschmerzen und einem ziemlich leeren Kopf saß ich am Küchentisch und überlegte, wie ich aus der Sache herauskomme. Die ganze Angelegenheit lief noch einmal vor meinem inneren Auge ab. Vom Todestag meiner Mutter bis heute.

Von meiner Ankunft in Frankfurt bis zum Besuch in Steinhöring und ... und ... Da fiel mir plötzlich das kleine „Gewitta“ ein, diese ungeheure Wucht von Frau, die mit ihrem Chef im Zug saß.

Und die brennendste Frage war, wie trete ich nun Ria gegenüber? Hatte sie mich im Interesse der Familie von Lindtheim nur benutzt? War Ria eine grandiose Schauspielerin?

Nach einer kurzen Suche fand ich die Visitenkarte des Anwalts Friedhelm Göhre. Das Telefonat mit seiner Anita dauerte nur kurz, und ich sollte sie beide am nächsten Tag in Lübeck am Bahnhof abholen.

Anita sagte mir zwar, dass Göhre in Lübeck nicht zugelassen ist, aber die Hauptarbeit schon machen könne, um eventuell für eine Auseinandersetzung vor Gericht etwas in der Hand zu haben.

Einen Anwalt würden sie dann schon finden, der die Interessen vertritt. Wenn es überhaupt dazu kommen sollte. Ich war etwas ruhiger geworden und bereit, dem lieben Heinrich die Grenzen aufzuzeigen. Bloß wie?

Die Nacht mit Ria war alles andere als erbaulich, denn wir hatten beide nicht den richtigen Mumm, uns von dem Problem Lindtheim zu lösen. Ohne es auszusprechen, hatten wir beide Gründe, dem anderen nicht mehr zu vertrauen.

Am Bahnhof musste ich lange suchen, aber Anita entdeckte mich zuerst und wedelte mit den Armen. Göhre war etwas abwesend, und Anita stellte schnell die Koffer ab, um noch einmal in den Zug zu gehen. Das Gerät für Göhre, das er an den Hals legen musste, wenn er mit jemandem redete, war ihm beim Aussteigen unter irgendeinen Sitz gerutscht. Für den Notfall war es ein wichtiges Utensil. Anita hatte das aber schnell erledigt, und wir gingen sofort zum Auto und fuhren in Rias Wohnung. Ich erklärte rasch mein Problem und auch, dass wir nur noch bis zehn Uhr Zeit hätten, um bei Heinrich anzutanzen.

„Da wollten Sie nur Ihre Wurzeln finden und nichts weiter, aber mit einer möglichen Klage gegen Sie beenden Sie die Nachforschungen. Ziemlich vertrackt“, sagte Anita.

Göhre ließ einen Brief schreiben und erklärte darin die anwaltliche Vertretung für mich. In einem zweiten Schreiben verlangte er die Einsicht in alle Unterlagen, die Heinrich vorbereitet hatte. Die sollte er Anita, wenn sie vor zehn Uhr vorsprach, sofort mitgeben, sonst würde sofort Klage wegen Rufschädigung, Diffamierung und einigem mehr eingereicht. Danach hätten wir, laut Göhre, ein bisschen Zeit, die ganze Sache genauer zu durchleuchten. Ich erzählte ihm im Detail, was sich bis jetzt ereignet hatte.

Als Anita zurückkam von dem Termin um zehn Uhr, sagte sie: „Heinrich von Lindtheim wollte wissen, wer ich eigentlich sei und lachte mich aus, als ich ihm die anwaltliche Vertretung von Harry erklärte.“

„Tja, Frau Göhre – Nomen est omen!“

„Was heißt denn das?“ wollte ich wissen.

„Der Name ist Vorbedeutung, aber für Sie nicht wichtig. Gemeint hatte Lindtheim eigentlich, dass ich nicht nur so heiße, sondern es auch bin – eine Göhre. Er merkte gar nicht, dass mein Name nicht Göhre ist“, sagte Anita.

Heinrich hatte das Schreiben gar nicht richtig gelesen. Anita brachte trotzdem die Unterlagen in Kopie mit und auch noch einmal die Fotos von den Schmierereien. Ich brachte Anita und Göhre ins Hotel, und wir verabredeten uns für den nächsten Tag. Göhre wollte die Sachen in Ruhe durchgehen.

Am nächsten Morgen rief mich Ria aus dem Buchladen an und bat mich ganz aufgeregt, sofort zu kommen. Alles andere würde sie mir später erklären.

Da ich, auf dem Weg zu meiner Verabredung mit Göhre, an ihrem Buchladen vorbei musste, spazierte ich los.

„Haaaaaaryyyy!“ Ich sah über die Köpfe der Passanten hinweg, die plötzlich alle in meine Richtung schauten, und erblickte Ria, wie sie winkte und mir signalisierte, dass ich mich beeilen sollte. Völlig aufgedreht, als ob es unser Gespräch von vorgestern gar nicht gegeben hätte, zog sie mich in die Buchhandlung und in ihr Büro. Ich war so geplättet, dass ich gar nicht fragte, was los sei. Ich erkannte nur, dass Göhre und Anita in ihrem Büro saßen.

„Guten Morgen, Anita, Herr Göhre.“

Die beiden machten ein etwas angestrengtes Gesicht. Ich wusste gar nicht, wie ich das jetzt deuten sollte.

„Harry, setz dich bitte mal hin!“

Ria sprang wie aufgedreht in ihrem Büro herum.

„Setz dich doch mal hin!“

„Darling, ich sitze bereits!“

„Ist doch egal – nimm mal das Papier und den Bleistift!“

Ria legte mir beides auf den Tisch und stellte sich fast triumphierend, die Hände in die Hüften gestemmt, vor mich hin.

„Was soll das, Ria?“

„Harry – bitte malen Sie ein Hakenkreuz“, sagte Anita.

„Warum?“

„Nur so – einfach nur so. Es muss auch nicht unbedingt schön sein."

Göhre saß noch immer da und blickte mich erwartungsvoll von der Seite mit geneigtem Kopf an. Mit der Hand wedelte er Richtung Papier. Die Aufforderung brauchte wohl nicht übersetzt oder erklärt werden.

Ich erkannte zwar noch nicht den Sinn, wollte aber Ria und Göhre den Gefallen tun. Ich saß vor dem Papier und überlegte.

„Was ist?" fragte Ria ganz ungeduldig. Das machte mich richtig nervös. Ich hatte die letzten Monate so oft mit diesem Emblem zu tun gehabt, und jetzt fiel mir nicht ein, wie das Hakenkreuz aussah.

„Harry, was ist? Weißt du nicht, wie das aussieht?"

Ria war plötzlich wieder ganz traurig. Ich konnte mir keinen Reim darauf machen. Und auch Göhre und Anita hatten einen etwas sorgenvollen Gesichtsausdruck.

„Doch – ich weiß schon. Ich weiß aber nicht, was das soll. Wir haben doch eigentlich größere Probleme, als ein Hakenkreuz zu malen."

„Malen Sie es trotzdem, bitte", sagte Anita fast flehend.

Ich war ganz erstaunt, dass es so schwer sein konnte, hatte ich doch vorher noch die Fotokopien von Heinrich in der Hand gehabt. Das konnte doch nicht so schwer sein, dies Zeichen zu behalten. Dann zeichnete ich die paar Striche und reichte Anita mein Blatt.

„Hier", sie legte die Fotokopien und mein Gemälde nebeneinander vor mir auf den Tisch. „Und, fällt Ihnen da etwas auf?" fragte sie mich.

„Oh Mist – ich habe das verdammte Ding doch verkehrt gemalt. Ich war mir so sicher, dass die beiden Balken wie ein S gemalt werden. An ein Z, wie auf den Fotos, habe ich nicht gedacht. Ist das jetzt schlimm?"

Anita machte ein ganz ernstes Gesicht, zeigte es Göhre und musste dann lachen.

„Schlimm? Es ist fantastisch!"

Ria fiel mir um den Hals und lachte unentwegt. Ich begriff es überhaupt nicht und wunderte mich nur.

„Was ist daran fantastisch, wenn ich einen Fehler mache, weil mein fotografisches Gedächtnis mich verlassen hat?“

„Harry, Liebling, dein Hakenkreuz ist richtig. Das auf den Fotokopien ist falsch! Das bedeutet, du hast die Dinger sehr wahrscheinlich nicht auf die Wand gemalt!“

„Hätten Sie die anders gemalt, müssten wir uns tatsächlich etwas anderes ausdenken“, notierte Göhre für Anita.

Ich betrachtete die beiden Blätter und konnte die Tragweite dieser Tatsache noch nicht ganz begreifen. Anita und Göhre formulierten einen Text, und Anita schrieb ihn gleich auf der Schreibmaschine in Rias Büro. Ria saß am Telefon und wählte hastig eine Nummer.

„Ich bin's, Ria! Bitte rufe mich sofort zurück. Besser noch, du kommst gleich in meinen Buchladen. Ich warte bis zwölf Uhr auf dich. Es ist sehr wichtig. Es geht um die ganze Familie. Bitte, nimm das sehr ernst!“

„Ria, was ist mit Isa, ich nehme an, dass du sie eben angerufen hast, was hat sie damit zu tun?“

„Erstens möchte ich Isa als Freundin wiederhaben, zweitens kann sie helfen, dass die Schweinerei gegen dich beendet wird, denn du hast es nicht getan. Sie müssen sich einen anderen Täter suchen!“

War das jetzt reiner Zufall, dass ich dieses Hakenkreuz richtig gemalt hatte? Hing von dieser Skizze mein Verhältnis zu Ria ab? Ich wollte Klarheit.

„Anita, nehmen wir an, ich hätte nachgeben müssen. Ich weiß, dass ich es nicht auf die Wände gemalt habe – nehmen wir nur mal an. Was wäre geworden?“

„Heinrich sagte, dass er die Hakenkreuze um 6 Uhr 55 an Ihrem Abflugtag nach Irland entdeckte. Es war also möglich, dass Sie vorher von Ihnen, vielleicht in der Nacht, gesprüht wurden. Außerdem kannte niemand die geführten Gespräche im Hause von

Lindtheim. Es wäre äußerst schwer gewesen, das Gegenteil zu beweisen."

Ich drehte mich zu Ria. „Und was wäre dann aus uns geworden?"

Ria trat ganz nah an mich heran. „Ich hätte euch doch nicht trennen können!"

„Wie – euch?" fragte ich erstaunt.

Sie nahm meine Hand und legte sie auf ihren Bauch. Ich war fast geschockt, denn das hatte ich nicht erwartet. Ich hob sie hoch, setzte sie auf die Schreibtischkante und küsste sie immer wieder, so heftig, dass sie bat, es mit einem etwas längeren Kuss zu versuchen. Nun hielt ich Ria die Doppelkarte aus ihrer Jacke vor die Nase.

„Was ist das?" fragte sie.

„Eine Todesanzeige meines Vaters Arthur, mit Eintragungen meiner Mutter. Die ist mir in meinem Haus gestohlen worden, bevor ich nach Deutschland flog. Sie befand sich in der Jacke, die ich zur Reinigung brachte."

„Glaubst du etwa ..."

„Ich glaube gar nichts!"

„Mir fällt ein, dass ich die Jacke zum letzten Mal anhatte, als ich zu Heinrich ging, um zu erfahren, weshalb Isa nicht mehr mit mir spricht. Oh mein Gott!" Ria wurde ganz still.

Ich ahnte etwas, aber die Zusammenhänge mussten erst noch klarer herausgefiltert werden.

„Oh, Entschuldigung, ich wollte nicht stören!" Isa stand plötzlich in der Tür. Schnell sagte ich noch zu Ria: „Heute Abend möchte ich mit euch beiden Essen gehen!"

„Tut mir leid, ich kann nicht", sagte Isa etwas säuerlich. Ria und ich grinsten uns an, wie sollte Isa auch wissen, dass sie gar nicht gemeint war.

„Hallo Ria, was war denn so wichtig?" fragte sie, bemüht, rasch wieder verschwinden zu können.

Anita reichte Isa die Fotokopien und mein Gemälde. „Das gemalte Hakenkreuz ist von Harry, spontan, aus dem Gedächtnis.

Das Foto stammt von den Schmierereien an den Wänden Ihrer Firma. Aufgenommen von Ihrem Bruder“, erklärte Anita.

Isa blickte lange auf die beiden Papiere, legte sie wortlos wieder auf den Tisch und sagte: „Was soll das bedeuten? Es sind Hakenkreuze – na und?“

„Wir würden gern mit Ihnen zusammen ins Büro fahren und ein paar Dinge klären“, sagte Anita zu Isa. „Ist Ihr Bruder im Hause?“

„Ich denke schon, denn heute haben wir das wöchentliche Meeting mit den Vertriebspartnern“, sagte Isa etwas betreten.

Anita fuhr mit Isa im Wagen, ich nahm den Wagen von Ria und fuhr mit ihr und Göhre hinterher. Auf dem Firmenparkplatz kamen wir wieder zusammen. Da ging im ersten Stock das Fenster auf, und Heinrich schaute heraus.

„Was ist denn jetzt passiert? Ach, die Göhre ist ja auch dabei!“

Göhre schrieb etwas für Anita auf, und sie antwortete Heinrich: „Ich heiße Anita und nicht Göhre, denn der Göhre steht neben mir und ist der Anwalt von Harry. Und Sie bemühen sich bitte nach unten zu uns auf den Parkplatz!“

„Elisabeth, sage den Leuten bitte, dass ich keine Zeit habe, oder soll ich dir das auch erst aufschreiben?“

„Ich denke, dass es vorteilhaft wäre, wenn du nach unten kommst. Es würde vieles vereinfachen!“

Heinrich schloss wütend sein Fenster und erschien gleich darauf auf dem Parkplatz.

„Haben Sie Ihr Auto dabei?“ fragte Anita ihn.

„Ich rede nur mit dem Anwalt, also mit dem Bäcker, und nicht mit dem Brötchen!“

„Das tun Sie gerade, mit dem Anwalt reden.“

„Wollen Sie mich auf den Arm nehmen?“

Nun mischte sich Elisabeth wieder ein und sagte zu Heinrich: „Hör auf, den Großen zu mimen, Herr Göhre ist stumm, er kann nicht reden. Das macht seine Sekretärin für ihn. Er schreibt, und sie sagt das, was er schreibt.“

Heinrich schaute etwas ungläubig, denn so etwas hatte er noch nie gesehen oder gehört. „Und um was geht es? Hat unser Bastard

Harry sich entschieden mit anwaltlichem Beistand zu unterschreiben?"

„Haben Sie Ihr Auto hier auf dem Hof? Ich fragte es bereits", sagte Anita.

„Nein, heute nicht. Ich fahre den Jeep eines Freundes. Ist das ein Problem?"

Gerade wollte ich etwas sagen, da unterbrach mich Anita.

Göhre ging auf den Wagen zu, und Anita fragte mich, ob das der Wagen gewesen sei, der nachts meinen Koffer demolierte. Ich nickte. Göhre kam vom Jeep zurück und schrieb etwas für Anita auf.

„Also, ich habe wirklich keine Zeit, immer auf die Mitteilung eines geschriebenen Wortes zu warten. Das ist doch ziemlich lächerlich!" Mit diesen Worten wollte Heinrich wieder in sein Büro zurück.

„Weshalb passt denn eine Glasscherbe in das noch immer geplatzte Scheinwerferglas?" fragte Anita.

Ich wunderte mich, dass sich erstens eine Glasscherbe bei Göhre befand, und zweitens, dass der Scheinwerfer noch immer nicht repariert war.

„Ich habe die Scherbe aufgehoben, sie steckte im Ärmel deiner Jacke, die du damals getragen hattest", sagte Ria mir leise ins Ohr.

Heinrich blieb stehen, drehte sich um und sagte fast verärgert: „Was soll denn das jetzt? Es geht um die Sauereien an den Wänden, die Harry aufgesprüht hat, sonst nichts. Und das Auto meines Freundes kann kaputt sein, wo es will, das interessiert mich überhaupt nicht!"

„Können Sie den Wagen öffnen? Die hintere Tür, wenn es geht?"

„Ich weiß zwar nicht, was das soll, aber bitte, der Wagen ist offen!"

Elisabeth öffnete die Klappe hinten und blickte als Erstes auf einen Kasten mit Sprühfarbe. Es waren die Farben, die für die Wand benutzt wurden.

„Was heißt das denn? Ich weiß doch nicht, was mein Freund gerade für Arbeiten durchführt. Leider können wir ihn das nicht fragen, Edgar ist für zwei Wochen nach Ratzeburg gefahren!"

„Würden Sie mal ein Hakenkreuz auf diesen Zettel zeichnen?"

Anita reichte Heinrich den Zettel, und alle waren gespannt. Als Göhre das Ergebnis sah, ließ er Anita etwas vorlesen, was er vorher bereits notiert hatte.

„Herr von Lindtheim, ich würde Sie bitten, in Ihrem Büro für fünf Minuten zuzuhören, was meine Assistentin zu sagen hat. Es wäre sicher in Ihrem Sinne, die Angelegenheit schnell und unbürokratisch zu regeln. Es wäre schade, wenn die Familie in ein schlechtes Licht gerückt werden würde. Es hatte doch alles so schön geklappt, und die Idee Ihrer Eltern war für einen Familienfrieden bestens geeignet."

Heinrich, Göhre und Anita verschwanden im Bürogebäude. Isa seufzte und war schweigsam. Ich stand da wie vom Donner gerührt, Ria blickte Isa an und versuchte zu lächeln.

Nach etwa zwanzig Minuten kamen Göhre und Anita zurück. Anita reichte mir einen Scheck über die Summe, die im ersten Vertrag vereinbart wurde. Von einem Aufhebungsvertrag war keine Rede mehr. Ich war sehr erstaunt, konnte ich doch nur mutmaßen, was da zwischen den beiden Anwälten geschehen war.

Alles was passierte, hatte damit für uns ein Ende gefunden. Der Einbruch in mein Haus in Demorest mit eingeschlossen. Was den Tod von Helge anging, war es nicht das Thema für Göhre oder mich, das hatten andere zu klären. Und dass Heinrich auch seinen Freund Edgar fast in eine Straftat verwickelt hätte, machte den Charakter von Heinrich deutlich.

Göhre und Anita verabschiedeten sich bei Isa und Ria. Ich fuhr das kleine „Gewitta" mit ihrem Chef ins Hotel und bedankte mich für die rasche Klärung.

„Heinrich bestand darauf, dass sein Hakenkreuz richtig gezeichnet war und wollte das in einer Chronik über das Dritte Reich beweisen. Das ging daneben. Unsere Rechnung über Fahrt- und Hotelkosten bekommen Sie zugeschickt. Alles andere war ein

Vergnügen für mein kleines Gewitta und mich“, musste Anita vorlesen.

Ich war ganz angetan von Anita, dem kleinen „Gewitta“ und ihrem stillen Chef, der so prima reden konnte beziehungsweise reden ließ.

Am Abend hatten Ria und ich einen tollen Grund zum Feiern. Da wir zu Hause feiern wollten, bestellten wir vom Italiener ein fantastisches Menü. Dazu stellten wir Kerzen auf den Tisch und feierten die Tatsache, dass wir in Irland zu dritt sein würden. Ein wunderbares Gefühl. Familie! Endlich, nach so langen Jahren. Nur meiner Mutter hätte ich dieses Gefühl auch gern gegönnt.

Die Sache mit dem Zettel, der in Rias Jacke steckte, konnte erklärt werden, denn sie war nicht in Demorest gewesen. Dass der Zettel von Helge gestohlen wurde, war auch klar, aber mir war es egal, wie das mit seinem Tod zusammenhing. Trotz allem tat es mir für ihn leid.

Wer aber davon wusste, dass es etwas bei mir zu holen gab, das bedurfte noch einer Klärung. Ich wollte gar nicht daran denken, aber Tante Anneliese würde sicher in Erklärungsnot kommen. Bloß war mir nicht klar, weshalb sie es überhaupt getan hatte, weshalb sie der Familie von Lindtheim einen Hinweis gab. Ich war mir nicht sicher, wie ich da Licht ins Dunkel bringen sollte. Mit Heinrich wollte ich nichts mehr zu tun haben. Diesen Cousin hatte ich schnell im Kopf gestrichen.

Gegen 23 Uhr klingelte das Telefon. Ria nahm den Hörer ab, kam aber nicht dazu, auch nur ein Wort zu sagen. Nach einer kleinen Ewigkeit und mit feuchten Augen – ich befürchtete schon Schlimmes – legte sie mit den Worten auf: „Ich freue mich riesig. Tschüs!“

„War es Isa?“

„Ja. Sie fragte mich, ob ich mit ihr am Wochenende einen Zug mache, wie früher. Sie hat sich für alles entschuldigt. Sie lässt dir die Grüße von ... fast der ganzen Familie ausrichten. Nur einer fehlt.“

„Auf den einen fehlenden Gruß kann ich leicht verzichten!“

„Ich liebe dich, mein Irland-Fan“, sagte Ria erleichtert.

Es war eigentlich alles in trockenen Tüchern, und alle Seiten hätten zufrieden sein können. Aber der Teufel steckt im Detail. Manchmal ist zu früher Jubel ein Hemmschuh für die Zukunft.

Wahrheiten (endlich)

Das Wochenende war verplant, und ich freute mich für Ria, die mit ihrer Freundin alles wieder ins Lot bringen konnte. Die ganze Familienangelegenheit war geregelt, meine Suche beendet, und ich war froh, mit Ria bald in Irland zu sein.

Dass ich eine plötzliche Einladung von Onkel Heinfried erhielt, Samstag in sein Büro zu kommen, überraschte zwar, aber da er die Sache mit Heinrich nicht direkt miterleben konnte, wollte er sicher von mir etwas darüber hören und sich vielleicht für dessen Verhalten entschuldigen. Samstag war zwar ein ungewöhnlicher Tag, aber ein Firmenchef hat ja nie Feierabend.

Als Fräulein Tewes mich zum Büro von Heinfried brachte, konnte ich sofort eintreten, denn die Tür stand offen. Dass aber Fräulein Tewes in der Firma war, wunderte mich allerdings.

Eine Frau, mit dem Rücken zu mir, saß auf einem Sessel vor dem Schreibtisch von Heinfried. Der große Hut verdeckte fast die Person, inklusive Sessel.

„Komm rein, Harry.“

Was sollte das jetzt werden? Hätte ich geahnt, dass Susanne bei dem Gespräch mit anwesend sein würde, wäre ich vorher in einen Blumenladen ..., oder doch nicht? Ich weiß nicht, irgendetwas hätte ich anders gemacht.

„Ich muss euch wohl nicht vorstellen“, sagte Heinfried. Dabei deutete er auf die Dame im Sessel vor seinem Schreibtisch, und die Frau drehte sich zu mir um.

Mir zog es fast die Beine weg. „Tante Anneliese!“

Mein Schreck war deswegen so groß, weil ich mit einer solchen Konfrontation gar nicht gerechnet hatte. Mein letzter Besuch bei ihr, gar nicht lange her, war der am Krankenbett.

„Ich habe dich hier nicht erwartet, wenn ich ehrlich bin. Eher bei einer Reha-Maßnahme", sagte ich.

„Setz dich, mein Junge. Heinfried, lass uns bitte einen Kaffee bringen", sagte Tante Anneliese.

„Und einen Cognac für mich bitte", war meine einzige Reaktion. Heinfried bediente sich der Sprechanlage: „Fräulein Tewes, bringen Sie uns bitte drei Kaffee und zwei Cognac dazu!"

Ich stand noch etwas unter Schock, und wir schwiegen uns vornehm an. Tante Anneliese hatte das Glasbild mit dem Kleeblatt in der Hand, dass ich schon zweimal im Regal bewundern, aber nicht in die Hand nehmen konnte.

Fräulein Tewes brachte den Kaffee und den Cognac und stellte alles auf den großen Tisch in der Raummitte.

„Also Harry, bring dich erst einmal wieder auf normalen Pulsschlag. Dann unterhalten wir uns. Zum zweiten Mal herzlich willkommen in meinem Hause. Um es kurz zu machen ... Du bist ein Sohn des Hauses!"

Das war kurz und trocken.

„Vielen Dank, das jetzt ganz offiziell zu hören."

Mein Seitenblick auf Tante Anneliese wurde von ihr nicht registriert. Warum kam Tante Anneliese heimlich nach Lübeck? Warum verschwieg sie mir den offensichtlich bestehenden Kontakt zu Heinfried von Lindtheim? Sie war anscheinend keine Freundin von langen Vorreden.

„Ich bin hier, weil so viele Ungereimtheiten aufgetreten sind und ein Zettel in Heinfrieds Finger geriet, den niemand kannte", sagte Tante Anneliese.

„Meinst du den Zettel mit der Todesnachricht, den Mutter hinter das Bild klemmte? Den ich Heinfried zeigte?"

„Genau der."

„Und das bewog uns, alles zu erzählen, denn Heinfried wusste nicht, dass eine Nachricht über den Tod seines Zwillingsbruders existierte. Dein Zettel brachte ihn ganz durcheinander."

„Hasso und Heinfried waren Zwillingsbrüder? Und was ist mit der Aufschrift auf dem Grabstein? Da wurde Hasso doch angeblich bei einem Fliegerangriff getötet!"

„Heinfried und ich möchten dir, bevor du nach Irland gehst, unbedingt alles über deinen Vater sagen, was du bisher nicht wusstest. Es ist an der Zeit, die Unklarheiten zu beseitigen. Sogar für Heinfried werden einige Passagen neu sein, alle kennt er auch nicht."

Da stutzte sogar Heinfried. Ich war dazu verurteilt, still zuzuhören, wie zwei Beteiligte aus alten Kriegstagen Erinnerungen austauschten. Mit Gelassenheit aus der Distanz heraus und der Gewissheit, dass es auch um mich dabei ging, verhielt ich mich ruhig und abwartend.

Dabei dachte ich vor kurzem noch, dass ich am Ziel all meiner Fragen war. Einen Kloß im Hals konnte ich nicht vermeiden, waren doch anscheinend Einzelheiten dabei, die sowohl für mich als auch für Heinfried neu waren.

Trotzdem verhielt sich Heinfried ruhig und versuchte seinen Teil zur Aufklärung beizusteuern. Aber bevor er dazu kommen konnte, war Tante Anneliese weiter auf der Flucht nach vorn.

„Da ich allein die ganze Geschichte kenne, wird es für euch beide eine völlig unbekannte Seite der Medaille geben."

Tante Anneliese sagte das zu mir gewandt. Heinfried hörte dies mit Erstaunen und geweiteten Augen. Für ihn musste es tatsächlich etwas Ungeheures sein. Dieser Krieg beherbergte sicher weitaus mehr Komplikationen als der Mensch annimmt. Vor allem war ich gespannt, ob die ganze Familie wusste, was da jetzt auf sie zukam.

„Ich möchte mir unwichtige Details ersparen und nur das Wesentliche erzählen. Dinge, die nur euch beide betreffen. Ich organisierte ein heimliches Treffen im Allgäu, und dieses Treffen blieb nicht ohne Folgen. Der Beweis steht neben mir. Von staatlicher Seite wurde dafür gesorgt, dass Hasso und Hedwig sich nicht wiedersehen konnten. Natürlich deshalb, weil sie sich gegen den NS-Staat stellten. Nicht lange nach dem Treffen im Allgäu kam Hasso an die Ostfront. Zwangsversetzung. Dann brach die Verbindung zu Hedwig ab. Ich konnte damals, im März 1944, Hasso noch eine Nachricht über das Telegrafenamt zukommen lassen, dass er Vater werden würde. Dann war da noch Arthur, der andere Freund von Hedwig. Nachdem Hedwig etwa im Juni die Nachricht von der Wehrmacht erhielt, in der Hasso offiziell für tot erklärt wurde, musste das Kind einen Namen haben."

„Anneliese, das ist ja ungeheuerlich. Weshalb erfahre ich erst jetzt davon?" fragte Heinfried.

„Hast du nicht schon den Zettel von Harry bekommen?"

„Das schon, aber von dir erfuhr ich es 1950 nicht!"

„Damals warst auch du ... äh, war Hasso für mich tot. Die ganze Sache bringt mich völlig durcheinander."

Heinfried saß da wie vom Donner gerührt. Er starrte Tante Anneliese wortlos an. Tante Anneliese saß da und nippte am Kaffee. Sie zitterte dabei ein wenig. Ich hätte nicht mit ihr tauschen mögen.

Heinfried sagte: „Mein Bruder teilte mir in einem letzten Schreiben mit, das aus Budapest kam, dass er fast Vater geworden wäre, aber eine Nachricht über den Tod von Mutter und Kind erhielt. Sie hätten beide die Geburt nicht überstanden. Hasso war nie an der Ostfront. Mit der Post erhielt ich auch seine Unterlagen und Sachen, die hier in meinem Schrank stehen. Sie sind sehr wichtig für mich."

Tante Anneliese wollte gar nicht aufsehen und hielt den Blick gesenkt. Nachrichten über den Tod des anderen, wie wir jetzt erfuhren, sorgten für die Einstellung aller Bemühungen, den anderen zu suchen. Inzwischen wissen wir, die angeblichen Tode waren zum damaligen Zeitpunkt eine Lüge, deren Wahrheiten nach dem Krieg nur Tante Anneliese kannte.

Sie erzählte weiter: „Im August 1944 hat sich dann Arthur Wagenknecht angemeldet. Ihn hatte Hedwig Ende Februar getroffen. Mit ihm war sie vorher befreundet gewesen, bis sie Hasso kennenlernte. Ich wusste von ihm, habe aber von Hedwig wenig über ihn gehört. Ich überzeugte also Hedwig davon, nachdem Hasso für tot erklärt worden war, Arthur im Lazarett in Garmisch-Partenkirchen zu besuchen. Wir gingen zu ihm und bereiteten ihn auf eine Vaterschaft vor."

Betretenes Schweigen bei Heinfried und mir.

„Kurz nach Kriegsende heirateten sie dann. Alles war wunderbar, und es gab keine Probleme. Dann, es war Ende 1950, hat Heinfried mich gefunden. Ich war mehr als überrascht, wusste ich doch nichts von einem Bruder von Hasso. Er suchte nach ihm und fand in Aufzeichnungen meine Adresse.

Wir tauschten uns aus über Hasso und Hedwig und das, was wir über die beiden wussten, soweit wir das konnten. Heinfried wollte unbedingt wissen, wo sich das Grab von Mutter und Kind befindet. Dass ich nicht wüsste, wo das Grab von Hedwig ist, konnte ich Heinfried damals glaubhaft machen. Wir ließen es dabei und unterhielten bis heute freundschaftlichen Kontakt.

Mein Zurückhalten der Wahrheit über all die Jahre ist eigentlich nur dadurch zu erklären, dass Hedwig eine Familie gründete und eine Zukunft hatte.

Sie hatte den Verlust von Hasso verkraftet. Von Heinfried erfuhr ich, dass Hasso mitgeteilt wurde, Hedwig und Kind hätten nicht überlebt. Diese Nachricht war für mich ein Schock, wusste ich es doch besser. Ich behielt es für mich, außerdem sagte Heinfried mir, dass Hasso auf dem Friedhof in Lübeck liegen würde. Die Verbindung der Familien war endgültig zertrennt. Es wäre auch alles dabei geblieben, hätte Hedwig nicht vor ihrem Tod Gewissensbisse bekommen."

„Mein Gott, wie konntest du nur so lange mit der Lüge leben, und meinen leiblichen Vater verschweigen?" fragte ich dazwischen.

„Ich war es nicht allein – zum Großteil war es deine Mutter", sagte Tante Anneliese zu Recht. „Deine Mutter war verheiratet, siedelte in die USA über. Heinfried hatte eine Familie. Zwei Familien kannten die offizielle Lesart und waren glücklich. Warum sollte ich alles nach so vielen Jahren, die dazwischen lagen, mit der Wahrheit zerstören?“

Heinfried war sprachlos und saß bewegungslos in seinem Sessel, sagte dann, dass die eventuelle Schuld, die sich Tante Anneliese aufgeladen hätte, sehr schwer, aber gemessen an dem damaligen Stand der Dinge vielleicht verständlich und erklärbar wäre.

„Ihre Entscheidung war bestimmt nicht einfach. Dass auch ich erst jetzt davon erfahre, macht mich ziemlich betroffen. Ein bisschen Freude kommt aber trotzdem auf, da ich erkennen kann, einen sichtlich wohlgeratenen Sohn meines Bruders zu haben“, sagte er noch. Ich konnte Tante Anneliese nicht grollen, da hatte Heinfried wohl recht mit seiner Erklärung. Dass er dabei Tränen in den Augen hatte, machte ihn sympathisch.

„Heinfried, was wollen wir jetzt tun? Bleiben wir in freundschaftlicher Verbindung? Denn ich werde mit Ria nach Irland gehen. Wir haben schon gepackt.“

„Das möchte ich schon annehmen. Ich habe nichts dagegen.“

Es war alles sehr statisch, ohne große Emotionen. Tante Anneliese saß im Sessel und verfolgte das Gespräch mit einem leichten Lächeln auf den Lippen. Befreit sah allerdings anders aus. Heinfried hatte, genau wie auch Tante Anneliese und ich, erfahren, dass Mutter und Hasso sich tatsächlich nicht in das System einbinden ließen, obwohl die Bereitschaft grundsätzlich vorhanden war. Sie hatten Charakter und mussten dafür, jeder für sich, einen hohen Preis zahlen. Aber wo Liebe beginnt zu regieren ...!

Durch meine Hartnäckigkeit und meinen Durst nach der Vergangenheit hatten sich schlafende Unwahrheiten wecken lassen und mich in bedrohliche Situationen gebracht. Vielleicht wurde dadurch Cousin Heinrich sogar zum Mörder. Ich wollte gar nicht darüber nachdenken. Momentan hatte ich nicht das Verlangen, noch weitere Gespräche mit Tante Anneliese zu führen. Sie war mit dem nächsten Flug von Hamburg nach Frankfurt zurückgeflogen.

Mit gemischten Gefühlen verließ ich das Firmengelände und zwang mich, an andere Dinge zu denken. Ich musste jetzt unbedingt mit jemandem sprechen, der so gar nichts mit der Sache zu tun hatte. Ich hätte gern Ria um mich gehabt, aber sie war noch mit Isa auf Tour. Also musste meine innere Unruhe einen anderen Halt finden. Ich ging in die Bar meiner Pension, in der ich am Anfang untergekommen war. Nun war ich tatsächlich am Ende meiner Recherche über meine Vergangenheit. Meine innere Zufriedenheit und meine Ausgeglichenheit kehrten langsam zurück.

Was ich aber überhaupt nicht einordnen konnte, war die Tatsache, dass es so ein Problem gegeben hatte, nur weil ich meine Wurzeln suchte. Vater und Mutter tot, und trotzdem dieses Theater. Es gab eigentlich gar keinen Grund, einen Cousin in der Familie abzulehnen. Es machte alles keinen Sinn. Vor allem die Bereitschaft Heinfrieds, eine solche Summe aus dem Familienvermögen zu opfern, um sie dem Cousin seines toten Bruders zukommen zu lassen.

Finale

Es hatte nur einen Tag gedauert, bis der Anruf von Heinfried kam. Ria und ich packten gerade ein paar Babysachen in einen Karton, die sie von Isa geschenkt bekam, als sie zusammen unterwegs waren.

Heinfried bat mich, am nächsten Abend nach Heilshoop zu kommen. Es gäbe eine familiäre Unterredung. Ich nahm ein Taxi und bat Ria, sie solle auf meinen Anruf warten und mich wieder abholen. Ich konnte mir nur schwach vorstellen, was das Thema in Heilshoop sein könnte. Aber weshalb brauchte die Familie mich dazu?

Als ich am Abend eintraf, war die Stimmung sehr gereizt. Das Thema Harry hatte die Gemüter erregt, denn nun war ich persönlich da, was die Emotionen, zumindest bei Heinrich, stark förderte. Er übernahm die Initiative, nahm kein Blatt vor den Mund und wetterte los: „Da platzt in unsere heile Welt und in unser Leben plötzlich so ein Bastard und bringt alles durcheinander. Außerdem hat Vater es wunderbar verstanden, uns jahrelang alles zu verheimlichen. Mich wunderte schon seit Jahren, dass es da nie irgendwelche Bilder aus früheren Tagen zu sehen gab. Aber die Aussage von heute Morgen erklärt einiges, denn er schlüpfte in die Rolle seines Zwillingsbruders, der nie bei der Wehrmacht war. Da kann er natürlich auch keine Bilder präsentieren. Nicht wahr, Heinfried? Oder möchtest du lieber wieder Hasso genannt werden?"

Ich war völlig geplättet und stand mit offenem Mund da. Ich wusste nun überhaupt nichts mehr. Ich bekam so nebenbei eine dritte Version vorgestellt. Meine innere Unruhe kam wieder zurück.

Alle anderen Familienangehörigen hatten seit dem Frühstück Zeit, sich an die Situation zu gewöhnen, wenn das überhaupt möglich war.

Warum war ich nicht ein ganz normales Kind, das die größten Schmerzen zu überstehen hatte, als es Zähne bekam? Gemessen an der jetzigen Situation, musste es beim Frühstück gewaltigen Wirbel gegeben haben.

Das Gewissen plagte Heinfried dermaßen, dass er am Morgen schon die zwei wichtigsten Dinge seiner Wahrheit auf den Tisch legte. Seiner ganzen Familie hatte er sie bis zu dem Zeitpunkt verschwiegen. Sogar Susanne wusste nichts davon. Die Tatsache, dass Tante Anneliese sie ebenfalls nicht kannte, wollte ich jetzt nicht bewerten.

Susanne fuhr dazwischen.

„Heinrich, es ist gut. Deinen Vater lernte ich erst nach dem Krieg kennen. Es ist völlig unwichtig, ob er bei den Soldaten war. Dass er eigentlich Hasso heißt und nicht Heinfried, ist eine andere Geschichte. Dafür gibt es sicher Gründe, und die werden wir erfahren. Es ändert aber alles nichts daran, dass er mein geliebter Mann und euer treusorgender Vater war und ist!"

„Wie unwichtig, das sehen wir jetzt. Wenn ich mir vorstelle, er sollte als Zuchthengst seinen Dienst tun, und vielleicht sogar ... Da bekommt man ja Atemnot – so gasig ist das hier!"

„Mein Sohn, das werde ich mir von dir nicht anhören müssen. Du hast von der damaligen Zeit nicht die geringste Ahnung. Maße dir nicht ein Urteil an“, sagte Hasso erregt, mit der ganzen Kraft, die ihm in seiner Ohnmacht noch geblieben war.

Elisabeth, die in einem Sessel in der Ecke kauerte, meldete sich zu Wort: „Vater hat recht, warum sollen wir über so lange zurückliegende Dinge diskutieren? Ändern kann man jetzt nichts mehr. Und dass er Hasso ist und nicht Heinfried, werden nur wir wissen. Wenn jemand einen Künstlernamen annimmt, sagt auch niemand etwas.“

„Natürlich kann man nichts mehr ändern. Aber wir haben in einem Dornröschenschlaf gelegen. Wir sind mit Lügen und Verheimlichungen groß geworden. Mama, hast du das alles gewusst?“

„Nein. Was man nicht abwenden kann, muss man akzeptieren. Und viel Zeit, es vielleicht zu ändern oder gar zu verarbeiten, bleibt uns im Alter nicht mehr.“

Wie viel Kraft hatte diese Frau? Ich war sprachlos, mit welcher Ruhe und Gelassenheit sie plötzlich diese Angelegenheit zu beherrschen versuchte. Ihr Tonfall war wie der eines Predigers, Verständnis und Güte erreichte das Ohr.

Heinrich rang nach Luft, drehte sich um die eigene Achse und geriet in Rage. Seine Mutter zuckte bei jedem Heben der Stimme zusammen.

„Nein, du musstest nichts wissen. Natürlich akzeptieren wir alles! Stellt euch mal vor, dieser Harry quatscht, will seine Story zu Geld machen. Irgendein Journalistenteufel – oh, er ist ja selbst einer – geht der Sache nach und findet heraus, dass Vater bei der SS war. Bis jetzt sind wir unbehelligt geblieben. Aber ist das weiterhin sicher? Da muss irgendetwas unternommen werden. Mein Versuch mit dem Hakenkreuz ging leider kräftig daneben. Und was hat mich dahin gebracht, so etwas zu tun? Ein Krieg, den ich nicht erlebte und eine Zeit, von der ich keine Ahnung habe. Das ist schon heftig!“

Ich konnte Heinrich sogar verstehen. Der so lange zurückliegende Krieg mit all seinen Begleiterscheinungen schien die Familie zum Schlachtfeld zu machen. Dass er jetzt so den Mund aufriss, war natürlich auch nur mit seinem übersteigerten Selbstbewusstsein zu erklären, denn die anderen Taten, den Tod seines Freundes zum Beispiel, lastete ich ihm an. Aber die Beweise hatte ich halt nicht. Das Gefühl war es. Er warf mit Steinen, obwohl er selbst im Glashaus saß.

Ich wollte das alles gar nicht, aber Heinrich hatte mich als Eindringling bezeichnet und wollte wohl rechtlich gegen mich vorgehen. Der Vertrag, in dem ich als Cousin eine ansehnliche Summe erhielt, war ihm immer noch ein Dorn im Auge.

„Da wir gerade dabei sind, könnte Vater uns vielleicht mal etwas erklären, was ihn entlastet und uns beruhigt. Vielleicht könnte er verraten, wann, wo und in welcher Funktion er bei der SS tätig war. Eine Krankheit, die man kennt, kann man behandeln."

„Nun mach mal halblang", sagte Elisabeth. „Vaters Werdegang ist keine Krankheit!"

„Schwesterchen, lass es, bezeichne es meinetwegen als Problem!"

Hasso sah sich plötzlich in der Defensive und machte einen ziemlich elenden Eindruck. Ich saß dabei und konnte nichts tun, ich hatte Mühe, der ganzen Angelegenheit in der aufgeregten Atmosphäre sprachlich zu folgen. Es war nicht nur die deutsche Sprache, es mischte sich in der Erregung auch noch der norddeutsche Dialekt mit ein.

„Vater, was hast du zu sagen? Was war wann und wo deine Aufgabe? Wir warten!"

Damit sank Heinrich mit hochrotem Kopf voller Erwartung in den Sessel. Mich störte die unglaubliche Arroganz dem alten Herrn gegenüber. Genau genommen hatte er vielleicht nur seine Situation nach dem Krieg geändert, weil auch meine Mutter angeblich nicht mehr lebte. Er war ebenfalls ein Betrogener, nicht nur Betrüger.

„Im Februar 1944 bin ich nach Budapest versetzt worden. Ich war nie etwas anderes als ein Bürohengst, wie man so schön sagt."

„Hengst – das passt ja!"

Heinrichs Bemerkung wurde von allen registriert, aber lachen konnte darüber niemand. Regungslos, mit ausgestreckten Unterarmen auf dem Esstisch, saß Hasso da. Er hob nicht einmal seinen Kopf. Dann begann er, mit den Zeigefingern die Stickmuster der Tischdecke nachzuzeichnen. Ich glaube, dass er sich nur noch auf das konzentrierte, was er selbst zu sagen gewillt war. Die Erinnerungen an die damalige Zeit umhüllten ihn wie ein unsichtbarer Nebel.

„Im März wurden von der Wehrmacht und der SS die wichtigsten Posten in Budapest besetzt. Die Gestapo sollte eine Leitstelle einrichten. Der damalige Reichsverweser Miklos von Horthy war beim Führer in Ungnade gefallen und sollte wohl gestürzt werden. Wir richteten Büros ..."

„Vater, mich kotzt es an, wenn du das Wort Führer sagst. Hitler reicht doch, oder? Wir wollten aber wissen, was dein Anteil bei der Kinderproduktion war."

„Als ich erfuhr, welche Leistung man von mir erwartete, als ich in Steinhöring war, hatte ich Hedwig bereits kennengelernt. Da erübrigte sich das Thema für mich. Leider nicht für Hedwig, die der Situation weit schwerer ausgesetzt war. Ich hatte im Lager des Lebensborn keine Aufgaben zu erfüllen und war sogar entsetzt. Diese Haltung brachte uns dann Probleme ein, und ich wurde an die Ostfront zwangsversetzt. In Wirklichkeit reiste ich aber nach Budapest. Und nun zu meiner Aufgabe in der SS. Wir richteten Büros für die Pfeilkreuzler ein."

„Wer? Wer war denn das?"

„Das waren die ungarischen Nationalsozialisten, die mit uns zusammengearbeitet haben. Die bekamen ein paar Büros, die wir einrichteten."

„Heinrich, du siehst, dass Vater nur mit Möbeln zu tun hatte. Lass doch gut sein jetzt!"

„Elisabeth, das ist doch nur die halbe Wahrheit. Ich weiß, dass aus Ungarn hunderttausende von Juden deportiert wurden. Und genau zu dem Zeitpunkt war Vater auch dort. Vielleicht ist das mit den Büros nur Ablenkung."

Hasso ging dazwischen: „Elisabeth, Heinrich hat recht. Eichmann war in Budapest, und die Pfeilkreuzler halfen bei der Deportation. Aber ich hatte nichts damit zu tun. Ich wusste nicht einmal, dass die Menschen in die Gaskammern sollten."

„Scheiße!" Heinrich schlug die Hände über dem Kopf zusammen. „Hast du mit deinem Dienstgrad nur Schubladen in den einzurichtenden Büros rein und raus geschoben? So wie Kollegen von dir die Pritschen in den Gaskammern – an den Brennöfen?"

„Nein, nein, nein!" schrie Hasso durch den Raum. Alle zuckten zusammen, einschließlich Heinrich. „Wir bereiteten nur die Verwaltung von Budapest vor, denn ab Oktober sollten die SS-Truppen dort regieren. Die Befehlshaber standen auch fest. Herr von Bach-Zelewski und der Skorzeny."

„Bei der SS gab es wohl auch mehrere Abteilungen, wie in jedem Betrieb?" fragte Heinrich.

„Natürlich!"

„Eine Abteilung Mordvorbereitung, eine andere Morddurchführung, eine weitere Entsorgung der Leichen!"

Die zynische Art Heinrichs war nicht mehr zu überbieten. Egal, wie viel von seinen Mutmaßungen zutraf, er hätte seinen Vater vor der versammelten Familie nicht so behandeln dürfen.

„Vom eigentlichen Thema kommen wir ganz ab. Wir wollten doch über Vaters Sohn reden", sagte Walter Brass.

„Dazu gehört aber die gesamte SS-Zeit, in der Vater diese Uniform trug, die mit so vielen Gräueltaten verbunden ist. Vater, das mit der Möbelgeschichte verstehe wer will. Ich möchte das ja auch alles glauben, aber es fällt sauschwer. Du hast es doch alles bis heute verheimlicht, und wahrscheinlich nicht grundlos", sagte Heinrich.

„Außerdem hatte ich ab September 1944 mit einem ganz anderen Problem zu kämpfen. Da ich noch immer versuchte, mit meiner Heddi eine Verbindung herzustellen, auch über Amtsstuben, hatte man die Nase voll und schaffte Fakten. Man hatte mir mitgeteilt, dass Hedwig und ihr Kind bei der Geburt verstarben."

Susanne von Lindtheim blickte traurig zu Boden und fingerte nervös am Saum ihres Kleides.

„Suse – bitte verzeih mir. Damals war sie meine große Liebe. In die Mühle Lebensborn zu geraten war nie unsere Absicht“, sagte Hasso ganz ruhig.

Nachdem die Wellen so hoch geschlagen waren, machte sich betretene Stille breit. Es war gespenstisch, keiner traute sich etwas zu sagen. Und ich am allerwenigsten. Ich empfand großes Mitgefühl für Hasso, war aber auch gespannt, wie die Sache nun weitergehen könnte, und wann wieder jemand das Wort ergreifen würde.

„Außerdem weiß ich nicht, warum ich mich vor meiner eigenen Familie dermaßen entblößen und rechtfertigen muss. Ich habe zu keiner Zeit etwas getan, was mich persönlich auch nur in die Nähe von Gräueltaten geführt hätte. Tut mir leid, mein Sohn. Vielleicht hätten wir dieses Thema viel früher behandeln sollen“, sagte Hasso zu Heinrich. Der registrierte die Worte seines Vaters zwar, aber er blickte dabei stumm zu Boden.

Der alte Herr blickte dabei auch zu mir. Aber ich hatte da kein Problem. Ich hatte wohl immer Glück im Unglück. Von Anfang an. Heinrich hatte den Punkt erreicht, wo es ans Eingemachte ging. Es ergaben sich tiefe Risse zwischen Geschwistern, und Eltern wurden ohnmächtig Zeugen der Zeremonie.

Gern hätte ich gesagt, dass Heinrich indirekt ein Einbrecher war und den Schnabel nicht so weit aufreißen sollte, aber einen schlüssigen Beweis dafür hatte ich noch immer nicht. Ich bot an, nie mehr von mir hören zu lassen und auch meinen Aufenthaltsort nicht anzugeben. Außerdem hätte ich ja bereits eine Summe erhalten, die ich nicht einmal erwartet hatte und auch nur zögernd annahm. Weitere Forderungen würde ich nicht einmal in Erwägung ziehen.

Als trotz allem die Situation zu eskalieren drohte, ergriff wider alle Erwartungen die bis dahin schweigsame Susanne von Lindtheim die Initiative und stellte sich auf die Seite ihres Mannes. Der Gefahr einer Zersplitterung ihrer Familie trat sie entschieden entgegen, sprang über ihren Schatten und sagte lautstark: „Halt – und nochmals halt!“

So in der Art stellte ich mir vor, ist es wohl, wenn das Matriarchat das Zepter schwingt. Alle Anwesenden blickten ziemlich erstaunt die Mutter an, sagten aber nichts, und Heinrich musste ganz schön schlucken.

Susanne nahm Hassos Hand und zog sie auf ihren Schoß. Man mochte gar nicht mehr hinsehen, wie er die ganze Zeit zusammengesunken am Tisch saß und seinen Cognac zwischen den Händen wärmte.

„Ich habe lange zugehört an diesem Abend und bringe jetzt ein Ende in diese unselige Situation. Niemand wird mir mein Glück zerstören, das ich in all den Jahren an der Seite meines Mannes und eures Vaters erleben durfte. Schon gar nicht durch nicht zu rechtfertigende Äußerungen. Euer Vater hat vor langen Jahren eine Liebe erlebt, die offensichtlich Folgen hatte. Dazu stehen wir, und es ist zweifelsfrei erwiesen, dass Harry der Sohn einer Liebe zwischen zwei Menschen ist. Jäh unterbrochen durch die Willkür eines schrecklichen Staates in einer schrecklichen Zeit. Das ist einfach Fakt! All diese Tatsachen zerstören nicht die Liebe, die ich für diesen Mann empfinde.“

Dabei blickte sie mich fast gütig an.

„Auch die Liebe zu meinen Kindern nicht. Es ist aber eurem Vater und Harry gegenüber nicht vertretbar, dass eine Anerkennung bestritten oder gar abgelehnt wird. Und ich lernte ihn als Heinfried kennen und werde jetzt nicht Hasso zu ihm sagen.“

„Du hast doch sowieso nur Hoopi zu ihm gesagt“, meinte Isa. Die anderen konnten sogar kurz lachen.

Susanne fuhr fort: „Die entgangene Liebe seines leiblichen Vaters kann für Harry nicht nachgeholt werden. Diese Leistung wurde durch einen anderen erbracht – erfolgreich! Das muss einfach festgestellt werden. Harry wird offiziell als Patenkind von Vater finanziell abgesichert.“

„Ich möchte das eigentlich nicht. Ich versuchte wirklich nur, das Umfeld meines Vaters kennenzulernen. Ich hatte ja die Nachricht, dass er an der Ostfront gefallen war. Durch Zufälle ist es eigentlich nur so weit gekommen“, sagte ich in die eingetretene Stille.

„Harry, dein Vater und auch ich möchten das aber so. Es ist uns beiden ein großes Anliegen und ein Bedürfnis. Und dass die Familie nun die gesamte Wahrheit erfuhr, hat eine seelische Befreiung meines Mannes zur Folge. Ein wunderbarer Zustand.“

„Kann ich jetzt eigentlich Vater sagen?“

„Ich bitte dich darum. Willkommen, mein Sohn.“

„Mich offiziell als Patenkind zu bezeichnen, akzeptiere ich.“

Hasso machte eine ziemlich hilflose Figur. Der Sprung, mich in den Arm zu nehmen, war zu erahnen, aber es blieb bei einem etwas zittrigen Wackler in meine Richtung.

Arthur hatte, glaube ich mich erinnern zu können, nie „mein Sohn“ zu mir gesagt. Er benutzte immer den Ausdruck „mein Junge“, so wie Tante Anneliese. Bis jetzt war das ohne Bedeutung, aber nun?

Heinrich verfolgte fassungslos das Geschehen. Diese Situation und die Mitteilung, dass ich eine weitere finanzielle Unterstützung erhalten sollte, stimmten ihn nicht versöhnlich. Es war ein sehr emotional geführtes Familiengespräch, teilweise vom unbeherrschten Verhalten Heinrichs geprägt.

Zu verstehen war es natürlich, denn was die Familie zu hören bekam, langte für den Rest des Lebens.

***

Etwa fünf Tage nach dem Zusammentreffen bei von Lindtheims begannen Ria und ich endgültig die Koffer zu packen, um unsere Ausreise nach Irland anzutreten. Unser kleines Anwesen, das uns von Freunden vermittelt wurde, in das wir auch das Geld der Familie von Lindtheim hineinsteckten, brauchte uns, denn es musste noch viel getan werden, bis wir die ersten Gäste begrüßen konnten.

Ria freute sich bereits auf das Bed & Breakfast-Abenteuer. Sie brannte darauf, die vier Zimmer einzurichten. Und natürlich unsere gemeinsame Wohnung.

Als wir so weit waren, die Reise anzutreten, klingelte das Telefon, und das Krankenhaus in Frankfurt war dran. Für den Notfall hatte ich dort die Nummer von Ria hinterlassen.

Der Arzt teilte mir mit, dass Tante Anneliese einen Rückfall hatte und am frühen Morgen verstorben war. Ich nahm es zur Kenntnis, hatte aber nicht damit gerechnet, dass es mich so stark anrührte. Ich konnte meine Tränen nicht zurückhalten, und Ria tröstete mich. Ich informierte noch Hasso und Susanne.

Auf der Fahrt nach Irland musste ich sehr oft an meine Gespräche mit Tante Anneliese denken. Sie hatte mir bis zu ihrem Tode ein bisschen weitergeholfen, meine eigene Kindheit kennenzulernen, und auch etwas mehr über Mutter und das Verhältnis zu ihren beiden Männern zu erfahren. Von denen einer mein Papa, der andere mein Vater war.

Epilog

Gerade begann die etwas unfreundlichere Jahreszeit. Es war Anfang November 1983. Unser Zuhause in Tralee war gemütlich eingerichtet, und wir waren rundum glücklich. Wesentlichen Anteil daran hatte der uns inzwischen auf Trab haltende Sohn.

Die persönlichen Dinge, die ich mitgenommen hatte, als ich Demorest verließ, waren in unserer Wohnung gleichmäßig verteilt. Die gesamte Dogwood-Sammlung meiner Mutter war allgegenwärtig. Ihr kleines Büchlein mit dem Kleeblatt hatte einen ganz besonderen Platz.

Dass uns ein familiärer Schicksalsschlag ereilen würde, der mehr als nur Trauer hervorrufen sollte, war kaum vorstellbar.

Die letzten Monate in Tralee verliefen ohne nennenswerte Ereignisse. Unser Sohn gedieh prächtig, und Sorgen hatten wir eigentlich keine. Unsere kleine Apartmentanlage ernährte die Familie, und wir hatten mit unseren Gästen viel Spaß. Ich hatte das Glück, nebenbei auch noch meine journalistische Tätigkeit ausüben zu können. Die Kommunikationsmittel Fax und Telefon waren da ganz hilfreich.

Es war der 28. November, als Ria von draußen ins Haus stürmte, als das Telefon klingelte. Wir waren gerade von einem Kurzurlaub zurückgekehrt.

„Harry, Liebling, Telefon. Es ist Isa!“

„Das ist doch deine Freundin, was soll ich da am Telefon?“

„Sie sagte, sie möchte dich sprechen, und es wäre wichtig. Ich spreche später mit ihr, wenn ihr beiden euer Gespräch beendet habt.“

„Isa, was verschafft mir die Ehre? Was ist so wichtig, dass ich vor Ria an den Apparat darf? Du möchtest doch nicht etwa, dass ich am Telefon über unser kleines Geheimnis rede.“

Ria stutzte und machte ein kratzbürstiges Gesicht. Scherze dieser Art liebte sie überhaupt nicht. Mit leichtem Druck stellte sie sich auf den großen Zeh meines linken Fußes. Ich wandte mich etwas von ihr ab und lauschte den Worten von Isa. Meine Miene verdüsterte sich aber zunehmend, und Ria tänzelte vor mir herum und machte fragende Gesten.

Sie merkte, dass da etwas nicht stimmen konnte. Überrascht und auch traurig, legte ich den Hörer einfach auf. Ich hatte vergessen, dass ja meine Frau noch mit ihrer Freundin reden wollte.

„Harry, was ist los? Warum legst du denn auf?"

Ich ging zur Couch und setzte mich wie in Zeitlupe hin. Ich muss wohl einige Sekunden schweigend meine Frau angeblickt haben, was ihr sicher wie eine Ewigkeit vorkam.

„Liebling, sag schon, was ist passiert?"

„Hasso ist ganz plötzlich verstorben."

„Dein Vater? Wann?"

„Vor vier Tagen schon, morgen ist die Beerdigung."

„Das tut mir leid. Warum hören wir erst jetzt davon? Das ist doch für uns zu spät, um nach Lübeck zu kommen. Wie sollen wir das denn machen?"

„Gar nicht. Isa wollte uns erreichen, sagte sie, aber während unseres Kurzurlaubs konnte sie das nicht."

Meine Trauer, die mich jetzt in kleinen Schüben erreichte, würde nicht mehr werden, wenn ich nicht zur Beerdigung führe. Und eine Beerdigung hat für mich seit geraumer Zeit etwas Grauenvolles an sich. Eine Urnenbeisetzung ist ja noch erträglich, aber mit der kleinen Schaufel in der Hand zwei Meter über dem Sarg zu stehen und mit gedämpftem Schwung Dreck darauf zu werfen, das ist kaum auszuhalten. Ich hätte einen Lebenden nicht beworfen, warum also einen Toten? Ausgerechnet die engsten Angehörigen sind die ersten, die die Schaufel mit dem Dreck schwungvoll benutzen dürfen. Da ist dann der Knall auf dem Holzsarg noch am lautesten. Hat das der geliebte Verstorbene verdient?

Ich stellte mir immer wieder vor, wie dieser Knall, der in so unregelmäßigen Abständen erfolgt, sich wohl von innen anhören mag. Ich zuckte bei dem Gedanken innerlich zusammen.

Die Nachricht vom Tode Hassos war zwar traurig, aber eine besondere Belastung stellte sie nicht dar. Dafür war die Nachricht nicht persönlich genug. Oder vielleicht doch? Die emotionale Nähe fehlte etwas, und die geographische Entfernung von Tralee an der Südwestküste Irlands nach Lübeck an der Ostsee war trotz guter Verbindungen nicht einfach mal eben so zu überwinden. Außerdem hatten Ria und ich die Zeit in Lübeck mit all den Nebenerscheinungen noch nicht endgültig verdaut. Für die Negativseiten hatte mein Halbbruder Heinrich gesorgt, der den Amerikaner in der Familie nicht akzeptieren wollte. Der mich sogar als Alien bezeichnete, oder manchmal als ein Produkt aus Hass und Wahn, ein zu vernichtendes Monster, bevor es vielleicht andere erwischt. Das schmerzte auch unseren gemeinsamen Vater, aber Heinrich nahm darauf nie Rücksicht. Auch zum eigenen Vater hatte Heinrich seitdem ein gespaltenes Verhältnis.

Der Schmerz über den plötzlichen Tod meines leiblichen Vaters hielt sich also in Grenzen, trotzdem musste ich nun für ein paar Momente allein sein. Ich lief bis an den Rand der Steilküste, die sich nicht weit hinter unserem Haus befand, und setzte mich unter den Baum, den ich als Ersatz für einen Dogwood gepflanzt hatte. Nach unzähligen Versuchen, einen echten Dogwood zu ziehen, hatte ich es aufgegeben und begnügte mich mit dem Mandelbaum, der ihm ein bisschen ähnelte, weil er Blüten hat, bevor das Laub alles in Grün taucht. Ria und ich tauften ihn einfach um in Dogwood.

Der starke Wind vom Meer her zerzauste meine Haare und belagerte meine Augen, die ich leicht schloss, damit sie dem Druck nicht gänzlich ausgeliefert waren. Meine Tränen wurden seitlich rausgetrieben und vom Wind umgehend getrocknet. Die geröteten Augen waren einziges Indiz für den Schmerz.

Ich blinzelte in die Sonne und tauchte ein in die Vergangenheit, die mich vor wenigen Stunden erst wieder eingeholt hatte. Zum zweiten Mal innerhalb weniger Jahre.

Dass ich jetzt hier weit über dem Meer oben am Weg entlang der Steilküste überhaupt sitzen konnte, auf einer Bank unter dem „Dodwood“, diese Geschichte wird mich sicher den Rest meines Lebens nicht mehr loslassen. Ein bisschen Nähe zu meinen leiblichen Eltern war nur hier unter diesem Baum möglich.

Und eine gewisse Tragik hatte die ganze Sache schon. Hasso hatte nie im Leben seinen ersten Sohn auf dem Schoß halten können. Auch sein einziges Enkelkind nicht. Und nun war er gestorben. Irgendwie hatte ihm das Schicksal einen bösen Streich gespielt, und bei dem Gedanken befiel mich Traurigkeit.

Warum hatte er nie unsere Einladungen nach Tralee angenommen? Warum hatten wir ihn nicht einfach mit seinem Enkel besucht? Hatte er nicht ein Anrecht darauf, ihn zu sehen? All das war nie möglich gewesen.

Gerade das war auch der Grund, warum ich meinen Halbbruder Heinrich nie besonders leiden konnte. Er war es, der alle Verbindungen mit viel Engagement verhinderte und nie zustande kommen ließ. Mögliche Wege zueinander wurden im Entstehen bereits zerstört.

Der alte Herr hatte nicht die Kraft das zu ändern, und mir fehlte in letzter Konsequenz der Drang, weiter in eine Familie einzudringen, von der ich eigentlich nur wissen wollte, ob sie überhaupt existierte. Isa war da ganz anders, aber im Familienverband ohne Lobby. Sogar ihr Mann hatte große Bedenken. Bezeichnend war, dass sich unser Kontakt deshalb fast nur per Telefon abspielte. Mir tat das unendlich leid.

Nach einer Weile der Ruhe bin ich wieder ins Haus gegangen. Ria und ich sahen die Post durch, in der sich auch der Brief mit Trauerrand befand. Ich las die Todesanzeige meines Vaters vor, und Ria hatte plötzlich Tränen in den Augen. Es war wohl doch etwas mehr Nähe vorhanden als ich dachte.

Ich gab dem gerade 14 Monate alten Sohn einen Kuss und sagte ein bisschen traurig: „Dein Opa ist leider gestorben. Ich werde dir von ihm erzählen. Natürlich die ganze Geschichte mit dem Dogwood und dem Kleeblatt."

„Es tut mir schon leid, Harry, er war doch auch mein Schwiegervater. Und ich kannte ihn viel länger als du. Ich mochte ihn eigentlich sehr, den alten Herrn."

Das ist auch wieder eine so unnormale und einmalige Sache, dass die Frau eines Mannes ihren Schwiegervater so viele Jahre eher kennt als der Sohn seinen Vater. Aber was ist an dieser ganzen Geschichte schon normal?

Ich ging in den Flur und betrachtete gedankenverloren die Dogwood-Galerie meiner Mutter, die ich nach ihrem Tod als einzige Erinnerung behalten hatte. Über vierzig Jahre nach ihrem letzten Treffen waren nun zwei Menschen, die sich so geliebt hatten, wieder vereint. Ein Kapitel der Geschichte fand nun seinen Abschluss. Alle direkt daran Beteiligten waren nun nicht mehr in der Lage, übrig gebliebene Fragen zu beantworten. Wie so oft im Leben, bleibt man mit Spekulationen, Ahnungen und fragwürdigen Tatsachen zurück. Völlig alleingelassen.

Ein heftiger Schlag ließ Ria und mich plötzlich aufschrecken. Wir rannten ins Wohnzimmer, von wo der Schlag zu vernehmen war. Beide standen wir vor den Scherben einer Vase, die mit lauter Blüten des Dogwood bemalt war, und wir blickten uns verwundert an. Sie war einfach von einem kleinen Tisch gefallen.

„Glaubst du, dass sich deine Mutter und Hasso eben so heftig getroffen haben, dass etwas zu Bruch gehen musste?“

Die Frage von Ria musste ich in dem Moment mit „Ja“ beantworten. Ich nahm die größte der Scherben vom Boden auf und legte sie vorsichtig ins Regal. Dort lag auch meine Liste, die ich bei meiner Suche nach den Wurzeln so akribisch angefertigt hatte. Ich schrieb einen kleinen Vermerk und legte ihn zwischen die Seiten 14 und 15 des kleinen Büchleins, das mir Mutter hinterließ. An die Stelle, wo das Kleeblatt gemalt war. An den Pfeil, wo das Wort „Kind“ geschrieben stand, fügte ich „Harald“ ein. Die große Liebe, wenn sie jemand in unserer Familie erreichte, war untrennbar mit Lübeck verbunden.

Die Berichte im Büchlein meiner Mutter enden auf der letzten Seite mit einem Spruch von Salomo 16, 33: *Der Mensch wirft das Los, aber es fällt, wie der Herr will.*

Schlussendlich muss ich noch erwähnen, dass Ria und mir im Frühjahr 1984 ein großer Wunsch erfüllt wurde. Isa und Susanne von Lindtheim kamen ganz überraschend zu Besuch. Als Susanne unseren Sohn, ihren „Enkel“ auf dem Arm hielt, sagte sie zu mir:

„Ich bin sehr glücklich, dass du dem Wunsch deiner Mutter entsprochen hast und die Suche nach deinen Wurzeln aufgenommen hast. Wie könnte ich sonst einen Enkel an mein Herz drücken!“

Dem Blick ihrer Mutter wich Isa aus, ein wenig peinlich berührt und traurig. Sie hatte sich inzwischen von Walter getrennt und führte das Familienunternehmen allein.

Heinrich wollte noch etwas erleben, wie er betonte, und ließ sich auszahlen, heiratete eine Ungarin und serviert in seinem Weingut an den vulkanischen Hängen bei Sahy, etwa 150 Kilometer nördlich von Budapest, den Gästen Tokajer und Szegediner Gulasch. Dass er nach Budapest ging, machte der Spekulation Tür und Tor auf. Isa und Susanne vermuteten, dass Heinrich nachsehen wollte, wo sein Vater als SS-Soldat Büros eingerichtet hatte.

Schließlich haben Heinrich und ich doch etwas gemeinsam. Die Lust an der Bewirtung von Gästen. Vielleicht besuchen wir uns einmal gegenseitig, und der eine ist geduldeter Gast beim anderen.

MEIN KÖNIGSBERG

Klumphausen, wie's am Pregel liegt,
war einst ein schönes Städtchen.
Da wo der Pregel krumm sich biegt,
gab's besonders schöne Mädchen.

Es nannt' sich früher Königsberg,
als alles stand so prächtig.
Jetzt ist es nur ein Trümmerberg,
das ärgert uns ganz mächtig.

Oh Königsberg, du Ordensstadt
wie hast' dir bloß verwandelt.
Sogar die Speicher in der Stadt
hat man dir ganz verschandelt.

Die Schloßbrück' war ein Staatsstück hier,
man konnt' schön promenieren.
De Bootchens fuhren unter ihr –
auch sonst konnt' viel passieren.

Im Schlosshof gab's ein Weinlokal,
man konnt' sich gut beschnurgeln.
Und oben durch den Königssaal
musst' man auf Schlorren schurgeln.

Beim Glas Wein im Blutgericht,
früher manchmal bis früh um sieben,
doch heute leider geht das nicht.
Von allem ist uns nichts geblieben.

Das schönste von der ganzen Stadt
war das Theater hier,
wo man Erbauung finden tat
und nachher ein Glas Bier.

Man ging ins Café Bauer rein,
konnt' dort am Kuchen knabbern.
Und fehlte auch die Flasche Wein,
man konnt' doch von ihr schabbern.

Willst jetzt en Bierchen trinken geh'n
so wie in alten Tagen,
musst mang de Trümmer kieken sehn,
da kann man fast verzagen.

Und in de Mitte von de Stadt,
wo viele Bahnen fahren,
da liegt der Kaiser-Wilhelm-Platz
seit ein paar hundert Jahren.

Der Kaiser hält den Degen hoch,
ihm wird der Arm nicht müde.
Auch heute steht er immer noch
als wär's der tiefste Friede.

Der Gräf-Unzer am Paradeplatz
ist auch verschütt' gegangen.
Kein Buch kann man für seinen Schatz
in diesem Hause nun verlangen.

Möchte' einmal noch zu Gehlhaar geh'n,
Marzipan – e Stangche kaufen.
Ich glaub', du kannst mir schon versteh'n
oder bist du mehr für's Saufen?

De Königsberger Schnapsfabrik
war einstens auf der Höhe.
Mit Bärenfang und Windstärk' elf
jetzt sind das nur noch Flöhe.

Nu' hängst' de Flossen altes Haus,
lass bloß nicht dir verbittern.
Es sieht bald alles anders aus,
uns kann doch nichts erschüttern.

Der Thomy, der verruchte Hund,
hat alles uns zerschmettert.
Verbrannt ist alles bis zum Grund,
nichts wurde mehr gerettet.

Nur unser Schlossturm ragt empor,
schaut würdig über Trümmer.
Und unser Bismarck steht davor,
er fasst es nie und nimmer.

Ist der Krieg dann endlich aus,
und Frieden zieht ins Land,
die Soldaten kommen nach Haus
und reichen uns die Hand.

Gemeinsam gehen wir ans Werk
und schaffen ohne Ende.
Aus Trümmern erblühe Königsberg,
durch unsere fleißigen Hände.

Margarete Vogel
(verstorben im März 1994)

Quellennachweise

Süddeutsche Zeitung Nr. 242 – vom 20.10.1990
(„Lebensborn – Zuchtstation des Rassenwahns")

Süddeutsche Zeitung Nr. 248 – vom 26.10.1993
(„Zum Täter geboren – zum Opfer geworden")

Münchner Merkur – vom 16.5.1995
(„Tragödie Lebensborn – alle Väter verschollen")

Frankfurter Rundschau Nr. 87 – vom 13.4.1996
(„Auf der Suche nach den Wurzeln")

Süddeutsche Zeitung Nr. 162 – vom 16.7.1996
(„Dr. Gregor Ebner – ärztlicher Leiter in Steinhöring und Gesamtleiter Lebensborn")

Unterstützt wurde die Recherche vom Heimatverein Steinhöring e.V. mit einigen Unterlagen aus dem Archiv, sowie dem Betreuungszentrum Steinhöring mit der Broschüre zum 25-jährigen Bestehen.

Dafür vielen Dank.